중국 현대희곡 연구 및 번역 총서 8

조우의 〈태변〉 연구

중국 현대희곡 연구 및 번역 총서 8

조우의 〈태변〉 연구

화침지 등 저, 한상덕 역

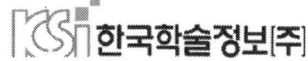 한국학술정보[주]

한 나라 역사에서 전쟁은 많은 영역에 큰 변화와 영향을 남기게 되어 있다. 우리가 과거 일본으로부터 침략과 통치를 받으면서 받았던 그 상처와 영향이 아직까지도 너무나 깊은 흔적으로 남아있고 치유의 대상이 되고 있는 것처럼 말이다. 이런 면에서 과거 우리나라와 비슷한 입장에 있었던 중국도 역시 중일전쟁으로 인한 국난 속에서 많은 어려움을 겪었고 많은 희생이 있었다.

국가적 환난 속에서 구국의 열정은 각 분야에서 여러 형태로 표현될 수 있었으나, 중일전쟁 당시 중국 극작가들에게 있어서는 역시 연극 활동 및 창작으로 현실에 참여하는 것이 애국심을 발휘하는 최고의 방법이었다. 특히 다른 문학 장르보다 백성들의 단결과 항일의지를 고무시키고 선동하는 차원에서 가장 효과적이었던 연극은 더없이 좋은 애국의 무기였고 그 영향 또한 지대하였다.

배우고 가르치던 학교가 일본군에게 점령당하고, 관중을 모아 공연하던 공연장이 봉쇄되었을 때, 그들은 一身을 위해 모든 것을 버리고 피하기보다는 학교 기관과 단체를 두 어깨에 짊어지고 장소를 옮겨가며 학생들을 가르치고 창작을 하고 또 공연활동을 펼쳐 나갔다. 이 때 구국 정신과 소명의식에 따른 다양한 항전극이 대거 창작되어 뚜렷한 하나의 경향을 이루어 갔으니, 曹禺의 <蛻變>도 바로 이 시기 이런 배경에서 나온 산물이다.

1939년에 이 <蛻變>을 창작하기 전, 曹禺는 피난처에서 <編劇術>을 통해 자신의 연극관을 정리한 바 있는데, 여기서 그는 항전극 창작을 위한 수칙을 세우고 문제점 등을 면밀하게 검토하는 등 항전극 창작에 필요한 기초를 닦은 후, 宋之的과 <全民總動圓>을 써서 직접 항전극 창작 경험을 쌓았다. 그리고 나서 1938년부터 약 2년간을 배경으로 한 <蛻變>을 내놓았던 것이다. 이 작품은 전쟁 속의 현실을 소재로 하고 있고 현실참여를 주요 목적으로 급하게 창작되었기 때문에 문학성과 예술성까지 모두 큰 성과를 내는 데는 성공하지 못했다고 할 수 있다. 이 책은 바로 이러한 배경에서 나온 항전극 <蛻變>을 분석하고 평론한 책이다.

책 전반부에서는 <蛻變>의 창작 특징을 분석하고 평론한 10여 편의 글들을 실어, <蛻變>에 대하여 심도 있는 분석과 이해가 필요한 독자들에게 다양한 시각과 결론 등을 참고할 수 있도록 하였다. 그리고 후반부에서는 작자 曹禺가 <蛻變>을 어떻게 창작하게 되었고, 이 '蛻變'이라는 두 글자가 무엇을 의미하는 것인지를 밝힌 글을 실었는데, 우리들은 여기서 <蛻變>에 대한 가장 직접적이고 기본적인 정보를 얻을 수가 있게 될 것이다. 이상의 분석과 작자의 설명에서 우리는 본 작품이 오직 외세의 침입에 대한 항전의식 고취만이 그 주제가 아니라, 중국 내의 국민당과 공산당 사이에 존재했던 예민한 정치적 대립이 그 배경으로 작용하고 있음을 알 수 있기도 하다.

그리고 마지막 부록에서는 조우가 86세에 세상을 떠나기까지의 연보를 정리하여 그의 창작 역정과 사회활동 등을 간단하게 一瞥해 볼 수 있도록 하였다. 아무쪼록 曹禺의 현대희곡 작품에 관심을 가진 독자들에게 조금이나마 도움이 되었으면 하는 마음 간절하다.

2007년 10월
한상덕 삼가 씀

|차 례|

머리말__5

1 "새로운 力量, 새로운 生命"__9

2 〈蛻變〉論__27

3 현실 생활에 대한 직접 표현 -〈蛻變〉__51

4 曹禺의 〈蛻變〉을 평함__63

5 堅實한 一步 前進(節錄)__79

6 객관적인 현실 생활에서 나온 이상의 빛__95

7 曹禺의 〈蛻變〉__105

8 〈蛻變〉의 初演을 회상하며__119

1. 川江 위에 沸騰하는 애국 열기__120
2. 山城의 짙은 안개 속의 風波__121
3. 〈蛻變〉이 사람들에게 준 "희망"과 "용기"__127

9 창밖에 노을이 떠오르다__137

1. 시대가 민족의 정신 脫舊變新을 외침__140
2. 시대 색채와 예술 개성__151

10 〈蛻變〉一解__161

11 〈蛻變〉後記__167

12 〈蛻變〉 창작의 前後__171

13 "蛻變"이란 이 두 글자에 대하여__181

부록: 曹愚 年譜__185

"새로운 力量, 새로운 生命"

– <蛻變>을 논함

"새로운 力量, 새로운 生命"[1)]
-〈蛻變〉을 논함

華忱之

　　〈蛻變〉은 曹禺가 항전시기에 쓴 것으로 항전의 현실을 반영한 우수극작이다. 이 작품은 1939년 四川 江安에서 썼고, 1940년 4월 16일부터 6월 3일 重慶의 《國民公報》에 매일 연재되었으며, 1941년 1월 文化生活出版社에 의해 출판이 되었다. 극본이 완성된 후 먼저 國立戱劇學校의 몇 몇 선생들과 학생들이 연습을 한 후, 1940년 봄에 戱劇學校가 공연단을 조직하여 重慶으로 가서 초연을 하려고 하였다. 曹禺 역시 공연단을 따라 갔다. 그런데 國民黨 당국이 이리저리 꼬투리를 잡으면서 먼저 극본 심사라는 명목으로 극본을 수정할 것을 요구하였으며 그렇지 않으면 공연을 허락하지 않겠다고 하였다. 공연을 하여 항전을 선전한다는 신성한 목적을 달성하기 위해 戱劇學校 구성원들은 작자의 동의를 얻은 후 극본의 두 곳을 수정하였다. 한 곳은 "省立 부상병 병원"을 고쳐서 "개인이 나라로부터 보조금을 받아 개원한 병원"으로 하고, 한 곳은 "僞組織"이라는 이 별명을 부르지 않고 공연을 할 때는 입으로 "이거"

---

1) 이 글은 華忱之: 〈曹禺劇作藝術探索〉, 四川文藝出版社 1988年版 중의 "'新的力量, 新的生命'－論〈蛻變〉"을 실은 것이다. (譯者注)

조우의 〈태변〉 연구

라고 하면서 새끼손가락을 들어 보임으로써 그녀가 원장 秦仲宣의 첩임을 표현한다는 것이었다.[2] 그러나 초판본 <蛻變> 중 어떤 곳에는 이렇게 수정을 한 흔적이 보이고, 어떤 곳에는 수정 없이 원래의 모습으로 되어 있어서 내용이 완전히 일치하지 않는 모습을 보여준다. 이어서 국민당 심사위원들은 또 공연을 심사하겠다고 요구하였다. 수차례의 투쟁을 통해 공연을 하게 되었는데 수많은 관중들의 열렬한 환영을 받았다. 蔣介石도 직접 공연을 보았다. 觀劇 후, 그는 국민당 중앙 선전부장 張道藩에게 호통을 쳤고, 얼마지 않아 공연은 금연을 당했다. 그러나 여론의 압력에 못 이겨 일주일 후 다시 재개되었다. <蛻變>은 뒤에 長沙·昆明, 그리고 상해의 "孤島" 등지에서 계속해서 공연이 되었을 뿐만 아니라, 1940년에는 延安에서 陝北公學文藝工作隊에 의해 공연이 되었다. 1940년 8월 27일자 ≪新中華報≫의 보도를 보면 "<蛻變>은 저명 극작가 조우가 항전 이후에 쓴 최초의 걸작이다. 주제나 기교 모두 항전극작들 중 으뜸이다."고 하였다. 1940년 11월 10일에는 또 葉灥이 <略談'蛻變'>이란 글을 실었는데, 그는 칭찬하여 말하기를 "조우 선생의 <蛻變>은 항전 중에 나온 박력 있는 극작이다. 이 작품은 과거 <雷雨>나 <日出>·<原野> 등에 비해 더 큰 현실적 의의를 가지고 있을 뿐만 아니라, 더욱 중요한 정치적 의의를 가지고 있다. …… 이 극작에서 우리는 또 조우 선생이 오늘 뚜렷한 진보를 보여주고 있음을 알 수 있다."고 하고, 또 "<蛻變>이 말해주는 바는 지금의 어두움은 여명 전 '신진대사'의 필연적인 과정이라는 것과, (기본적으로) 지금부터 광명을 향해 걸어야할 길이라는 것을 말해준다."고 하였다. 葉灥이 극본의 사상적 의의를 말하면서도 또 작

---

2) 沈蔚德: <回憶'蛻變'的首次演出>, ≪新文學史料≫1978年 第1輯.

"새로운 力量, 새로운 生命"

자가 이 "蛻變"을 인식하고 처리하는 과정과 광명을 향한 "수단", 그리고 梁公仰이란 이 理想的인 인물 및 제3, 4막 내용 묘사에 있어서의 부족한 점을 지적하기도 하였다. 그는 또 말하기를 "<蛻變>처럼 이렇게 좋은 극본이 진리를 추구하고 진리를 애호하는 연안에서나 겨우 11일동안만 공연이 되고, 重慶에서는 막 공연이 되자 바로 금지를 당하지 않았던가?"라고 하였다. <蛻變>의 공연과 금연의 선명한 대비에서 두 계급·두 세계가 진보적 성향의 연극을 대하는 전혀 상반된 태도에서, 또 다른 각도에서, <蛻變>은 확실히 항전을 고무하는 작용을 하였고 어둡고 부패한 세력을 타격하는 전투적 역할을 하였음을 알 수 있다.

4막극 <蛻變>은 항전 초기 한 후방 성립 부상병 병원이 부패로부터 벗어나 건전한 모습으로 변화되어 가는 복잡한 과정을 묘사하고 있다. 이를 통해 "우리 민족이 항전 중에서 낡은 것을 '벗어버리고' 새로운 것으로 '변화한다'는 기상을 상징한다. 이것이 바로 극본의 주제이다."3) 작가는 훗날 "蛻變이 가리키는 것은 국가와 사회가 아니라, 정의사와 같은 이런 양심있는 지식분자, 그들의 심리적 변화이다"4)라고 말한다. 이와 동시에 조우가 사회 현실을 대하는 思想과 意識上의 깊은 변화를 말해준다. 작가는 제1막에서 이 후방 省立 부상병 병원의 부패한 현상을 묘사하면서 국민당 관료 기관의 나태함과 사리사욕을 위한 부정, 그리고 해야할 일에 비해 사람이 많은 폐단 등을 집중적으로 폭로하고 있다. 극도의

---

3) 曹禺: <關于'蛻變'二字>. "我們民族在抗戰中一種'蛻'舊'變'新的氣象. 這題目就是本戲的主題."

4) 張葆莘: <曹禺同志談劇作>, ≪文藝報≫1957年 第2期. "'蛻變'指的不是國家和社會, 而是指的象丁大夫這樣有良心的高級知識分子, 他們心理的變化."

증오심을 가지고 그 부패한 인물들과 秦仲宣·馬登科·"僞組織" 등과 같은 동요분자들을 매정하게 비판하고 규탄하였다. 원장 秦仲宣은 항전 시기의 전형적인 탐관오리다. 그는 직권을 이용, 공적인 이름을 빌어 사욕을 채우며 그의 조카인 서무주임 馬登科에게 위임하여 그로 하여금 투기를 하도록 함으로써 마침내는 병원이 쓰려고 빌린 큰 창고를 그들이 사들인 쌀을 쌓아두는 장소로 사용, 국난을 기회로 많은 돈을 벌었다. 公事에는 너무나 게으르고 소극적이고 냉담하였다. 그들은 병원에 약이 부족한 것에 대해서는 조금도 관심이 없었다. 약을 재촉하는 공문을 꾸물거리면서 발송도 하지 않고, 秦仲宣은 심지어 이성을 잃은 채 약제사 진병충에게 "처방전에 명시된 약을 절반씩만 주라."고 명령함으로써 부상병들의 생명을 장난으로 여겼다. 이렇게 부패한 인물이 직장에서 퇴출을 당한 후 마침내는 수치도 모르고 뻔뻔스럽게 上海로 가서 漢奸이 되었다. 최후에 그는 역사의 징벌을 받아 애국청년의 총에 맞아 사망하고 만다. 서무주임 馬登科는 시종일관 윗사람에게는 아첨을 하고 아랫사람에게는 거만하게 굴며 허풍을 떠는, 그야말로 "교활, 허위, 이기, 나태"의 집합체이다. 그는 秦仲宣과 서로 결탁하여 온갖 수단으로 나쁜 짓을 저지르며 이 부상병 병원을 "기관답지 못하고, 공관답지 못하게" 엉망으로 만들어 놓았다. 이는 병원의 공무원 사종분이 비평한 바 그대로다. 그는 말하기를 이 병원은 "늘 이런 귀신같은 일, 귀신같은 사람, 귀신같은 놀음들이다. 항전은 마치 다른 사람들 일 같다. 하루내 앉아서 한담이나 하고 말도 안 되는 거짓말이나 해 댄다. 일마다 어쩔 수가 없다고 소곤대다가도 시간이 지나고 나면 모든 일이 다 처리가 된다." 극본의 제1막에서는 바로 이 성립 부상병 병원의 부패현상과 항전관리의 무책임, 그리고 법을 지키지 않는 것에 대한 폭로와 규탄을 적고 있다. 특히 병원에 약이 없어 위급한 상황에 처한 내용과 약을 재촉하는 공문을 지연시킨 사건을 둘러싸고 큰 분쟁이 일어나는데, 여기서 국민당 관료와 기관에 보편적으로 만연되어 있는 부패와 어두운 정치의 심각한 위기를 심도있게 보여주면서, 항전관리의 "책임"과 "법 준수"라는 문제를 제기함으로써 개별적인 것으로부터 전체를 조명해 주고 있다. 작자의 붓에 그려진 다양하고 기형적인 이런 현상들은 국민당 전체 관료와 기관에 대한 전형적 의의를 가진, 또 흔히 볼 수 있는 보편적인 현상들이었으며, 또 국민당 통치의 축영이기도 하다. 누군가 비평해 말하기를, "극본에서 이 후방 병원의 어두운 모습을 폭로하고 있는데, 이는 국민당 전체 기관의 썩어 문드러진 모습 및 그 본질과는 연관이 없고" "그 것을 하나의 우연적이며 개별적인 추악한 현상으로 보고 처리한 것"[5]이라고 하였는데, 이런 비평은 實事求是的인 의견이 못된다.

만일에 제1막은 주로 "'낡고 못된' 것에 대한 폭로와 규탄"이라고 말한다면, 제2막 이하는 현실과 정치적 요구에 서로 부합되는 인물, 즉 梁公仰 감찰원과 정의사 두 긍정적인 형상을 중점적으로 묘사한 것이라 할 수 있다. 작자는 짙고 강한 필치로 "새로운 역량"과 "새로운 생명"을 구가하였다. 특히 숭경하는 심정을 가지고 "현명한 신관리" 梁公仰과 그의 사심 없는 숭고한 정신세계와 근면하고 성실한 근무태도를 뚜렷하게 보여주고 있다. 그는 나쁜 짓을 원수처럼 미워했고 애증을 분명하게 했으며, 일을 아주 진지하

---

5) ≪中國新文學史初稿≫下卷, 167面. "劇本中對于這個後方醫院的黑暗情況的暴露, 沒有關系國民黨反動派全部機構的糜朽情況及其腐朽本質" "而是把它當作一個偶然的個別的醜惡現象來加以處理."

게 처리하면서 조금도 사리사욕을 생각하지 않았다. 그는 집안의 형양공상이 친척관계를 이용해 벼슬을 한 번 해 보려고 던진 부탁을 견결하게 거부하고, 일심으로 항전에 투입, 자기 개인의 生死는 돌보지 않았다. 적기가 공습을 감행했을 때 그는 곧바로 긴급 부서를 조직, 신속하게 부상병들을 옮겼고 또 자기 몸으로 부상병들을 엄호하였다. 그의 到來는 마치 따뜻한 봄바람이 단단하게 얼어붙은 엄동의 얼음을 녹이고 잔잔하게 썩어있던 호수의 물에 바람을 불어 움직이게 하는 것과 같았다. 그는 깊이 있는 연구 조사와, 주요 모순을 통찰하고 오랜 폐단을 날카롭게 개혁하는 뛰어난 능력을 가진 자로, 단기간에 신속하고 철저하게 병원의 문제를 해결함으로써 병원을 완전히 개혁하여 새로운 면모를 가지게 하였다. 그는 또 사람의 사상이 똑바로 설 수 있게 하는 면에 있어서도 뛰어난 능력을 가졌다. 정의사는 바로 梁公仰이 몸소 말과 행동으로 모범을 보여준 것에 영향을 받아 내적으로 변화가 있게 되었고 더욱 건강해질 수 있었다. 특히 그와 근무병 주강림과의 관계를 보면, 서로 말을 놓고 지내고 같은 식탁에서 밥을 먹고 같은 방에서 잠을 자는 등, 공산당원과 당 영도자가 항일을 하는데 있어서 "상하 일치하고 관병이 일치하는" 훌륭한 전통을 은은하게 보여주고 있다. 작자가 梁公仰 형상을 그리면서 공산당 간부의 사상과 태도의 어떤 특징을 생동적으로 표현해 내었다.

그러나 건국을 전후하여 평론계에서는 梁公仰 형상의 소조에 대해 대부분 부정적으로 비평하였다. 어떤이는 인식하기를 <蛻變> 중 "새로운 인물을 묘사함에, 특히 양 감찰원 이 사람의 성격은 현실적이지 못하다."[6]고 하였다. 어떤 이는 주장하기를, 梁公仰

---

6) 谷虹: <曹禺的'蛻變'>, 1941年 12月 ≪現代文藝≫第4卷 第3期. "對于

"새로운 力量, 새로운 生命"

이 인물을 소조함에 있어 현실 생활을 기초로 하지 못한 점이 있다. 즉 그는 "일종의 권력의 대표자로 극본에 출현했으나 실제로 이런 '현명한 신관리'는 당시 國統區에서는 존재할 수 없는 인물이었다."[7]고 보았다. 심지어 어떤 사람은 梁公仰 이 인물의 출현 때문에 "극본 전체가 反現實主義로 되었다."고 하였다. 이런 비평은 대부분 전면적인 것이 못되는 것으로 더욱 발전된 분석을 기대한다.

우리가 알다시피, 梁公仰은 조우가 실제 생활 중에 보았던 한 노 공산당원의 원래 모습을 보고 소조한 인물이다. 조우는 南開大學·淸華大學에서 재학할 때, 또 항전 후 長沙·重慶·江安 등지 있을 때 수많은 공산당원들을 만나보았고 공산당 간부와 유관한 사적과 전설들을 들어왔다. 여기서 그는 사상적으로 정신적으로 대단한 고무를 받았다. 해방 후에 그가 回憶하여 한 말을 보면 이렇다.

> 항전 때 나는 劇專의 선생으로 있었다. 극전이 長沙로 이사를 했을 때 하루는 한 노인이 왔다는 이야기를 들었다. 강연을 어찌나 잘하는지 말을 시작했다 하면 6시간이나 한다고 해서 나도 달려가서 들어보았다. 그의 강연은 '항전필승 일본필패'의 이치에 관한 것이었다. 듣고 나서 나는 너무 감동을 받았다. 다음날 날이 밝기도 전에 그 노인이 묵고 있는 곳으로 달려갔으나 이미 그는 없고 방에는 단지 그의 어린 근무병만이 있었다. 그들은 한 작은 방에서 같이 묵었다. 근무병은 나에게 말해 주기를 그와 노인은 같은 한 침상에서 잠을 잤는데 노인은 아직도 그에게 공부를 하게 하였다는 것이었다. 지금 보면 사

新人物的刻劃, 尤其是梁專員這個人物的性格, 卻不是現實的."

7) ≪中國新文學史初稿≫下卷, 167面. "作爲一種勸力的代表出現在劇本裏, 而實際上, 這種'賢明的新官吏'在當時的國統區是不可能存生的."

실 그렇게 신기한 것도 아니지만 당시에는 나에게 아주 큰 자극이 되었기에 평생 잊을 수가 없다. 얼굴이 온통 붉은 그 어린 근무병은 이제 겨우 열 몇 살로, 난 아직까지 이런 병사를 본 적이 없었다. 당시 나는 이런 노인을 반드시 붓으로 묘사를 해야겠다는 생각이 들었다. 뒤에 나는 비로소 알게 되었다. 이 노인은 원래 국민당이 극도로 증오하는 '異黨分子' - 한 유명한 공산당원 - 라는 것을 알았다. 이 연로한 선생은 나에게 대단한 계시와 고무를 주었는데, 이로써 나는 <蛻變> 중의 한 인물 - 梁公仰 - 을 묘사하게 되었다."

(抗戰時, 我在劇專敎書. 劇專遷到長沙時, 有一天, 我聽說來了個老頭子. 講演講得很好, 一講就是六個鍾頭. 我也跑去聽了.他講的是"抗戰必勝, 日本必敗"的道理. 聽過之後, 我感動極了. 第二天, 天不亮我就跑到這位老人住的地方去了. 但已經不在了, 房間裏只有他的小勤務兵. 他們同住在一間小房. 勤務兵告訴我,他和老頭睡在一張床上, 老頭子還敎他讀書. 現在看來, 實在不稀奇; 但在當時, 給我的刺激之大, 是我一輩子也忘不了的. 那個小勤務兵的臉蛋通紅, 才十几歲. 我從來沒有看到這樣的兵. 當時, 我覺得, 這個老頭子, 我非寫不可. 後來我才知道這個老頭子原來就是國民黨所深惡痛絶的"異黨分子" - 一個有名的共產黨員. 這位老先生給了我極大的啓示·鼓舞. 我才寫了<蛻變>中的一個人物 - 梁公仰.)[8]

曹禺의 回憶에서 그가 "노인"이라고 말한 이 사람은 바로 徐特立이라는 것을 알 수 있다. 극본에서 정창이 정의사에게 읽어준 그 책의 제목은 "항전승리"였다. 이는 두말할 것 없이 공산당 선전용으로, 여기에는 徐特立이 말한 "항전필승, 일본필패"란 이치가 들어 있음에 틀림없다. 극본에서 梁公仰이 근무병 주강림과 같은 이런 사람을 평등하게 대해주었던 것은 徐特立이 어린 근무병을 가족처럼 대해준 것에서 어떤 일깨움을 받아 그렇게 묘사하게 된

---

8) 張葆辛: <曹禺同志談劇作>, ≪文藝報≫1957年 第2期.

"새로운 力量, 새로운 生命"

것이다. 작자는 바로 徐特立의 숭고한 정신에 고무되어, 또 서노인이 언급한 "항전필승"의 진리에 계도를 받아, 작자의 무한한 공경과 기쁨의 심정을 직접 목도했던 실지 인물의 원형에 융합을 시켜 신진 관리 梁公仰이라는 긍정적인 인물을 소조해 낸 것이다. 그래서 작자가 소조해낸 梁公仰 인물은 현실 생활에 의거한 것이기 때문에 "완전히 가공의 상상에서 나온" 허구의 인물이라고 봐서는 안 된다. 물론 梁公仰이란 이 인물이 보여준 그 같은 성격과 행동은 당시 국통구라는 실제 환경에서는 나오기 어려웠던 것은 사실이다. 그러나 작자의 당시 창작 의도에서 본다면, 그가 의식적으로 국민당 내부에 들어간 공산당원을 <蛻變>의 주인공으로 삼았고, 이를 통해 공산당을 찬송하고 또 미래의 새로운 사회에 대하여 자신의 몽롱한 이상을 기탁하였던 것이다. 그가 국민당의 당원을 그린 것은 근본적으로 아니다. 왜냐하면 국민당 관료 기관 중에는 절대적으로 이런 현명한 신 사고를 가진 관료가 나올 수 없었기 때문이다. 만일 다른 각도에서 보아, 이런 인물 성격이 실제 환경과 그렇게 조화가 안 된다 하더라도, 이는 작자가 창작을 할 때 기울인 깊은 고민과 사상 감정의 실제 상황을 표명한 것으로 볼 수 있지 않은가? 梁公仰 형상을 작자가 국민당 관료로 扮飾한 것이라고 보는 그런 비평은 더욱 근거가 없는 것이며, 작가와 작품에 대한 엄격한 곡해인 것이다.

극본에서 소조한 정의사 형상 역시 실제 생활에 기초한 인물이다. 그녀의 원형은 작자가 알고 있던 天津의 한 여자 名醫이며, 또 작자가 들은 바 있는 의사 白求恩과 관련된 감동적인 사적을 근거, 이들로부터 그 정신력량을 섭취한 후, 이를 예술적으로 개괄하고 전형화 하는 과정을 통해 만들어낸 긍정적인 인물이다. 정의사는 원대한 이상과 사업에 대한 의욕이 넘치는 애국심에 불타는 지식분자다. 그녀는 일찍이 외국에서 유학을 하였던 자로, 항전에 헌신하기 위해 상해에서 名醫로서 편안한 생활을 할 수 있는 것도 포기하고, 능동적으로 고생스런 후방으로 와서 한 부상병 병원에서 근무를 하게 된 것이다. 그의 남편은 비록 병으로 이미 세상을 떠났지만 그녀는 가장 사랑하는 독자 정창이 전선의 봉사단과 유격대에 참가하는 것에 동의했으며, 자기가 가지고 있는 모든 것을 신성한 항전 사업에 바쳤다. 어떤이는 주장하기를 정의사는 "객관적인 현실에 대한 정확한 인식과 이상을 가지고 원칙을 견지하면서 용감하게 전투에 임한 용사가 아니다. 그녀는 그저 어려움을 참고 견디는 한 과부요, 부상병을 사랑하는 자상한 여자요, 외롭게 사는 한 여성에 불과하다." "그는 하나의 비극을 가진 자로, 그의 몸에서 우리는 승리의 희망이나 역량을 찾아볼 수가 없다."[9]고 하는데, 이런 비평은 완전히 정확하지가 못하다. 극본에서는 정의사가 강직하고 아첨하지 않으며, 원칙을 고수하고 나쁜 사람 나쁜 일을 폭로하며, 秦仲宣과 馬登科와 같은 부패한 세력과 정면으로 투쟁하는 고귀한 품격을 중점적으로 그리고, 부상병을 돕고 애호하는 일을 민족 해방 사업의 성공과 연결시키는 원대한 이상을 표현하고 있다. 대대장 이철천의 생명을 구하기 위해서 그녀는 자기의 피를 헌혈하는 것도 아까워하지 않았고, 심지어 자기 아들의 병이 위독하여 수술을 해야 하고 자기가 곁에서 돌봐야만 했을 때

___

9) ≪中國新文學史初稿≫下卷 167面. "對客觀的現實具有正確的認識和理想, 而又堅持原則, 敢于戰斗的無畏的勇士. 她僅僅是一個茹苦含辛的寡母, 一個愛護傷兵的仁慈的女性, 一個孤零零的女性." "這是一個悲劇的性格, 在她的身上, 我們看不出勝利的希望和力量."

"새로운 力量, 새로운 生命"

도 그는 우선 다른 중상병을 돌보러 가는 모습을 보였는데, 이런 忘我精神은 너무나도 감동적이다. 바로 이런 고상한 지조와 자신을 돌보지 않는 행동으로 수많은 부상병과 주위 사람들에게 존중과 사랑을 받았고, 그들의 모범이 되었다. 그런데 어찌 정의사가 "외롭게 사는 한 여성"이라고 할 수 있겠는가?

그러나 작자 역시 정의사를 "조금도 결점이 없는 완전한 新人"으로 그리지는 않았다. 극본에서는 정의사가 항전 형세에서 받은 고무와 현실 생활이 준 교육을 통해 사상이 부단하게 제고되어 가는 과정을 생동적으로 묘사하고 있다. 그녀는 秦仲宣과 馬登科 같은 부패한 관리를 보고 항전의 장래에 희망이 없음을 느끼고 실망, 이 곳을 떠나 다른 부상병 병원으로 갈까 생각을 하였다. 그녀의 아들 정창이 <항전필승>이라는 책을 읽어보라고 소개를 해주면서 항전에는 정확한 인식이 있어야한다고 권고를 해 준다.

"정확하게 인식을 해야만 굳은 신앙을 가질 수가 있으며, 이 신앙이 곧 우리가 항전에서 필승하는 기초가 됩니다."

(認識正確, 你才能有堅强的信仰, 這信仰就是我們抗戰必勝的根據.)

"어머니는 반드시 정확한 세계관과 사회관을 가지고 있어야 합니다. 더욱 중요한 것은 정확한 정치인식이 있어야 어머니의 역량을 더욱 폭넓게 발휘할 수 있게되는 겁니다. 그래야 일시적인 감정에 의해 왔다갔다 하지 않을 수 있는 겁니다. 그래야 실망을 하지 않게 됩니다! 비관을 하지 않게 됩니다!"

(你必須有正確的世界觀念, 社會槪念, 更要緊的是正確的政治認識, 你才能夠廣大地發揮你的力量, 你才不會爲一時的情感所左右. 你才不失望! 不悲觀!)

梁公仰의 모범적인 언행과 그녀에 대한 지지는 그녀에게 깨달음을 주었고 더욱 힘을 내게 하였으며, 그녀로 하여금 의심과 걱정을 일소하고 자신감을 가지게 함으로써 그녀가 뜻을 견지할 수가 있었던 것이다. 특히 그 순박하고 사랑스러운 부상병들이 다시 전선으로 돌아가는 애국적인 행동을 보고 그녀는 깊은 가르침을 받았다. 그녀의 아들 정창이 중상을 당한 후 그녀의 마음 속에는 격한 파문이 일었다. 그녀는 "어머니로서의 이기심"에서 정창이 일단 완쾌만 되면 절대 자신의 곁을 떠나 전선으로 가지 못하게 할까 생각했다. 하지만 그녀에게 그렇게 사랑을 받던 부상병들이 민족의 생존을 위해 다시 전선으로 가는 감격적인 모습을 보고 그들에게서 역량을 받아 잡념을 극복하고 "공동의 큰 이상"인 자유롭고 평화로운 새로운 사회를 건립하기 위해 조금도 주저하지 않고 그녀의 아들을 "우리 공동의 어머니인 위대한 조국에 바친다." 연극이 끝나기 직전, 온갖 시련을 다 겪어 머리칼이 반백이 된 이 모친은 눈에 기쁨의 눈물을 글썽이며 앞을 보고 "중국, 중국이여, 넌 강성해야 하나니"라고 대사를 외치는데, 이 때 그의 외침은 극장 전체를 진동시켰고 수많은 애국 군중들을 감동시켰으며, 사람의 마음을 고무시키고 투지를 격려하는 긍정적인 작용을 하였다. 그래서 정의사의 형상은 당시의 보편적인 전형이라는 의의를 가진다. 그녀는 수많은 지식분자들이 항전에 헌신하기 위해 희생도 두려워하지 않고 용감하게 분투하는 애국주의 정신을 개괄하고 있고, 그들에게서는 항전이 승리할 것이라는 희망과 역량을 볼 수 있다. 이는 巴金이 <蛻變·後記>에서 "이 극본은 나의 영혼을 사로잡았다. …… 나는 커다란 희망을 보았고, 커다란 용기를 얻었다.[10]"고

---

10) 巴金: <蛻變·後記>. "這劇本抓住了我的靈魂. …… 我看到了大的希望, 我

말한 바 그대로다. 그런데 어찌 정의사가 "비극적"이라고 말할 수 있겠는가? 李長之가 <送老舍和曹禺>란 글에서 "(曹禺)는 이상적인 인물을 묘사하는데 왕왕 성공을 하였는데, <蛻變> 중의 정의사와 양 감찰원이 그 예다."[11]라고 하였다.

극본에서 이 두 주요 인물 외에, 그 다음으로 중요한 다른 인물들, 예컨대 세상 물정에 밝지만 일을 대강대강 하면서 是非에 휘말릴까 걱정하는 병원의 비서 황서당이라든가, 또 허풍을 떨기 좋아하고 사람들을 비평하기 좋아하며 불평을 잘하는 말단 서기 공추평 등도 상당히 생동적으로 묘사가 되어 직접 보는 것과 같은 느낌을 받는다. 역시 작자가 성격을 소조하는데 일관되게 보여준 예술적 재능을 유감없이 발휘하고 있다. 예술 결구면에서 뒤의 두 막이 두서가 다소 어지럽기는 하지만 그래도 작자는 적절하게 안배를 하여 내용의 맥락은 분명하게 하였다. 제4막에서 작자는 극중의 몇 인물, 즉 秦仲宣·馬登科·"僞組織" 내지는 공추평의 최후 歸宿을 모두 따로따로 안배함으로써 전체 결구에 "기승전결"의 그 절묘함을 가지게 하였다.

<蛻變>은 작자의 사상면에 진보가 있었고 창작면에 새로운 개척이 있었음을 말해준다. 조우가 항전 이전에 쓴 극작인 <雷雨>·<日出>과 같은 작품이 반영한 것은 주로 봉건 자산계급 가정의 정신과 도덕의 타락, 도시 사회생활의 죄악을 폭로하고 규탄하는 것이었다. 그 어두움을 아주 심도있게 폭로하면서 작자의 미래의 광명에 대한 동경과 陽光에 대한 갈망을 보여주었다. 그 때까지는

得着大的勇氣."

11) 1946年 2月 22日 ≪大公報≫. "(曹禺)寫理想人物也往往成功, <蛻變> 中的丁大夫和梁專員是例證."

조우의 〈태변〉 연구

아직 어떤 면에서 당시의 정치 및 사회와 투쟁을 하고 민족을 구하는 운동과 긴밀한 연관을 짓는데 부족함이 있었다. 항전 후에 창작한 <蛻變>에서는 크게 달랐다. 급격하게 변화하는 항전의 새로운 형세에서, 항전 초기 다소 낙관적이고 희망적인 표현 현상과 인민 대중들의 항일 열조는 조우를 크게 고무시켜 주었다. 특히 공산당의 항일 주장과 행동은 조우에게 항전필승에 대한 낙관적인 믿음을 더욱 굳게 해 주었고, 해방구와 장차 새로워질 사회에 대한 바램을 더욱 열렬하게 갈망하게 해 주었다. 그는 자각적으로 붓을 무기로 삼아 항전 투쟁에 참여하였다. 그래서 <蛻變>에서는 <日出>에서와 같이 그렇게 "새로운 혈액, 새로운 생명"에 희망을 기탁했던 것에 그치지 아니하고 희열의 심정으로 무대 위에 직접 "새로운 역량과 새로운 생명"의 화신을 그려낸 것이다. 그의 극작 중에서 공산당원을 원형으로 했거나 혹은 공산당원으로부터 어떤 정신 역량을 얻어 긍정적인 형상, 즉 梁公仰과 정의사 같은 인물을 소조해낸 것은 이번이 처음이다. 이런 점에서 조우의 창작에 새로운 수확이 있게 되었고, 또 항전 연극 운동사 전체에서 대단히 높은 위치를 차지하는 등 지대한 공헌을 하였다. 작품 전반에서 작자는 이전에 볼 수 없었던 낙관적이고 굳센 의지와 명랑하고 유창한 필치로 正反을 대비시키는 표현수법을 운용, "민족 전사가 다방면으로 분투하며 고생하는 모습과 도태되는 부패 계층의 마지막 悲歌"를 보여주고 있다. 사상면에 있어서 더욱 당에 가까워졌다. 극중에서는 정의사의 아들 정창이 유격대에 참가하였음을 묘사하고 있다. 정창과 아이들이 부르는 그 "우리는 모두 사격의 명수"라는 노래는 바로 賀綠汀이 작곡한 <유격대 노래>다. 극본의 결미에서 정의사가 완쾌한 부상병들을 다시 전선으로 보낼 때 어

"새로운 力量, 새로운 生命"

린 부상병의 할머니가 정의사에게 주었던 배두렁이를 흔드는데, 이 역시 작가가 의식적으로 안배한 것이다. 그 붉은 배두렁이는 역시 장개석의 신경을 자극했고, 관극 후 장개석은 張道藩을 호되게 꾸짖어 "그 여인이 홍기를 흔드는데, 넌 눈이 멀었냐?"고 하였다. 사방에서 폭죽이 터지자 군중들은 "大都 收復"이라고 외쳤다. "大都"가 가리키는 것은 北京이다. 이런 細節마다 모두 상징적인 깊은 의미를 가지고 있다. 즉 작자는 당이 영도하는 항일 유격 전쟁을 찬송하면서, 하나의 "자유롭고 민주적인 새로운 국가" 건설을 갈망하는 아름다운 정치이상을 보여준 것이다. 조우는 훗날 회고하여 말하기를 "당시 국민당은 이 연극을 그들을 옹호하는 것으로 만들려고 했으나 나는 실제로 공산당을 찬양하였다."[12]고 하였다. 그는 "공산당이 반드시 승리를 할 것으로 굳게 믿었다." 예술 結構면에서 볼 때 항전 이전의 극작에서처럼 그렇게 스토리의 복잡함을 강구하거나 마음을 조마조마하게 하지 않았다. 상대적으로 말해 더욱 순박하고 자연스럽고 단순 명랑한 방향으로 발전케 하였다. 이런 새로운 사상 요소와 예술 탐색으로 <蛻變>은 가장 고귀한 성과를 얻을 수 있었다. 이 중에는 전혀 무슨 신비적이고 상징적인 분위기는 없다. 이런 것들로부터 우리는 이 시기 작가에게 사상과 창작면에서 크나큰 향상과 새로운 발전이 있었음을 알 수 있다. 洪深이 "반드시 읽어야할 항전희곡" 10편을 추천할 때 이 작품을 포함시켰는데[13], 결코 우연적인 것이 아니다.

물론 <蛻變>에도 결점은 있다. 작자가 극변하는 항전초기에 표

---

12) 西德烏韋·克勞特: <戱劇家曹禺>, ≪人物≫1991年 第4期. "當時國民黨企圖把這出戱說成是擁護他們的, 但我實在是在讚揚共産黨."
13) 洪深: <抗戰十年來中國戱劇運動和敎育>, ≪洪深文集≫第10卷.

면적으로 활기찬 일부 현상을 보고 너무 지나치게 낙관, 당시의 복잡한 투쟁을 냉정하게 분석하지 않고 현상만을 통해 사회생활의 본질을 들여다보았다는 점이 주된 결점이다. 이런 "새로운 기상"을 심도있게 굴착하기 위해서는 사회가 어떤지에 대한 기초 위에서 진행되어야 가능했다. 그는 민족과 국가가 "蛻變"하는 바를 생물계의 매미가 신진대사를 하는 것처럼 보았다. "성장을 하는 과정에서는 단호하게 이전의 낡은 껍데기를 벗어버려야 새롭고 부드러운 생명이 점차 자라날 수 있는 것이다."14) 그러나 사회의 "蛻變"은 결코 매미가 이전의 껍질을 벗는 것처럼 그럴 수가 없는 것이다. 여기에는 반드시 낡은 국가 기관을 철저하게 뒤집어엎어야만 "자유와 평화를 얻을 수 있고 하나의 이상적이고 새로운 사회 기초를 세울 수 있게 되는 것이다." 특히 梁公仰 같은 이런 "현명한 신 관리"가 국민당의 어두운 통치시기에 무슨 방해나 배척도 받지 않고, 그가 모든 것을 지휘하면서 의약이나 모기장이나 트럭 등 대량의 항전 물자를 자기가 뜻하는 대로 융통을 하고 하룻밤 새에 당장 처리를 하는 등 모든 것을 순리대로 해결하는 것을 우리가 보게 되는데, 내용의 발전에서 볼 때 인위적인 흔적이 보이고 그렇게 진실스럽지 못하다는 느낌을 받게 된다. 해방 후, 작자도 인정하기를 "<蛻變>의 앞 두 막은 진실된 것이고 뒤의 두 막은 가공적인 것"이라고 하였다. 梁公仰을 묘사함에는 또 개념화되고 간단화된 결점을 가지고 있고, 굴착이 깊지 못한 점이 있다. 정의사 성격 묘사에는 아주 감동적이기는 하지만 너무 이상화시킨 흔적이 보인다. 두 긍정적 인물 (특히 梁公仰)을 당시 두 사회 세

---

14) 曹禺: <關于"蛻變"二字>. "在生長的過程中需要硬狠狠把昔日的老腐的軀殼蛻掉, 然後新嫩的生命才逐漸長成."

"새로운 力量, 새로운 生命"

력이 복잡하고 첨예하게 모순 투쟁을 벌이고 있는 환경 중에 놓고 그들의 성격 특징을 묘사하기에 앞서 그들의 내심세계와 그 변화 발전을 보여준 것이다. 현실을 반영할 때 때로 표면적으로 흐르고 심도가 깊지 못한 모습을 보여준다. 그래서 어떤 측면에서 작품이 오랜 예술 생명력을 가지는데 부정적 영향을 주기도 한다. 그러나 이런 것 때문에 "<原野>로부터 <蛻變>에 이르기까지의 작품은 <雷雨>나 <日出>에 비해 작가의 창작에 뚜렷한 후퇴"[15]라고 여길 수는 없다. 이런 견해는 검토를 해 볼 필요가 있다.

---

15) ≪曹禺的戱劇藝術≫ 61쪽. "從<原野>到<蛻變>, 比較<雷雨>·<日出>, 是劇作家創作道路上一個明顯的倒退."

조우의 〈태변〉 연구

2

〈蛻變〉論

〈蛻變〉論1)

田本相

　　1937년 7월 7일 蘆溝橋 사변 후, 전 중국은 항일의 봉화가 일어, 인민들의 애국 열정은 이전에 볼 수 없었던 高潮를 이루었다. 중국 공산당이 강력하게 항일을 견지하자는 주장에 따라 점차 민족해방을 쟁취하려는 민족 통일 전선이 아주 광범하게 형성되었다.

　　이토록 위대한 역사의 전환점에서 조우의 창작은 제2단계로 진입을 하게 되었다. 8년간의 항전이 갖은 고생을 다 겪었던 것처럼, 조우의 창작 역시 어려운 가운데서 전진을 하게 된 것이다. 항전 초기, 그는 나라를 사랑하는 열정으로 항일전쟁에서 필요로 하는 바를 직접 표현하게 되었다. 전체 인민들을 항전에 동원시키기 위해 그는 우선 宋之的과 합작하여 <黑字二十八>(일명 <全民總動員>)을 써낸 후, 이어서 <蛻變>을 또 창작하였다. 이 작품들은 "항전극작"이라고 불린다. 투쟁 형세가 변화됨에 따라, 특히 국민당이 항일에는 소극적인 태도를 보이는 반면, 반공에는 적극적인 정책을 펴면서 그 일당 독재의 전제주의를 펼치게 되자, 曹禺는 현실에 대한 분명한 인식과 엄숙한 사상을 가지게 되었다. 그는 시종일관 예술에 대한 탐색정신을 견지하면서 <北京人>을 창작하

---

1) 이 글은 田本相: ≪曹禺劇作論≫, 中國戲劇出版社 1981年版 중의 "<蛻變>論"을 실은 것이다. (譯者注)

고 <家>와 같은 예술성 높은 佳作을 개편하였다. 중요한 것은 이 시기, 그가 직접 혹은 간접적으로 당의 영향을 받았다는 것, 특히 周恩來가 그를 여러 차례 찾아가 담화를 했던 것이 그에게 대단한 고무와 힘이 되었다는 것이다. 주은래가 그에게 보여 주었던 관심과 가르침에 대해 그는 여러 차례 회고하여 이렇게 말한다.

중경에 있을 때 총리는 우리를 많이 보살펴 주었다. 공산당에는 세 개의 法寶가 있지 않은가? 그 첫번째 법보는 통일전선으로 아주 중요한 것이었다. 일부 진보성향의 인사들과 국민당을 좋아하지 않는 사람들은 모두 당시 重慶에 사무실을 차려놓고 있던 총리에게로 기꺼이 가려고 하였다. 1938년 처음으로 총리를 보게 되었는데, 그에 대한 깊은 존경심이 생겼다. 그는 당시 우리들의 처지가 아주 곤란하다는 것을 잘 알고 있었다. 첫째 먹을 것이 부족하였고, 입을 것이 없었으며, 重慶의 여름은 너무 더워서 견딜 수가 없었다. 겨울은 너무 추워서 견딜 수가 없었지만 난로도 지필 수가 없었다. 그는 늘 우리를 찾아와 이야기를 하였다. 그 때 國共이 합작 중에 있었으나 총리에게 접근하는 것은 역시 위험한 일이었다. 그러나 죽음도 두려워하지 않고 위협도 무서워하지 않으며 蔣介石에게 정면으로 대항하는 사람도 있었다. 뒤에 가서 국민당의 작태가 더욱 악랄해지자 당시 정부에 대한 우리의 실망은 갈수록 더욱 커갔다. 그 때 국가와 자신의 장래에 대해 자신감을 가질 수 있었던 주총리에게 아주 감격하였다.”[2]

---

2) 趙浩生: <曹禺從'雷雨'談到'王昭君'>, ≪七十年代≫ 1979年第2期. “在重慶時總理對我們就很照顧. 共産黨不是有三個法寶嗎? 這第一個法寶是統一戰線, 很重要. 有些進步和不喜歡國民黨的人都肯到總理當時在重慶的辦事處去. 從三八年起我第一次見到總理, 就對他佩服到極點. 他知道我們當時的處境很困難, 第一是吃得不夠, 穿得不行, 重慶夏天熱得受不了, 冬天冷得受不了, 又不生爐子. 他經常找我們談談. 那時雖然國共合作, 和總理接近還是有危險的; 但是世界上就有這麼一種人, 不怕死, 不怕威脅, 跟蔣介石對着干. 後來國民黨的作風越來越惡劣, 我們對當時的政府越來越失望.”

29
〈蛻變〉論

이런 것으로 인해, 당과 주은래의 영향 아래 그의 사상과 창작은 이전에 볼 수 없었던 새로운 요소와 새로운 특징을 보여주게 되었다.

1937년 "8·13" 후, 그는 南京 國立戱劇學校의 순회공연을 따라 긴 여정을 거쳐 長沙로 갔다. 그 해 연말에 中華全國戱劇界抗敵協會가 漢口에서 성립되었는데, 여기서 그는 理事로 피선이 되었다. 1938년 2월, 그는 다시 학교가 서쪽으로 옮김에 따라 重慶으로 갔다. 1939년 4월, 학교는 다시 명령에 따라 분산하여 四川 남쪽의 한 편벽한 縣城인 江安으로 옮겨갔다.

이렇게 정착을 못하고 유랑을 하는 생활 중에 작가는 신성한 항전 활동으로부터 격려를 받았다. 그래서 제1회 연극제를 맞이하기 위해 <黑字二十八>을 창작·연출·공연하는 작업에 참가하였다. 이 작품을 쓸 때는 바로 武漢을 잃기 직전이었기 때문에 "총동원하여 항전에 참가하고, 일본 왜구의 침략적 몽상을 타파하며" "漢奸을 숙청하고 적이 되어버린 후방을 전선으로 삼으며, 전 인민들을 동원하여 항전에 임하도록 하는 것이 창작의 주제가 되었다."[3] 이 때 우수한 연기자들이 대거 重慶으로 집중하였는데, 이들을 위해 "희극제" 공연 위원회에서는 극본 창작에 참고하라고 수많은 연기자들의 명단을 보내주었다. "이렇게 유명한 배우들의 명단을 보면서 극본을 창작하는 것은 오히려 어려운 일이었고, 여기에는 방대한 소재와 세심한 안배가 필요했던 것이다."[4] 배우들의 상황

---

3) 曹禺: <黑字二十八·序≫. "總動員來參加抗戰工作, 打破日寇侵略的迷夢." "肅淸漢奸, 變敵人的後方爲前線, 動員全民服役抗戰, 成爲我們寫作的主題."

4) 曹禺: <黑字二十八·序>. "爲了這樣奢侈的演員名單來寫劇本, 卻幷不是容易的事, 這需要厐大的題材和細心的安排."

조우의 〈태변〉연구

에 근거하여 극을 썼다는 것이 이 극본의 특징이기도 하다. 曹禺와 宋之的은 극본을 쓰기도 하였지만 연출팀의 연출을 맡았고, 曹禺는 또 夏曉倉이라는 이 배역을 맡기도 하였으니 曹禺의 항전에 대한 열정이 어떠하였는지를 가이 알 수가 있다. 당시 연기자로 참가하였던 사람을 보면 白楊·趙丹·張瑞芳·舒綉文·沈蔚德·劉厚生 등으로 40여명의 대단한 진영에 장관을 이루었다.

<黑字二十八>의 스토리는 아주 복잡하면서도 자유분방하다. 작품은 "黑字 28"이란 약호를 가진 일본 간첩이 일본에 항거하는 후방으로 침입하여 파괴활동을 벌이는 내용을 다룬 것이다. 그 간첩은 항일단체가 적 후방에 사람을 파견하려는 계획을 전문적으로 파괴하고 한간을 수매하여 암살을 하려고 하지만 마침내는 항일단체에 의해 체포가 된다. 이런 내용을 통해 전선에서 피를 뒤집어 쓰고 奮戰하는 사병과 장교들을 歌頌하고, 또 韋明·耿杰·夏邁進 등과 같은 애국청년들을 가송하였다. 이 청년들은 "조국을 구하겠다는 결심"과 "일본놈들에게 복수를 하겠다는 각오"를 가지고 적 후방으로 가겠다고 적극적으로 등록을 하였을 뿐만 아니라, 전선의 사병들을 위해 겨울 옷을 모으고 부상병들을 위로하며 난민들을 구제하는 활동을 벌였다. 작품에서는 이와 동시에 "항전이라는 미명을 내세워 나쁜 짓을 하는 무리들"을 풍자하고, 沈樹仁과 같이 영혼까지 팔아 적을 이롭게 하는 한간을 폭로하였다. 이 극본에는 인물이 많고, 또 복잡하고 아슬아슬한 줄거리를 추구함에 따라 인물 성격이 번잡함에 파묻혀 빛을 잃어버린 결과를 초래하였다. 현실을 폭로하느라고 깊이 있게 들어가지를 못하고, 풍자도 또 대부분 표면 현상에 그치기는 하였지만, 작자의 항일에 대한 그 열정은 평가를 해 줄만하다.

<蛻變>은 작자가 가슴 가득한 열정을 가지고 쓴, 항전을 위해 쓴 역작이다. 특히 항전 초기에 창작된 여러 작품들 중, 이 작품은 우수작에 속한다. 洪深은 "만일 우리가 필수적으로 읽어야할 항전 극본 열 편을 들라고 한다면 - 만일 수량을 제한하여 열 편을 초과하지 않아야 한다면", <蛻變>이 그 중에 하나라고 보았다.[5]

이 작품은 최초로 공연이 되기도 전에 국민당 中宣部로부터 괴로움을 받았다. 그들은 극본을 심사한다는 명분으로 트집을 잡으면서 작품을 초반에 고사 시켜버리고자 하였다. 초연은 국립 희극학교의 師生들이 맡았는데, 張駿祥이 연출을 맡았다. 그들은 항전에 대한 열정을 가지고 수많은 곤란을 극복하면서 江安에서 배를 타고 重慶으로 왔다. 국민당 당국은 아주 냉담함을 보이면서 숙소를 안배해 주지 않았다. 이에 하는 수 없이 휴업중인 어느 집의 욕실에서 잠을 잤다. 이어서 심사위원의 惡意性 있는 괴롭힘이 있었고 억지로 수정을 하게 하였으며 그렇지 않으면 공연을 못하게 하였다. 투쟁을 통해 마침내 공연을 하게 되었는데 그 공연은 수많은 관중들의 환영을 받았다.[6] 그 뒤 이 연극은 항적 선전대 연극 제4대·제9대·新中國劇社 등에 의해 柳州·長沙·昆明 등지에서 각각 공연이 되었으며 모두 다 성공적이었다. 1941년 상해 "孤島"에서 苦干劇團이 <蛻變>을 공연한 상황을 보면 특히 감동적이다. 기록을 보면 이렇다.

---

5) 洪深: <抗戰十年來中國戲劇運動和敎育>, ≪洪深文集≫第4卷 234面 參照. "如果我們打算推薦十部必須閱讀的抗戰劇本的話 - 如果自己限制數目, 不使超過十部的話."
6) 沈蔚德: <回憶'蛻變'的首次演出>, ≪新文學史料≫1978年 第1輯 參考.

제1장 공연에서 애국 열정의 고조를 불러일으켰다. 진동하는 박수소리 때문에 대사를 계속 할 수가 없어 수없이 중단이 되었으며, 막이 내린 후 커튼콜을 연속 세 번이나 해야 했다. 많은 배우들과 관계자들은 모두 막 뒤에서 감격의 눈물을 흘렸다. <蛻變> 공연은 1개월 내내 하였는데 연속 만원이었다. 11월 12일 손중산 선생 탄신일인 이날, 관중의 애국 열정은 새로운 고조를 보였다. 연극이 끝나갈 무렵 극중 인물 정의사가 항일 전사들에게 훈화를 하는 말 중 '중국, 중국이여, 넌 강해야만 하느니라.'[7]는 말을 했을 때, 객석에서는 큰 소리로 애국의 구호가 터져나와 극작 전체는 완전히 물이 끓는 듯 하였다. 막이 내린 후에도 관중들은 계속 박수를 쳤고 수많은 사람들은 극장을 떠날 생각을 하지 않았다. 이런 상황은 당연히 租界 당국에 자극이 되지 않을 수 없었다. 이튿날 工部局에서는 <蛻變>에 대해 공연금지령을 내렸다.

(第一場演出, 就引起全場愛國熱情的高漲, 臺詞不斷爲雷動的掌聲所中斷, 劇終以後, 連續謝幕三次, 很多演員和工作人員都在後臺激動得流了淚. <蛻變>的演出, 經過整整一個月連續滿座以後, 到十一月十二日孫中山先生誕辰這天, 觀衆的愛國熱情出現了新的高潮: 當結尾劇中人丁大夫向抗日戰士講話時說到'中國中國, 你是應該强的'的時候, 池座裏大聲地喊出了愛國口號, 一時整個劇場都沸騰起來, 閉幕以後, 觀衆還不斷敲掌, 許久都不願意離開劇場. 這種情形, 當然不能不引起租界當局的注意, 到第二天, 工部局就橫暴地對<蛻變>發出了禁演令.)[8]

이로부터 우리는 <蛻變>이 항전에 대한 수많은 인민들의 애국심을 반영하고, 이 작품이 관중들에게 큰 항전 고무 작용을 하였음을 잘 알 수 있다.

    <蛻變>이 발표된 후, 많은 평론가들은 작가의 항전 열정에 대

---

7) <蛻變> 중의 모든 인용문은 文化生活出版社가 1948년에 출판한 판본에서 인용함.
8) 柯靈, 樣英梧: <回憶"苦干">, ≪中國話劇運動五十年史料集≫ 第2輯 350面.

해 높이 평가를 해 주었지만, 여러가지 문제에 있어서는 실사구시적인 분석의 결핍으로 인해 평가가 공정하지 못한 부분도 있었다.

<蛻變>의 창작은, 작자가 마침내 민족 전쟁이라는 위대한 현실의 격려에 힘입어 <原野>의 曲折을 뛰어넘고 다시 그가 창작 노선에 내실있는 진전을 보였음을 의미한다. 급변하는 전쟁 형세와 國統區의 불결하고 혼란스런 국면은 작자에게 깊은 인상을 주었으며, 위대한 인민들이 항전에서 보여준 뜨거운 열정, 특히 중국 공산당의 항일 주장과 행동에서 작자는 앞으로 승리할 것이라는 충만한 믿음과 낙관을 가질 수 있었던 것이다. 작자는 아직까지 <蛻變>과 같이 이렇게 직접적으로 현실 중의 정치과제를 제기해본 적도 없었고, 또 <蛻變>과 같이 이렇게 솔직하게 자기의 정치 이상과 희망을 표현해 본 적도 없었다.

<雷雨>와 <日出>중에서 그가 반영하였던 것은 모두 迫切한 사회에 대한 과제였고, 더욱 비중이 컸던 것은 도덕 윤리학의 범주 내에서 어두운 사회제도에 대한 규탄이었다. 폭로의 정도가 상당히 심오했지만 정치면으로부터 현실을 투시해내지는 못했다. 광명을 동경하고 햇빛을 갈망하면서도 정치적으로 구체적인 목표를 제기하지는 못했었다. <蛻變>에 비록 약점이 있기는 하지만, 그러나 작가가 현실사회를 탐색하고자 하는 촉각을 정치 영역으로 내민 것이다. 이것은 확실히 정치에 대한 작가의 의식이 제고되었음 의미하며, 이는 또 <蛻變> 중의 귀한 새로운 인소인 것이다.

많은 평론가들은 지적하기를 <蛻變>의 성공은 "작품이 오래된 것과 나쁜 것을 폭로하고 규탄하며", "항전 중, 국통구에 존재했던 動搖 분자와 부패 인물들을 폭로한 점에 있다"고 하였다. 이런 평가는 단편적인 것이라고 우리는 생각한다. <蛻變>의 폭로와 규탄

조우의 〈태변〉연구

만을 말할 것이 아니라, 작가가 어떻게 진행을 시켰으며, 또 어떤 특징을 보여주고 있는가를 찾아보아야 할 것이다. 또 작가의 창작 발전을 항전 초기의 희곡창작 상황과 연관을 지어 살펴보아야 더욱 합당한 평가가 나올 수 있을 것이다.

항전 폭발로부터 1939년까지 현대희곡 창작은 그래도 비교적 활발했던 편이다. 형식면에서는 活報劇·街頭劇·茶房劇 등이 주로 많이 공연되었고, 소재 면에서는 항적을 위해 단결하자고 호소하는 내용이거나, 혹은 漢奸과 賣國奴를 타도하자는 내용이거나, 혹은 軍民이 피를 흘리며 奮戰하는 事迹이 그 주를 이룬다. 이런 작품들은 대부분 급조되어 항일 선전에 이용되었다. 이런 작품들 중에는 항전 중의 부패한 현실을 직접적으로 다룬 작품 수는 몇 안 된다. 어떤 이는 이렇게 지적한다. 1941년 이전의 극작 중에는 "항전의 불꽃이 작가들의 눈을 교란시켰을 때, 어쩔 수 없이 정치 구호로 현실 묘사를 대신하였다. 그러나 작가들의 항전에 대한 환호와 감싸안기에서 나온 그 고조된 정서는 글 속에 생생하게 나타났다. 그리하여 그 다음 해부터 우리는 차차 그 튼튼한 열매를 거두게 되었다."[9]고 하였다. <蛻變>이 바로 일찍이 "거둔" "튼튼한 열매"였다. 어떤 면에서 볼 때, 이 작품은 항전 현실을 풍자하는 先聲이 되었고, 뒤에 있게 되는 諷刺 喜劇에 모두 영향을 주었다고 할 수 있다.

<蛻變>과 같이 이렇게 후방 성립 병원의 부패성을 가지고 국민

---

9) 田進: <抗戰八年來的戲劇創作>, 1946年1月16日 ≪新華日報≫. "當抗戰的火花使作者眼花繚亂之際, 以政治口號代替了現實描繪, 是在所不免. 團作者們對抗戰的歡呼·擁抱, 其激越的情緒是躍然紙上的. 但從第二年起, 我們逐漸地就收穫些堅實的東西了."

당 기구가 개인을 위해 법을 어기고, 꾸물거리고 나태하며, 투기 매매를 하며, 횡령과 부정을 저지르는 작태를 폭로한 작품은 당시 현대희곡 작품들 중에서는 찾아보기 힘든 것이었다.

작가는 제1·2막에서 분노가 솟구치는 풍자 장면을 보여주고 있다. 한 쪽에서는 전방의 전사들이 피를 흘리며 전투를 하고 있고, 한 쪽에서는 부상병들의 死活에는 아랑곳하지 않고 혼란하게 살아가는 모습을 보여준다. 이 병원은 "마치 먼지가 수북하게 앉은 오래된 벽시계가" 느릿느릿하다가 이제는 아예 움직이지도 않는 것 같이 실망의 공기가 가득차 있다.

작가는 이런 부패한 현상을 관료 기관에 초점을 맞춰, 부패한 인물 원장 秦仲宣과 서무주임 馬登科를 맹렬하게 풍자하였다. 秦仲宣은 전형적인 탐관오리이다. 그는 병원의 대권을 거머쥐고 자기 마음대로 하면서 공무는 전혀 돌보지 않는다. 사람을 쓰고 일을 처리할 때 그는 "오직 자기의 일시적인 이해 관계와 희비에 따라서 처리를 하기 때문에", 아래 사람들이 아첨을 하면 그의 신임을 얻을 수 있었고, 그의 환심을 얻지 못하면 병원에서 그럭저럭 먹고 살다가 죽기만 기다릴 수밖에 없다. 책임 소재를 묻다보면 반대로 책망을 듣게 되는 것이다. 그는 자기의 조카인 馬登科를 서무주임으로 임용한 후, 전문적으로 투기를 하고 쌀로 장사를 하면서 국난을 틈타 많은 돈을 번다. 馬登科 역시 원장의 비호 아래 마음대로 월권을 하고 제멋대로 나쁜 짓을 한다. 이렇게 하여 부상병 병원을 난장판으로 만들어 놓는다. 秦仲宣은 하루내 부인인 "僞組織"과 카드놀이와 춤이나 추면서 환락을 추구한다. "僞組織"이 생일을 쇠는 날에는 "全民을 動員한 것"과 같은 모습을 보여주면서 손님을 청하고 선물이 오간다. 馬登科는 특별히 "儉德席"을 개최하려는데, 실제적으로는 원장 부인의 생일을 쇠게하기 위해 사람들에게 돈을 내게 하려는 것이다. 그들은 병원에 약이 턱없이 부족한 공적인 일은 뒷전으로 미루어 놓고 약을 재촉하는 電報도 오래 질질 끌면서 늦도록 보내지도 않는다. 秦仲宣은 마침내 "처방전에서 약을 절반으로 줄일 것"을 명령한다. 이는 부상병들의 생명을 완전히 장난처럼 본 것이다. 진병충이 진지하게 약을 재촉했다가 오히려 호되게 야단을 맞는다. 이 병원에서는 "늘 이런 귀신 같은 일, 귀신 같은 사람, 귀신 같은 놀음들이다. 항전은 마치 다른 사람들 일 같다. 하루내 앉아서 한담이나 하고 말도 안되는 거짓말이나 해 댄다. 일마다 어쩔 수가 없다고 소곤대다가도 시간이 지나고 나면 모든 일이 다 처리가 된다."

작자가 이런 부패한 현상을 폭로할 때, 정면으로 官吏 문제를 제기하였다. 그는 정의사의 입을 통해 말하기를 "중국이 만일 어려움을 이기고 국면을 바꾸려면 항전 중의 관리들이 책임을 가져야 한다."고 하였다. 이것과 연관지어 하나의 法治 문제를 제기하였다. "이곳의 '법'은 이미 사사롭게 남용되는 것을 막을 수도 청렴 결백함을 장려할 수도 없게 되었지만, 도리어 원장은 입으로 늘 법치정신을 거론하면서 '행정이란 사람이 있다고 사무가 이뤄지고, 사람이 없다고 사무를 쉬어서는 안된다'고 호통을 친다. 그러나 자신은 '행동 따로, 법률 따로'라는 식으로 행동을 한다. 마치 세력과 권리를 가진 사람은 그저 말만 하면 될 뿐이고, '책임'과 '준법'에 대해서는 결코 다른 사람에게 모범적인 행동을 보여줄 필요가 없다는 것 같다." 여기서 작자는 그의 민주적인 법치관과 민주정치에 대한 요구를 반영한 것이다. 작가가 이렇게 정치쪽으로 어두운 현실을 폭로할 때 작가의 선명한 정치 경향성을 보여주었고, 또 어두운 정치의 어떤 본질을 다루었다. 어떤 이는 말한다. <蛻變>이 부패한 현상을 규탄할 때, "국민당의 전체 행정기관의 부패상과 연계를 시키지 못하고" "그것을 하나의 우연적이고 개별적인 추악한 현상으로 처리했다"고. 이런 비평은 결코 전면적인 것이 못된다. 만약에 작가가 아직 官吏 문제와 법치 문제를 정권 차원까지 끌어올리지 못했다고 말한다면 맞는 말이다. 작품 전체의 경향을 보면 확실히 낡은 관리를 갈아치우고 새로운 관리를 등용시키려면 法制를 집행해야 한다고 작가는 생각했던 것이다. 낡은 국가 기관을 없애지 않고는 근본적으로 탐관 오리와 법치 문제를 해결할 수 없다는 것을 모르고 있었던 것이다. 그러나 <蛻變>은 하나의 省立 병원의 부패상으로부터 국민당 관료기관의 보편적인 부패를 폭로한 여기에 典型의 의미가 있으며, 어떤 부분에서는 폭로한 바가 상당히 깊다. 작가가 時事를 용감하게 다룬 것에서 그의 용기와 열정을 볼 수 있다. 이것이 바로 국민당 정부의 아픈 부위를 자극하는 것이 되었으니 마침내 그들은 사방으로 훼방을 놓다가 끝내는 금연 조치까지 내렸던 것이다. 이것으로 <蛻變>의 전투성을 알 수가 있다.

<蛻變>의 성과는 부패한 현상을 폭로하는 것에만 있는 것이 아니라, 작가의 진보된 사상과 예술탐색 정신을 "새로운 생명"에 대한 가송 표현에 쏟을 수 있었다는 점이다. 이런 대담한 탐색이 있었음에도 문학사가들에게 홀대를 받고 또 다소 공평치 못한 비평을 받기도 하였다.

만일 우리가 曹禺의 창작 노선을 회고해 보면 그가 진보를 원하고 광명을 추구한 현실주의 작가였음을 알 수가 있다. 그가 어두운 현실을 폭로할 때는 늘 충만한 희망과 동경을 가지고 있었

다. 비록 사상적으로 부족한 점이 있어서 혁명의 노선과 혁명의 遠景을 명확하게 보지는 못했지만, 그의 희망과 동경은 아주 진지하였고 감동적이었다. <日出>을 쓸 때는 "원하는 것은 약간의 희망이요, 한 줄기 광명"으로, "새로운 피와 새로운 생명이 있기를" 희망하고 있었다. 그러나 <蛻變>을 쓸 때는 항전으로 큰 변동을 하는 중에 "우리는 더욱 즐겁게 새로운 역량을 희망했던 바, 새로운 생명이 어려운 투쟁 중에 이미 뿌리를 내려 자라면서 아름다운 싹을 틔웠다."[10]고 작가는 말한다. 확실히 그는 정신적인 갈망에 머무르지 않고, 이미 이 새로운 역량과 새로운 생명을 찾아냈던 것이다. 그래서 <蛻變> 중에서 가송한 새로운 생명은 겨우 "희망"과 "동경"에 그치지 아니하였다. 그가 가리킨 이 새로운 생명과 새로운 역량이란 혁명적이고 진보적인 역량이었다. 위대한 항일전쟁 중에서 작가는 공산당의 주장과 공산당원의 모범을 보고 민족의 희망과 국가의 미래를 보았다. 그의 몽롱한 사상과 추구 중에서 구체적이고 진실된 내용을 주입시킨 것이다. 그래서 <蛻變> 중에서 그는 하나의 "자유민주의 신식 국가"를 희망하였고, "중국, 중국이여, 넌 강성해야 한다"는 강력한 외침을 부르짖었던 것이다. 이렇게 新中國에 대한 열렬한 바램을 가졌던 애국주의 이상 열정을 신민주주의 혁명 목표와 연계시킨 낙관주의 정신을 가지고 있었던 것이다.

<蛻變>을 창작하게 된 원인을 보면 우리는 더 생각이 깊어진다. 그는 말한다.

---

10) 曹禺: <關于"蛻變"二字>. "我們更歡喜地望出新的力量, 新的生命已由艱苦的鬪爭裏醞釀着, 育化着, 欣欣硏發出來美麗的嫩芽."

항전 때 나는 劇專의 선생으로 있었다. 극전이 長沙로 이사를 했을 때 하루는 한 노인이 왔다는 이야기를 들었다. 강연을 어찌나 잘하는지 말을 시작했다 하면 6시간이나 한다고 해서 나도 달려가서 들어보았다. 그의 강연은 '항전필승 일본필패'의 이치에 관한 것이었다. 듣고 나서 나는 너무 감동을 받았다. 다음날 날이 밝기도 전에 그 노인이 묵고 있는 곳으로 달려갔으나 그는 이미 없고 방에는 단지 그의 어린 근무병만이 있었다. 그들은 한 작은 방에서 같이 묵었다. 근무병은 나에게 말해 주기를 그와 노인은 같은 한 침상에서 잠을 잤는데 노인은 아직도 그에게 공부를 하게 하였다는 것이다. 지금 보면 사실 그렇게 신기한 것도 아니지만 당시에는 나에게 아주 큰 자극이 되었기에 평생 잊을 수가 없다. 얼굴이 온통 붉은 그 어린 근무병은 이제 겨우 열 몇 살로, 난 아직까지 이런 병사를 본 적이 없었다. 당시 나는 이런 노인을 반드시 붓으로 묘사해야겠다는 생각이 들었다. 뒤에 나는 비로소 알게 되었다. 이 노인은 원래 국민당이 극도로 증오하는 '異黨分子' - 한 유명한 공산당원 - 라는 것을 알았다. 이 연로한 선생은 나에게 대단한 계시와 고무를 주었는데, 이로써 나는 <蛻變> 중의 한 인물 - 梁公仰 - 을 묘사하게 되었다."

(抗戰時, 我在劇專敎書. 劇專遷到長沙時, 有一天, 我聽說來了個老頭子. 講演講得很好, 一講就是六個鐘頭. 我也跑去聽了. 他講的是"抗戰必勝, 日本必敗"的道理. 聽過之後, 我感動極了. 第二天, 天不亮我就跑到這位老人住的地方去了. 但已經不在了, 房間裏祇有他的小勤務兵. 他們同住在一間小房. 勤務兵告訴我, 他和老頭睡在一張床上, 老頭子還敎他讀書. 現在看來, 實在不稀奇; 但在當時, 給我的刺激之大, 是我一輩子也忘不了的. 那個小勤務兵的臉蛋通紅, 纔十幾歲. 我從來沒有看到這樣的兵. 當時, 我覺得, 這個老頭子, 我非寫不可. 後來我纔知道這個老頭子原來就是國民黨所深惡痛絶的"異黨分子" - 一個有名的共產黨員. 這位老先生給了我極大的啓示 · 鼓舞. 我纔寫了<蛻變>中的一個人物 - 梁公仰.)[11]

---

11) 張葆辛: <曹禺同志談劇作>, ≪文藝報≫1957年 第2期.

曹禺는 이 회상에서, 梁公仰에게는 그의 생활 원형이 있었으며, 이 노 선생이라는 사람은 徐特立이라는 사실을 설명하고 있을 뿐만 아니라, 조우는 당시 항전에 대한 공산당의 주장을 접수하였고, 그것이 진리였던 바, 작가는 그것에 "크게 감동하였다."는 것을 말해주고 있다. 극 중에서 이야기하고 있는 <抗戰必勝>이란 그 책은 우리가 이리저리 추측을 할 필요는 없지만, 여기에는 분명히 徐特立이 이야기한 "항전필승, 일본필패"라는 이치를 담고 있음에 분명하다. 바로 그 이치가 작가의 이상을 무장하게 하였다. 徐特立의 청빈하고 공평무사하며 깨끗하고 고상한 정신이 작가에게는 민족의 지주로 보였을 것이며 작가의 항전 필승이라는 신념을 고무시켜주었던 것이다. <蛻變> 중 부패분자에 대한 폭로에는 새로운 요소가 부여되어 있다. 작가는 새로운 역량과 새로운 생명에 대한 끝없는 기쁨을 가지고 있었으며, 또 이미 작가의 눈앞에 펼쳐져 있는 새로운 역량이 부패한 사물과 대비가 되었던 것이다. 그래서 작가는 "민족의 전사들이 각 분야에서 어렵게 분투하는 모습과 도태되어 가는 부패 계층이 마지막으로 발버둥을 치는 외침"[12]을 표현해 내었다고 할 수 있다. 그는 이런 민족 전사를 가송하였다. 작가는 자신의 낙관적인 신념과 그가 목도한 진실된 인물을 생동적인 예술형상으로 만들어 내었던 바, 梁公仰과 정의사와 같이 훌륭한 긍정적 형상이 소조될 수 있었다.

이 두 형상을 둘러싸고 지금까지 부정적인 비평이 비교적 많았다. 梁公仰에 대한 비평은 주로 두 가지 방면에 집중되었다. 그 하나는 梁公仰 형상에 현실의 기초가 결핍되어 있다는 주장과 國

12) 曹禺: <關于"蛻變"二字>. "民族戰士在各方面奮斗的艱苦同那被淘汰的
　　腐爛階層日暮途窮的哀鳴."

41

統區 환경에서는 이런 인물이 나올 수가 없다는 주장이다. 예컨대 "양 감찰원 이 인물에는 현실생활 기초가 결핍되어 있다. 그는 일종의 권력의 대표자로 극본에 출현하지만 실제적으로 이런 '현명한 신 관리'는 당시 國統區에서는 존재할 수 없었다."는 것이다. 그리고 또 "작자는 일종의 가벼운 마음으로 이 梁公仰이란 긍정적인 인물을 만들어냈지만, 梁公仰과 같은 이런 인물은 <蛻變>에서 묘사하고 있는 그런 환경에서는 진실되지 못하다." "이 인물은 전형을 가진 환경과 사회현실의 근거와는 벗어나고 있다."는 주장이다. 두 번째는 梁公仰의 성격이 개념화되어 있다는 주장으로, "양 감찰원 이 사람은 비록 구체적인 모습을 가지고는 있으나 하나의 성격으로 보기보다는 하나의 권력의 화신으로 보는 것이 좋다."는 인식이었다. 우리는 이런 비평에 實事求是가 부족하며 또 구체적인 분석이 부족하다고 생각한다.

梁公仰은 작가가 숭고한 심정을 가지고 소조해낸 하나의 신식 관리의 긍정적인 인물이다. 확실히 작가는 그를 秦仲宣과 같은 이런 구 관리와 대조를 시킨 중에서 보여주되, 그의 공평무사하고 일심으로 항전을 위해 노력하는 숭고한 정신 경지를 부각시켜 보여준다. 그의 부지런하고 진지하며 개혁에 뜻을 두고 법치를 추진하는 모습은 깊은 인상을 준다. 私情을 따르지 않는다는 것은 참으로 대단한 일이다. 특히 탐오 횡령이 성행하던 국민당 관료 기관에서, 집안 형님 梁公祥이 친척관계를 이용하여 벼슬을 요구했을 때 단호하게 거절을 하는데, 여기서 그의 私利를 꾀하지 않는 인격을 보여준다. 敵機가 공중을 진동시키는 중에도 그는 조금도 겁내지 않고 당당하게 걸어나오며, 심지어는 자신의 몸으로 부상병을 엄호하는 모습들은 상당히 감동적으로 표현이 되었다. 근무병 주강림과의 관계에서 그는 상하는 있으나 형제처럼 평등하게 대해주며 전혀 높은 벼슬아치 티를 내지 않았다. 梁公仰은 관료의 태도를 아주 원수처럼 싫어하였고, 일은 아주 진지하고 일사불란하게 하였다. 어떤 일이 생기면 철저하게 조사를 하고, 군중들의 외침을 귀담아 들었다. 그는 나이가 이미 예순이 되었지만 아직도 패기가 왕성하였다. "사람은 영원히 늙지 않는다, 당신 스스로 늙었다고 생각만 않는다면." 이 말은 그의 생활 신조다. 확실히 梁公仰 몸에서는 어떤 공산당원의 특징을 보여준다. 이런 의미에서 볼 때, 이 형상이 개념적으로 그려진 면이 있기는 하지만 작가의 창작 노선에 있어서는 하나의 새로운 수확이라 하겠다. 설사 國統區 현대희곡 창작 중의 긍정적인 형상들 가운데 둔다 하더라도, 梁公仰 형상은 역시 작가의 독특한 공헌이 된다.

확실히 이런 인물은 국통구 환경에서는 찾아보기 힘든 인물이었다. 부패한 국민당은 결코 이런 감찰원이 철저한 개혁과 정돈을 진행시킬 수 있도록 허락을 해줄 리 만무하였다. 그래서 어떤 이는 지적하기를 인물과 환경에 모두 진실성이 결핍된 것은 근거가 없는 것이 아니라고 말이다. 그러나 왜 이 인물이 사람들에게 친밀감을 주고 믿음을 주는가? 그 원인은 성격의 진실성을 그려냈기 때문이다. 梁公仰과 같은 이런 성격의 소유자가 조국의 대지 위에 출현한 것은 결코 작가가 억지로 만들어낸 것이 아니다. 梁公仰이 오랜 폐단을 개혁하는 이 事迹을 말하자면, 여기에는 확실히 작가의 이상이 실려 있고, 梁公仰의 성격을 말하자면 여기에는 또 현실 생활의 근거가 담겨있다. 구체적인 환경을 묘사할 때, 작가가 과분하게 낙관적인 태도를 드러내 보임으로써 인물의 행동 논리에 필연성이 부족하기는 하다. 하지만 당시 중국사회의 범주에서 梁

公仰의 영웅적인 성격은 그의 현실에 기초한 것이다. 따라서 梁公仰은 작가가 현실생활에 근거하여 이상화시킨 하나의 신식 관리 형상이라 할 수 있겠다.

梁公仰은 특정한 역사적 환경 아래서, 작가가 현실에 대한 이해와 자신의 정치적 이상을 함께 융합시켜 만들어낸 산물이다. <蛻變>은 1939년에 창작되었다. 항전이 폭발하고 나서 1938년 10월에는 武漢을 잃었다. 모택동의 表現은 이렇다. "이 시기에 일본 침략자는 대대적으로 진공을 하였고, 전국 인민들의 민족 의분이 고조를 보임에 따라 일시적으로 생기가 넘치는 새로운 기상이 나타났다. 당시 전국의 인민들이나 우리 공산당원들, 그리고 기타 민주당파들은 모두 국민당 정부에 커다란 희망이 되어 주었다. 이 희망이란 곧 이 민족이 위기에 있을 때, 인심이 고조되어 있을 때, 민주 개혁을 추진하고 손중산 선생의 혁명 삼민주의를 실시한다는 희망이었다. 그러나 이 희망은 허사가 되고 말았다."[13]고 하였다. 그래서 이 특정 시기에 작가는 "아주 커다란 희망"을 안고 민주 개혁을 바라고 있었던 바, 극본을 통해 "우리 민족이 항전 중에 구태를 '벗어던지고' 새롭게 '변화하는' 모습"을 그려낼 수 있었던 것이다. 가이 이해가 되는 바다. 그는 공산당원의 그 숭고한 품격과 감동에 힘입어 개혁에 뜻을 둔 항전 官吏 형상을 소조해 내면

---

13) 毛澤東: <論聯合政府>, ≪毛澤東選集≫ 人民出版社 1953年版, 第3卷 1037面. "在這個時期內, 日本侵略者的大舉進攻和全國人民民族義憤的 高漲, 使得國民黨政府政策的重點還放在反對日本侵略者身上, 這樣就比 較順利地形成了全國軍民抗日戰爭的高潮, 一時出現了生氣蓬勃的新氣 象. 當時全國人民, 我們共產黨人, 其他民主黨派, 都對國民黨政府寄予 極大的希望, 就是說, 希望它乘此民族艱危, 人心振奮的時機, 厲行民主 改革, 將孫中山先生的革命三民主義付諸實施. 可是, 這個希望是落空了."

서, 또 한편으로는 그 부패한 구식 관리를 죽도록 증오하고 그 부패한 인물을 규탄하였던 것이다. 그는 인식하기를 梁公仰과 같은 이런 새로운 관리가 많아지기만 하면 민족이 새롭게 태어나고 나라가 부강해질 수 있다고 보았다. 그러나 국민당의 관료기관은 소수의 신 관료에 의해 개혁될 수 없다는 것을 그는 이해하지 못했던 것이다. 국가 기관 전체를 다 없애버리지 않고 한 개인의 정권으로는 "蛻變"을 상상할 수도 없는 것이었다. 이렇게 작가가 梁公仰 형상을 우리 앞에 내 놓을 때, 그는 현실에 대한 느낌과 희망, 그리고 과학적이지 못한 이해를 모두 형상과 극 스토리에 주입을 시켰던 것이다. 어떤 사람은 비평조로 梁公仰은 하나의 "包公같은 인물"이라고 하였다. 작가가 梁公仰을 묘사함에 인민의 바램을 적용시켰다는 점에서 볼 때, 그가 포공식의 인물로 그려냈다고 해도 말이 안되는 것은 아니다. 그러나 작가가 공산당원의 어떤 특징을 그렸다는 점에서 볼 때는 역시 공산당원에 대한 작가의 숭앙과 희망을 반영했다고 할 수 있다. 어떤 이는 주장하기를 梁公仰 형상은 국민당 관리를 위해 분칠을 시킨 것이라고 하였으나, 이는 확실히 작가의 원래 의도를 아주 왜곡한 주장이다.

<蛻變>의 공적은 작품에서 얼마나 성공적인 영웅적 형상을 소조해 냈는가 하는 것에 있는 것이 아니라, 현대희곡 창작 중 영웅 형상을 소조함에 대담한 탐색과 돌파성을 보인 점에 있는 것이다. 우리는 작품을 평가함에 현대희곡의 역사와 무관해서는 안된다. "五四" 이래의 현대희곡 창작을 보면, 梁公仰·정의사와 같은 이런 인민의 바램을 담고 있는 영웅적인 성격을 가진 인물을 찾아보기 힘들다. 이런 형상은 그 위대한 민족 해방이라는 전쟁의 불꽃이 피고 있던 중에 탄생된 것이지 결코 우연히 된 것이 아니다.

이런 의미에서 성공한 부분이든 실패한 부분이든 모두가 개척이라는 점에 가치와 의미를 가진다.

梁公仰에게는 어떤 개념화된 결점이 있다고 하더라도 정의사 형상은 아주 생동적이다. 정의사는 애국 지식분자 형상이지만, 그에게는 또 영웅적인 어머니의 인품이 있다. 이 빛나는 형상은 망국의 노예가 되지 않고, 비굴하게 되지않기 위해 자신의 모든 것을 신성한 항전 사업에 바친 지식분자의 모습으로 묘사되어 있다. 항전이 진행되는 동안 조국을 위해 용감하게 자신을 바친 인물들은 수없이 많았다. 국민당이 비록 소극적으로 일본에 항거했지만, 무수한 인민들과 전사들은 망국의 노예가 되는 것을 원치 않았다. 정의사는 정직한 의사로서, 민족이 존망의 위기에 있을 때 상해에서 名醫로 편안한 생활을 할 수도 있었지만 이를 포기하고 부상병 병원에 몸을 던졌다. 그녀는 의학사업에도 대단한 열정을 가지고 있었지만, 조국을 열애하는데 더 큰 열정을 가지고 자기의 모든 것을 위대한 항전 사업에 바쳤다. 어떤 이는 말한다. 정의사는 "그저 어려움을 참고 견디는 한 과부요, 부상병을 사랑하는 자상한 여자요, 외롭게 사는 한 여성에 불과하다." 그러기에 그녀를 "우리가 배울 대상이나 모범으로 삼기에는 부적당하다"고. 이런 비평은 실제에 맞지 않는다. 정의사 성격을 설정할 때 작가는 강직하며 강건 솔직한 고상한 품격의 소지자로 묘사하는데 중점을 두었다. 작가의 말에 따르면, 그녀가 그렇게 "진리를 사랑하고 인자함과 의협심을 가지고 직업을 사랑하는 습성"은 바로 부상병에 대한 책임감, 그리고 그들을 구제하려는 고귀한 정신이다. 그래서 그녀는 사악함과 부패를 결코 용인하지 않았다. 그녀가 秦仲宣·馬登科 같은 사람들과 투쟁하는 모습에서 표현되었듯이, 그녀는 "일을 무성의하게 하거나 대충 대충하는 것"을 용납하지 않았고, 또 "상관에게 영합하거나 아부를 하고 허풍을 부리거나 사리사욕을 위해 부정을 저지르는 짓"을 하지 않았다. 그녀의 눈에 개인적인 일을 공적인 일보다 중히 여기는 사람은 누구나 "철천지원수"였다. 그녀는 부상병에 대한 사랑을 "전 민족이 이 번 항전을 기회로 일어서야 한다."는 대 사업과 연관을 시켰다. 부상병을 대하는 태도에서 그녀의 忘我精神을 보여준다. 그녀는 자신의 피를 헌혈하였을 뿐만 아니라 심지어는 폭격기가 난무하는 가운데서도 부상병을 포기하지 않고 수술대를 지켰다. 그녀는 부상병을 사랑했지만 부상병 역시 그녀를 존경하였다. 그녀는 또 그 순박한 사병들로부터 정신력을 얻기도 하였다. 그러나 정의사 형상은 "조금도 결점이 없는 新人"이라고 누군가가 비평한 것과 또 꼭 같지는 않다. 작자는 그녀를 전쟁 중에 연마를 통해 부단하게 전진하는 하나의 지식분자로 설정한 것이다. 그녀는 秦仲宣과 馬登科의 부패하고 몰염치한 모습을 폭로했을 뿐만 아니라 또 정면으로 투쟁을 전개, 원장 부인에게 미움을 사는 것도 두려워하지 않았다. 그녀는 한 때 화가 나서 병원을 떠날까 생각도 했었고 의심과 근심, 실망도 했었다. 그러나 아들 정창이 그녀에게 "어머니는 반드시 정확한 세계관과 사회관을 가지고 있어야 합니다. 더욱 중요한 것은 정확한 정치인식이 있어야 어머니의 역량을 더욱 폭넓게 발휘할 수 있게 되는 겁니다."라고 하면서 <항전필승>을 읽도록 소개해 준다. 梁公仰의 모범적인 행동에 그녀는 아주 고무되어 자신의 뜻을 계속 견지해 나갔다. 어떤 사람은 인식하기를, 정의사가 뜻을 견지해 나갈 수 있었다는 것은 진실되지 못하다. 만일 梁公仰의 지지가 없었다면 그녀는 성취를 볼 수가 없을 것이라고. 사실 당시 國統區에서는 수많은 사람들이 國民黨 통치에 불만을 가지고 있다가 상당수가 해방구로 갔지만 어떤 사람은 남아서 투쟁을 하였다. 공산당은 이 사람들이 부패한 환경 중에서도 압력과 박해를 받으면서 군중들을 단결시키고 항전을 견지하는 것을 격려하였다. 그래서 정의사가 투쟁을 견지할 수 있었다는 것은 현실적인 근거가 있는 것이다. 극본에서 그녀가 아들에게 보여준 태도 역시 우리에게 상당한 감동을 준다. 그녀는 자신의 아들을 사랑하였다. 과부가 되고부터 그녀는 아들로부터 정신적인 위로를 가장 크게 받아왔다. 그는 결코 이기적이지 않았다. 아들이 적극적으로 항전을 하는 일에 참가하고, 심지어는 멀리 적군의 후방으로 떠나갈 때도 일절 애석하게 생각하지 않았다. 그러나 아들이 중상을 당하게 되자 그녀의 마음 속에는 격렬한 사상적 갈등이 일어났다. 일단 아들이 완쾌되면 다시는 절대로 자기 곁을 떠나지 않게 할 것이라고 생각하였다. 그러나 그녀가 그렇게 열애했고 또 그녀에게 사랑을 받았던 부상병들이 다시 전선으로 떠나는 감격적인 모습을 보게 되었을 때 그녀는 깊은 감명을 받았고, "어머니된 사람으로서의 私心"을 느끼게 되었다. 이에 "공동의 이상, 즉 자유롭고 평등한 새로운 모습의 국가"를 위한 숭고한 목표에 고무되어 아들을 "우리 공동의 어머니, 즉 우리 조국에 바치게" 된다. 정의사의 형상은 전형 의의를 가진다. 그녀는 무수한 지식분자와 수많은 어머니들의 애국정신을 개괄한다. 그녀는 완전무결한 사람은 아니지만 인민의 토양에 뿌리를 내리고 있고 또 인민들이 사랑하는 영웅적인 성격을 가지고 있다. 이 형상이 우리에게 보여주는 바는 우리 민족은 지지 않으며, 인민의 역량은 항전을 승리로 이끌 수 있는 원천이라는 것이다.

<蛻變>은 사상적으로 약점을 가지고 있다. 작자는 <蛻變>의 주제를 표현하려고 하였다. 하지만 그는 또 "蛻變"을 자연계의 매미

조우의 〈태변〉 연구

가 신진대사를 하는 것과 같이 "이전의 썩은 껍데기를 벗는 고통만 있으면 새롭고 유쾌한 생활이 있게 된다."고 보았던 것이다. 사회의 "蛻變"은 결코 매미가 낡은 껍질을 벗는 것과 같은 것이 아니라 여기에는 질의 변화가 필요한 것이다. 이는 뒤에 역사적 실천이 보여주었던 바와 같다. 즉 인민의 혁명을 거쳐 반동 정권을 뒤집어엎고 나서야 하나의 "새로운 형식의 국가"를 얻을 수 있었던 것이다. 작가는 당시의 항전 열기에 고무되었고, 혁명의 역량을 보았고, 희망을 보았기 때문에 중국이 "蛻變"할 수 있을 것으로 여겼다. 그러나 이것은 지나친 낙관이었다. 그는 현실투쟁의 복잡성에 대한 과학적인 분석이 부족하였고 형세가 복잡하게 발전 변화될 것에 대해서는 생각을 못했던 것이다. 이는 夏衍이 <蛻變>을 평가하여 말한 바와 같다. 즉 "그 때는 애국의 열기가 하늘을 치솟던 시기로, 선량하고 애국심이 충만했던 작가들 중에는 그 누구도 조국의 전도에 대해 낙관하지 않았고, 그 누구도 진원장과 馬登科 같은 사람이 '蛻變'할 것이라고 믿지 않았다. 당시에 누가 그처럼 그렇게 천진했겠는가? 그런데도 그는 蛻變하는 낡은 껍데기를 다루었다. 당시 사람들 중에는 심지어 항전이 시작되었을 때부터 이 껍데기는 이미 간단하게 벗어버렸다고 생각하는 사람도 많았다."[14]고 하였다. 하연의 이런 분석은 실사구시적이다. 그래서 우리는 <蛻變>을 항전시기 중에 나온 우수한 항전극작이라고 보는 것이다.

---

14) 夏衍: <觀'蛻變'>, 山東師範學院中文系現代文學敎硏室編 ≪現代文學參考資料≫에서 再引用. "那時候正是一個愛國烈潮奔騰澎湃的時代, 善良的·充沛着愛國熱情的作者, 誰不對祖國的前途樂觀, 誰不堅信秦院長和馬登科之流的必須'蛻變', 在當時, 誰不和他一樣天眞? 他還接觸到蛻變的舊殼, 當時有許多人, 甚至認爲抗戰一開始, 這張殼早已很簡單地蛻掉了呢."

3

현실 생활에 대한 직접 표현

- 〈蛻變〉

현실 생활에 대한 직접 표현 - 〈蛻變〉1)

孫慶升

항전이 폭발한 후, 曹禺는 들끓는 듯한 항전 현실에 고무가 되어 宋之的과 합작하여 <黑字二十八>을 창작한 이외에 항전 생활이란 소재를 반영한 극본 <蛻變>을 또 써냈다. 이는 曹禺가 처음으로 당시 사회에 발생하고 있는 사건을 소재로 해서 창작을 한 극본이다. <雷雨>의 시대 배경은 창작 배경과 시간적으로 약 10년 차이가 난다. <日出>과 <原野>의 시대 배경도 시간을 앞당길 수도 늦출 수도 있게 고정을 시켜두지 않은데, 유독 <蛻變>의 창작 배경과 작품의 시대 배경은 거의 일치하게 하였다. 이 작품은 1940년 여름과 가을에 쓰여졌는데, 표현된 것은 1938년 1월부터 1940년 4월까지의 항전 시기에 한 부상병 병원이 변천하는 과정이다. 극본에는 작자의 고앙된 애국 열정이 배어 있고, 또 항전 중에도 부패하고 어두운 현상이 존재하고 있다는 것에 대해 극도로 증오하는 정서를 보여주고 있다. 이것은 정치 각도에서 사회의 현실 생활을 반영한 현실주의 작품이다. 과거에 가정·도덕·윤리 등의 각도에서 현실생활을 반영했던 작품들과는 달리 직접적인 현실성을 보여준다. 혹자는 時事性에 가까운 작품이라고 말한다. 극

---

1) 이 글은 孫慶升: ≪曹禺論≫, 北京大學出版社 1986年版 중 "對現實生活的直接表現-<蛻變>"을 실을 것이다. (譯者注)

본에서는 국민당 통치하의 관료 기관과 탐관오리에 대한 폭로가 상당히 날카롭고 신랄하다. 醉生夢死하고, 私利를 위해 부정을 저지르고, 접대를 하고 아부를 하며, 손님을 청하고 선물을 보내며, 세력에 빌붙어 사람을 기만하는 등의 부패한 모습들이 눈앞에 생생하다. 사회의 폐단을 폭로한다는 각도에서 볼 때 이는 상당한 깊이를 가진다. 우리가 작자 筆下에서 그려진 인물 형상들을 보면 작자의 분명한 입장과 선명한 태도를 느낄 수가 있다. 병원의 원장인 秦仲宣은 직무를 소홀히 하고 무성의하게 일을 대충하는 관리로, 그는 어떤 일을 처리할 때는 언제나 "대개, 혹은, 어쩌면, 내 생각에는, 아마도, 그렇게 생각되지 않는다."는 애매모호하고 두서가 없는 말을 입에 달고 다닌다. 공무원들이 그를 비평하여 말하기를, 그는 "傍若無人, 厚顏無恥, 獨不將軍"이라 하여 정말 생생한 한 폭의 관료 모습을 그려내었다. 秦仲宣이라는 이런 인물이 도사리고 있는 상황하에서 부상병 병원은 환락을 추구하고 투기나 하는 장소로 변하고 난장판이 되어 어떻게 수습이 불가능하였다. 문제는 이 秦仲宣 한 인물에 그치지 않았다. 서무주임인 馬登科와 秦仲宣의 情婦인 "僞組織" 등과 같은 이런 사람들은 신성한 민족 항전 중에 자신의 이익을 위해 부정을 저지르고, 그럭저럭 살면서 일시적인 안일만을 꾀함으로써 시시각각으로 항전의 機體를 약화시키고 파괴하는 역할을 하였는데, 이 병원은 바로 國統區 사회의 한 축영이다. 작자는 대단한 의분을 가지고 정의사의 입을 통해 이렇게 힘차게 규탄한다. "그럭저럭 버티면서, 속이고, 대충대충 일들을 하니, 일이 당신 같은 사람들 손에만 가면 방법이 있던 것도 방법이 없어져 버려요. 지금 가장 한스러운 것은 내가 즉시 일종의 혈청을 발명해서 당신 같은 사람들의 혈관에 주사하여 당신들의 마음속에 있는 '게으른' 독성, '느려빠진' 독성, '우매한' 독성, '수치를 모르는' 독성, '이기적인' 독성, '지나치게 똑똑한' 독성, '무책임한' 독성 등의 나쁜 기질들을 완전히 깨끗하게 씻어버릴 수 없다는 것입니다. 이렇게 해야만 항전의 앞길에 진정한 방법이 있게 될 것이요."라고. 조우는 <關于"蛻變"二字>란 글에서 극본을 설명하여 말하기를 "우리는 새로운 생명을 위해 한없는 용감성을 발휘, 이를 보호 유지시키고 양성시켜야만 한다. 그 이전의 나쁜 것에 대해서는 조금도 인정사정 볼 것 없이, 추호의 망설임 없이 질책하고 배격·규탄하여, 각종 세력을 통해 억압 금지시키고, 이런 사람이나 이런 유해한 의식은 '죽음'으로 끝을 내 줘야 한다."고 하였다. 작자가 "蛻變"이란 두 글자로 제목을 삼은 것은 중국이 신성한 민족 항전의 열화 중에서 새롭게 거듭날 수 있기를, 즉 "구습의 색깔을 벗어 던지고 새로운 정신을 창조"할 수 있기를 바라는데 그 뜻을 두었기 때문이다. 이것은 작자 개인의 바람이기도 하지만 대부분 인민들의 공통된 心願을 대표하기도 한다.

극본에서는 매장을 시켜야 할 "옛 것"에 대한 표현이 아주 충분하게 개진되었을 뿐만 아니라 "새로운" 역량이 성장하고 있음도 잘 그리고 있다. 우리는 曹禺의 극작 중에서 처음으로 양 감찰원과 정의사와 같은 이런 새로운 형상이 나왔음을 볼 수가 있다. 胡風은 말하기를 "<蛻變> 중에는 작자 조우가 정면으로 긍정적인 인물을 선보여 주는데, 이것은 그가 다른 작품에서는 긍정적인 인물을 보여주지 않았다는 말이 아니라, 이 작품에서는 그가 긍정적으로 본 인물이 작품을 구성하는 중심에 서 있다는 것이다. 그리고 더욱 중요한 것은 <蛻變> 속의 긍정 인물이 정면으로 그리고 전면적으로 현실적인 정치와 결합되었다는 점, 혹은 현실적인 정치를 향해 돌진하고 있다는 점이다."[2]라고 하였다. 확실히 <蛻變>은 曹禺가 처음으로 긍정적인 선진 인물을 내세운, 아니 영웅인물을 주인공으로 삼은 극본이라고 말할 수 있겠다. 이것은 확실히 조우가 창작 활동을 하는 노선에서 새로운 진전을 보인 점이다. 양 감찰원은 고상한 인품을 가진, 부지런하고 성실한, 그리고 정도를 지키며 일을 처리하는 빈틈없는 사람이다. 그는 공평무사한 태도로 자신의 이익을 챙기지 않았으며, 설령 집안의 형이라 하더라도 개인적인 변통을 해 주지 않았고, 옷은 아주 검소하게 입고 사람은 평등하게 대하였다. 그는 上司로 있었지만 말단 직원들의 생활 속에까지 깊이 들어가 民情을 깊이 체득하였다. 그는 늘 민족과 항전 사업에 대한 의지를 가슴에 담고 있었다. 그의 생활신조 내지 좌우명은 "存心時時可死, 行事步步求生"이었다. 공무원인 사종분의 말에 따르면 그는 "정말로 사랑스러운 사람으로서, 일을 할 때는 마치 한 마리의 소와 같았다." 그는 공적인 일을 최고로 알고 개인적인 것은 잊고 사는 "청렴한 관리" 형상이며, 항전이 만들어내고, 민족의 미덕이 길러낸 "중국의 신 관리"이다. 그러나 이 형상은 다소 개념화되어 있다. 이것에 비해 정의사 형상은 더욱 빛난다. 그녀는 의술이 아주 뛰어날 뿐만 아니라 성품도 아주 고상하였으며, 사경을 헤매는 이들을 살려내고 부상당한 자들을 도우면서 忘我의 자세로 근무하였다. 그녀는 의사이기도 했지만, 또 전사였다. 비록 전선에서 피를 흘리지는 않았지만 자신의 피를

---

2) <'蛻變'一解>, ≪文學創作≫第1卷 第6期, 1943年 4月. "在<蛻變>裏, 作者曹禺正面地送出了肯定的人物, 這幷不是說他在別的作品裏沒有送出 肯定的人物, 但只有在這裏, 他的肯定的人物才站在作品構成的中心裏面, 而更重要的是, 祗有<蛻變>裏的肯定人物, 才正面地全面地和現實的政治 要求結合, 或者說, 向現實的政治要求突進."

부상병에게 수혈해 주는 등 혼신의 힘을 다해 부상병들을 위해 봉사하였다. 그녀는 또 아주 자상하고 건강한 모친이었다. 하나의 몸에 의사·전사·어머니란 신분이 다 모여 있다. 그녀는 대단히 높은 의식을 가지고 공과 사, 국가와 개인간의 관계를 비교적 훌륭하게 처리하였다. 그녀의 모범적인 행동과 고상한 품격으로 전사들과 군중들에게 사랑을 받았다. 胡風은 말하기를 작자는 "괴로움을 당하면서도 救難에 임하는 두 가지 성격을 가진 이 애국주의 형상을 만들어냈다."3)고 하였다. "괴로움을 당하는 사람"의 모습은 보이지 않으나 "救難者"와 애국주의자의 모습은 의심할 바가 없다. 과거에는 참으로 보기 드물었던 이 새로운 두 인물, 심지어 오늘날에 와서도 결코 손색이 없는 이 선진적 사상을 가진 인물에 대하여 지금까지 각기 다른 주장이 있어 왔다. 胡風은 인식하기를 양 감찰원 이 형상은 "권력의 화신"이요, 정의사의 "이 숭고한 인격은 동시에 너무 높이 묘사되어 이 大地를 떠나버렸다."4)고 하였다. 이 말은 인물 형상에 현실적인 기초가 결핍되어 있다는 뜻이다. 나도 과거에는 이 두 신인 형상이 國統區 환경에서 나왔다는 것에 典型이 되지 못한다고 생각했었다. 물론 이것은 항전 시기에 양 감찰원과 정의사와 같은 이런 인물이 있었을 리가 없다는 말이 아니라, 이런 인물은 마땅히 해방구에 있었어야 했는데, 작자는 그들을 대 후방이란 환경에 놓고, 또 그들에게 국민당 정부 관리 신분을 부여함으로써 전형성을 상실하게 했다는 말이다. 그러나 자

---

3) <'蛻變'一解>, ≪文學創作≫第1卷 第6期, 1943年 4月. "企圖用受屈者和 救難者這二重性格來創造出這個愛國主義的形象的."

4) <'蛻變'一解>, ≪文學創作≫第1卷 第6期, 1943年 4月. "這個崇高的人格 同時也就凌空而上, 離開了這塊大地."

세하게 분석을 해 보고, 당시의 구체적인 형세에서 출발해서, 훗날 작자가 <蛻變>에 관한 설명을 다시 참고해 보면 새롭게 해석을 할 수가 있게 된다. 항전 시기는 국공이 합작을 했던 시기로, 특히 皖南事變 이전에는 國統區라고 해서 국민당이 그곳을 다 통치했던 것은 아니었다. 여기에서도 수많은 애국자와 진보적 성향의 인사들이 항전과 민주를 위해 투쟁을 했을 뿐만 아니라 수많은 공산당원들도 국통구에서 항전과 민중운동에 종사하였던 것이다. 그들은 반드시 감찰원이어야만 될 필요는 없었다. 각자의 직책에서 자기의 모범적인 행동을 하면서 민족의 혁명사업을 위해 최선을 다하였다. 우리는 이런 인물들을 마땅히 국민당 신분으로 볼 것은 없다. 정의사와 같은 이런 우수한 지식분자는 더욱이 적지 않았다. 그들은 자기의 지식과 기술을 가지고 있었는데, 정의사는 의사였기 때문에 자기의 의술을 가지고 열심히 항전을 위해 봉사할 수밖에 없었음은 당연한 일이다. 이런 종류의 작품으로 <蛻變>만 있는 것이 아니다. 夏衍의 극본 <法西斯細菌>중의 兪實夫, 陳白塵의 극본 <歲寒圖> 중의 黎竹蓀 등은 모두가 이런 지식분자들이다. 현실주의 극작가였던 조우는 바로 양 감찰원과 정의사와 같은 공산당원과 선진적 사상을 가진 인사들이 국통구에서 전투하는 모습을 봤기 때문에 작품 중에 이런 새로운 인물을 창조해 낸 것이다. 조우는 말하기를 "양 감찰원은 徐特立 동지로부터 영감을 받아 소조된 긍정적 인물이지, 부패한 국민당 사람이 아니다."[5]라고 하였다. 조우는 長沙에서 직접 徐特立의 강연을 들어본 적이 있으며, 그의 숙소를 찾아가 보기도 하였다. 徐特立의 혁명 사상, 즉 간소

---

5) <我的生活和創作道路>, ≪戱劇論叢≫1981年 第2期. "梁專員就是徐特立同志啓發給我的一個正面人物, 不是腐敗的國民黨人."

현실 생활에 대한 직접 표현 -<蛻變>

하고 소박한 생활에 청렴하고 나라를 위하는 정신은 모두 조우를 깊이 감동시켰다. "이 선생은 나에게 커다란 계시와 고무를 주었다. 나는 이것으로 <蛻變> 중의 인물-梁公仰-을 소조하게 되었다."[6]고 曹禺는 말한다. 정의사에게는 그가 알고 있던 白求恩 의사의 정신을 부여하였다. 그러나 극본 속의 인물 형상은 원형의 신분으로 출현시키지 않고 정부 관원 신분으로 출현시켰는데, 이렇게 처리를 한 것에는 작자대로 말못할 고충이 있어서였다. 당시 정치 형세는 물론이고 공연의 가능성을 두고 볼 때 인물을 공산당원 신분으로 하는 것은 적당하지가 못했다. 그렇게 했을 경우 작품은 한 공산당원이 국민당 병원을 개조하려는 이야기로 바뀌어 국민당의 검사를 통과시킬 방법이 없었고, 또 공연을 할 기회를 얻기가 무척 힘들었을 것이다. 그러나 작자의 창작 의도와 작품의 구상은 모두가 新舊의 대비, 新舊의 투쟁을 중심으로 하여, 새 것이 옛 것을 개조하고 새로운 역량이 마침내는 부패한 역량에 승리하게 되는 바를 묘사하고자 하였다. 극본에서 앞의 두 막은 주로 어둡고 부패한 현상을 폭로하는데 역점을 두었고, 뒤의 두 막은 주로 개혁 후의 새로운 면모를 묘사하는데 주력함으로써 뚜렷한 대비를 보여준다. 작자는 개혁을 강조하였던 바, 인물들의 歸宿에서도 작자의 태도를 알 수가 있다. 즉 원래 원장이었던 秦仲宣은 직장에서 퇴출을 당한 뒤 상해로 가서 漢奸이 되었고, 새로 온 부원장과 직원들도 역시 새로운 면모로 일을 한다.

옛 것을 버리고 새롭게 변화하는 것에 대해서는 사람들의 보편적인 바램이어서 그랬는지 공연은 환영을 받았다. 洪深은 <蛻變>

---

6) 張葆莘: <曹禺同志談劇作>, ≪文藝報≫1957年 第2期. "這位老先生給了我極大的啓示·鼓舞. 我才寫了<蛻變>中的一個人物-梁公仰."

을 항전 극본의 10대 가작에 포함을 시켰다.[7] 주의할 만한 점은 국민당의 반응이다. 그들은 어떤 때로는 환영을 했다가 어떤 때로는 공연을 금지시키곤 하였는데, 이는 그들이 실용주의에서 출발하여 각기 다른 동기를 가지고 이 작품을 보았다는 말이다. 어떤 사람은 말하기를 "만약 우리나라의 고유한 도덕인 '忠孝節義'란 네 글자를 기준으로 이 작품을 평가해 본다면 이 작품은 아주 표준적인 것이다."[8]고 하였다. "환영"을 했을 때는 그들이 양 감찰원을 자기들의 대표로 보았기 때문이요, "금연" 조치를 취했을 때는 國統區 암흑에 대한 폭로가 그들의 아픈 곳을 자극시켰기 때문이었다.

물론 <蛻變>에 결점이 없는 것은 아니다. 핵심적인 문제는 즉 脫舊變新을 너무 쉽게 보았다는 점이다. 국민당 통치구에서는 모든 정치나 경제 제도가 근본적으로 개조가 되지 않은 상황하에서는 局部的인 개혁도 불확실한 것이었다. 실제적으로 진정한 "蛻變"이 불가능한데도, 어떤 혁신의 상징을 "蛻變"으로 본 것에는 많은 理想的인 요소가 들어 있다고 하겠다. 이런 이상적 요소는 항전 초기 일부 작가들이 가지고 있었던 낙관적인 정서와 깊은 관계를 가진다. 사람들은 國共 합작이 항전의 승리와 민족의 희망을 가져다 줄 것이고, 이에 따라 모든 것이 좋아질 것으로 믿었다. 바로 이런 상황하에서 艾蕪의 <秋收>, 陳白塵의 同名 극본 <秋收>, 그리고 洪深의 <包得行> 등의 작품이 나왔는데, 이들은 모두 항전의 새로운 기상을 노래하고 있다. 이런 작품들은 모두가 약간의

---

7) <抗戰十年來中國戲劇運動和敎育>, ≪洪深文集≫第4卷.
8) 沈永椿: <談'蛻變'>, ≪宇宙風≫第121−126期 選刊 上冊. "若以我國固有道德的'忠孝節義'四字來衡量, 則此劇也是適合標準的."

성급한 낙관을 가졌다는 결점을 가지고 있다. 즉 목전의 현상과 국부적인 것만을 보았을 뿐이지 전체적인 상황과 앞으로의 발전을 보지 못했던 것이다. 항전의 長期性에 대해, 국민당의 부패한 본질과 어떻게 어두움이 끝을 맺게 될 지에 대해 충분하고 분명한 인식이 부족했던 것이다. <蛻變>에도 이런 결점이 존재한다고 말하지 않을 수 없다. 극본의 전반부에서는 어둡고 부패한 현상에 대한 폭로가 아주 심도있게 펼쳐지지만, 후반부의 폐단을 개혁하는 부분에서는 우리가 받는 인상은 그저 깨끗한 정치 – 훌륭한 관리가 法制를 보강하는 – 인데, 이것은 국통구에서 그렇게 될 수도 없는 일이고, 그렇기에 또 실현도 불가능한 것이었다. 설령 양 감찰원과 같은 이런 개인적으로 훌륭한 관리가 있다고 하더라도 하나의 낡은 제도를 철저하게 개혁할 수는 없다. 관리는 그저 법을 집행하는 사람일뿐이다. 우선 인민들의 이익에 합당한 멋진 법이 있어야 하는데, 이런 법이 국민당 집권시대에는 있을 수가 없었다. 그런 상황에서 훌륭한 관리가 할 수 있는 역할은 역시 미미할 뿐이다. <蛻變>에 理想主義 혹은 지나친 낙관주의 정서가 있기는 하지만, 이 극본에 "反現實主義 경향"이 있다고는 할 수 없다. 현실에 대한 그의 인식은 분명하였다. 다만 앞으로의 발전에 대한 과학적인 예견이 부족했을 뿐이다.

<蛻變>은 비록 현실을 소재로 한 작품이기는 하지만, 소재의 현실성이 진실되게 그리고 정확하게 묘사되지는 못했다. 이는 이상에서 지적한 바와 같은 결점을 가지고 있었기 때문이다. 따라서 어떤 부분적인 진실, 즉 蛻變 전의 진실에는 부합되지만, 蛻變 후의 묘사에는 진실성이 부족하다. 즉 실현될 수 없는 理想으로 현실을 대체한 것이다. 이로 인해 <蛻變>은 충분한 현실주의 수준까

조우의 〈태변〉 연구

지 도달할 수가 없었던 것이다. 작자 역시 인정하기를 "묘사에 깊이가 없어, 사람들로 하여금 사색토록 하지 못하였고, 깊이 생각토록 하지 못하였고, 작품에서 묘사한 이 외의 문제까지도 생각할 수 있게 하지 못하였다."9)고 하였다.

---

9) <我的生活和創作道路>, ≪戲劇論叢≫1981年 第2期. "寫得不深, 不叫人思索, 不叫人深想, 不叫人想到戲中描寫以外的問題."

현실 생활에 대한 직접 표현 - 〈蛻變〉

曹禺의 〈蛻變〉을 평함

曹禺의 〈蛻變〉을 평함1)

張慧珠

우리가 曹禺의 4대 극작을 중점적으로 평론해 볼 때, 그가 중국 현대희곡사에 남긴 성과는 놀랄만하다고 말하지 않을 수 없다. 그의 4대 극작을 세계 제일의 극작가들이 내놓은 걸작과 비교를 해도 손색이 없을 뿐만 아니라, 중국 작가가 세계문화에 공헌한 바는 세계 인민들로부터 열렬한 환영을 받기에 충분할 것이다.

그러나 이 말은 조우의 기타 극작들은 진지하고 자세하게 연구를 해 볼 가치가 없다는 말과는 다르다. 어떤 위대한 극작가라도 어떤 작품은 크게 성공을 거두지 못한 작품도 있지만, 그 속에도 역시 작가의 깊은 사상과 견해는 똑 같이 들어있으며, 또 이런 사상과 견해가 일단 闡明이 되면 우리로 하여금 경탄을 금치 못하게 한다. 왜냐하면 위대한 극작가가 창작을 할 수 있도록 감정을 불러일으키는 어떤 인식은 그의 위대한 심령의 어떤 독특한 감응에서 비롯되기 때문이다. 우리가 어떤 작품에 독특한 특징이 있다고 말을 하는데, 이것은 그 작품의 특수한 표현 형태를 두고 하는 말이며, 사실 그 전체 내용에는 시대 정신이 구체적으로 반영이 되어있다고 할 수 있다. 구체적으로 그리고 구체적인 각도에서 극작

---

1) 이 글은 張慧珠: ≪曹禺劇評≫, 北京十月文藝出版社 1995年版 중에서 〈蛻變〉을 논한 글을 실은 것이다. (譯者注)

가가 쓴 각각의 작품이 가진 시대 특징에 부합한 심오한 사상을 천명해야만 정치적으로 그 극작의 역사적 가치를 판별할 수 있는 것이다.

1939년에 쓰여진 4막극 <蛻變> 역시 우리의 심령을 울려줄 수 있는 작품이다. 작품에서 묘사하고 있는 것은 그저 30년대 말 중국 인민의 항전 이야기지만, 극작이 반영한 애국주의 정신, 노동 인민을 열애하는 정신, 중화민족을 추대하고 敬仰하고 숭경하는 정신, 이 민족 해방 전쟁을 끝까지 밀고 나갈 것이며 반드시 이길 것임을 굳게 믿는 낙관주의 정신, 중국이 용감하게 헌신하는 사람들의 공동 노력으로 반드시 거듭날 수 있을 것임을 확신하는 위대한 신념, 정직하고 고생을 참으며 보상을 바라지 않는 중국의 혁명적인 지식분자들이 국가의 위험한 시기에 나태함이 없이 기꺼이 분투하는 정신 등은 독자의 심령을 감격시킨다. 작품에서 그렇게 심도있게 묘사를 하지는 않았지만 그래도 거기에는 사람의 눈물을 자아내는 매력이 있다. 이런 예술적인 매력은 작가의 격정과 정확한 판단력, 그리고 생활에 대한 인식으로부터 출발, 頌讚의 필치를 통해 표현되어 나온 것이다.

<蛻變>은 극작가의 사상이 아주 탈바꿈되었음을 말해주며, 또 그의 견해가 새롭게 바뀌는 艱苦의 과정임을 말해준다. <雷雨>로부터 볼 것 같으면, 조우는 30년대부터 어떤 몽롱한 사회 이상을 접수하기 시작하였다. 그는 이런 이상을 충격 역량으로 삼아 이 <雷雨>를 창작하였던 바, 여기서 그는 선명한 관점을 가졌을 뿐만 아니라, 그의 희망을 노동자에게 기탁하였다. 다만 어떻게 노동자의 바램을 실현시켜줄 것인지를 몰랐을 뿐이다. 1936년 그는 당의 지하 공작에 접근, 계몽과 감응을 받아 다양한 각종 사회주의 사

조를 인식하기 시작하였다. 1936년 이전까지 그는 용감무쌍하고 죽음을 불사하는 중국 공산당원에 대해 아주 대단한 崇敬의 감정을 가지고 있었지만, 중국 공산당만이 중국을 구할 수 있다는 진리에 대해서는 1936년부터 비로소 인식하기 시작하였다. 그의 말은 아주 분명하다. 1936년 南京國立劇專으로 가서 근무할 때 張道藩이란 한 비서를 알게 되었는데 그는 지하당원이었다. 조우의 회고에 따르면 이 당원은 수차 그에게 무엇이 과학 사회주의이고, 무엇이 무정부주의인지를 분명하게 알도록 일깨워주었다고 한다. 조우는 말한다. "그는 늘 나에게 말했다. '지금 늘 사회주의 이야기를 하지만, 또 다른 사회주의를 분명하게 알아야 한다. 독일의 나치당도 "사회주의"라고 하는데 분명하게 구분을 할 줄 알아야 한다.'"[2]고 하였다. 曹禺도 이런 계도와 현실 투쟁에서의 교육을 통해 1936년부터 새로운 인식을 하게 되었다. 이런 견해상의 전향 및 성숙으로 그는 <蛻變>이란 작품 속에서 이런 사상을 표현할 수 있었다. <蛻變>이 우선적으로 반영한 것은 극작가 사상의 변화 과정인데, 이는 대단한 변화였다. 이런 변화는 이제 막 시작되었지만 그의 마음은 아주 확고하였다. 그의 열정으로 충만한 글 속에는 이런 귀중한 確固性을 보여주고 있다. 그렇지만 우리는 또 이런 전향 중에서도 이전의 어떤 흔적을 볼 수도 있다. 암살자에 대한 그런 歌頌은 바로 이전의 흔적이다. 이것을 이전의 극작과 비교를 해 보면 그 흔적은 이미 아주 미미해졌다. 조우는 바로 이렇게 사람을 고무시킬 수 있는 사상의 진전이 있었기 때문에 素方과

---

2) 曹禺: <我的生活和創作道路>, ≪戲劇論叢≫1980年 第2期. "他常跟我說: '現在常談社會主義, 可是你要分淸不同的社會主義德國的納粹黨也講'社會主義', 你要分淸楚."

瑞貞이 광명을 찾아가는 喜劇的 스토리를 만들 수 있었던 것이다. <蛻變>은 詩와 같이 조우 사상의 돌변을 적고 있다. 이는 <蛻變> 이란 작품이 가지는 최대의 인식 가치이다. 이 인식 가치를 무시 하면 이 작품의 창작성과를 이해할 수가 없게 된다.

중국의 항전 희곡 중에서 암흑을 규탄하고 광명을 歌頌하는 내 용을 이렇게 완전하게 결합시키고, 어두움과 밝음을 교체시키면서 반영을 할 수 있었던 <蛻變>은 이런 면에서 찬미를 받을 가치가 있다 하겠다. 작품이 가장 높이 평가를 받을 수 있는 것은 극본의 주제사상이다. 이것은 극중의 양 감찰원과 정의사가 나누는 이야 기에 잘 반영되어 있다.

양공앙   요즘 사람들은 일 잘합니까?
정의사   (고개를 들며) 아주 잘합니다.
양공앙   책임감은 있구요?
정의사   그렇다고 할 수 있습니다. 사람들마다 모두 공무를 중히 여 기고 법을 지키며 계획대로 일을 하고 있다고 생각합니다.
양공앙   모든 것에 대해 아주 만족합니까?
정의사   음-
양공앙   (앞으로 다가서며) 아닙니까?
정의사   아주? (깊이 생각하며) 그렇다고 말하기는 상당히 거북하 군요.
양공앙   그래요? 그럼 한 번 들어봅시다. 어떤 점이 아주 불만스 럽습니까?
정의사   (눈을 깜박이며 생각을 한다. 설명하기가 아주 곤란한 듯 웃으며) 이, 이건 정말 말하기 난처합니다. 사실 병원에서 해야 할 일은 모두 하고 있고, 진행시켜야 할 것 역시 모 두 진행이 되고 있습니다. 그런데 실제로 일을 하려면 (좀 멈추었다가) 뭔가 좀 부족한 점이 있는 것 같습니다. 사실 휙 둘러보면 뭐 잘못된 것도 없지만 가만히 생각을 해 보면 또 (잠시 멈추고 손을 공중으로 휘두르며 마치 무슨 글자를 찾는 듯) 기계의 나사가 꽉 조여지지 않은 것 같은, 안에 어떤 -(생각을 좀 하며) 어떤 더욱 강렬하고 (약간 멈추었다가) 더욱 강한 것이 부족한 듯한, 음 -

양공앙   (응시하며) 추 - 동 - 력, 맞아요?

정의사   (고개를 끄덕이며) 예, 예, 바로 그 뜻이에요. (웃으며) 뭘 어떻게 말해야 좋을지 모르겠군요. 어르신께서도 아시다시피 제가 때로는 말을 분명하게 표현하지 못하지요.

양공앙   (격려하며) 아니, 아니, 아니에요. 옳은 말씀이에요, 무슨 뜻인지 내가 잘 알겠어요. 그럼 다음에 이 노기술자에게 한 번 보여줘요, 이 기계의 문제점이 도대체 어디 있는지 한 번 보게.

(梁公仰   最近这帮人办事如何?

丁大夫   (昂头) 很好

梁公仰   负责任?

丁大夫   可以说. 我觉得每个人都奉公守法, 按部就班地办事情.

梁公仰   都十分满意麼?

丁大夫   呃 -

梁公仰   (近前)怎么?

丁大夫   十分? (沉思)这就很难说.

梁公仰   哦? 那么, 我们听听. 看看有哪些不能令人十分满意的地方?

丁大夫   (眨着眼, 想想, 彷佛说明很困难, 一面笑着)这, 这非常不容易讲. 事实上, 院里的事情都在办, 该进行的也都在进行. 就是实际做起来, 总彷佛(略顿)缺少了点什么. 其实蓦一看也找不出来什么错, 就是仔细想想, 又觉得(微顿, 用手在空中绕一绕, 似乎在找什么字)这机器上面的螺丝不, 不够紧, 里面缺少了一种 -(微想)一种更热(略顿)更强的, 嗯 -

梁公仰   (凝望) 推 - 动 - 力 - 量, 对麼?

丁大夫   (点头) 嗯, 嗯. 是这个意思. (笑起来) 我真不知道怎么说, 老先生晓得我有时说话不明不白的.

梁公仰   (鼓励) 不, 不, 不, 你对, 我明白, 我明白你的意思. 那么, 回

头, 让我这个老工匠看看, 看看这个机器的毛病究竟在什么
地方?)

이 단락은 참 이해하기가 어렵고 깊이 생각을 해 봐야 할 詩話
이다. 이것은 너무나 표현이 잘 되어서, 이보다 더 아름답게는 쓸
수가 없다고 말할 수 있다. 이것은 극중의 주요 인물인 정의사가
분명하지는 않지만 그러나 확실히 무슨 문제가 존재하고 있음을
알겠다고 말함으로써, 인물이 이미 아주 중요한 사회 문제를 느끼
고 있음을 표현한 것이다. 그녀가 느낀 바는 무엇인가? 간단히 말
하자면, 사람들이 "차근차근" 그리고 "奉公守法" 정신으로 항전사
업에 종사를 하고 있지만, 그래도 또 시시각각으로 이 위대한 투
쟁이 누군가에 의해 온갖 노력이 바쳐지고 있는지를 잊어서는 안
되며, 또 우리가 침입자를 물리쳐야할 뿐만 아니라 사람들에게 행
복을 찾아주어야 한다는 것을 잊어서는 안 된다는 느낌, 그것이다.
이렇게 당시에는 아주 분명하게 말하기 어려운, 그저 마음속으로
만 느끼고 있어야 할, 말로 전할 수 없는 견해를 인물간의 시와
같은 대화를 통해 어슴푸레한 말로 관중들에게 이야기하였다. 특
히 극작가는 양 감찰원의 말을 빌어 "옳은 말씀이에요, 무슨 뜻인
지 내가 잘 알겠어요. 그럼 다음에 이 노기술자에게 한 번 보여줘
요, 이 기계의 문제점이 도대체 어디 있는지 한 번 보게."라고 하
였는데, 이 말에 나타난 曹禺의 의도는 분명하다. 즉 군중들로 하
여금 중화민족의 운명을 생각하게 하고, 중국을 대표한 유능하고
충성스런 지식분자들의 심성을 높이 평가하고자 한 것이다. 이것
이 극작의 주제 사상이다. 이것은 조우가 사상적으로 蛻變을 하기
시작하는 과정임을 보여주는 것이며, 중국의 지식계가 다 같이 蛻

曹禺의 〈蛻變〉을 평함

變할 수 있기를 바라는 위대한 사상을 소리 높여 외친 것이다. 항전극 중에서 이렇게 심도있게 감동적으로 찬란한 사상을 반영한 사람은 당시 중국의 창작계에서는 아직 아무도 없었다. 이런 점이 <蛻變>이 가지는 가치요, 우리가 이 작품을 찬미하는 주요 원인이다. 1939년 연일 포화가 난무하는 어려운 환경에서 많은 사람들이 의문과 고민에 빠져 있을 때, 조우는 오히려 이같이 고양된 격정으로 중국 사회의 오늘과 내일을 생각할 수 있었다는 것을 우리가 연상해 보자. 이것은 참으로 사람들이 보지 못했던 바다.

이상에서 언급한 극작의 주제 사상면에서 볼 때, <蛻變>은 일반적인 의미의 항전 연극이 아니다. <蛻變>은 가장 급박하고 위급한 국가의 방위를 위해 봉사한 작품으로, 이것은 또 민족 혁명 전쟁의 대중 문학 범주에 속한다 하겠다. 그 이유는 극작가가 상황을 보는 눈이 상당히 높았고, 그 사고나 견해가 비교적 원대했기 때문이다. 작품은 항전에서 반드시 이길 것이라는 신념을 표현하였을 뿐만 아니라 미래에 대한 동경을 나타내고 있다. 작품은 한 戰地 병원이 혼란스럽고 어두운 현실 속에서 가닥을 찾아 정돈이 되어가고 변화가 되어 가는 과정을 중심으로 하여, 항전에 부정적인 인물과 긍정적인 인물을 대비시킴으로써 관중들로 하여금 사물의 본질을 정확하게 볼 수 있도록 하고 있다. 작품은 창기 경력을 가진, "僞組織"이란 별명을 가진, 천박하고 추악한 원장 부인의 형상을 통해, 매국자·투항자의 끔찍한 그런 모습을 암시해 주었다. 또 병원 원장 秦仲宣의 부패하고 항전을 등진, 그리고 얼마 뒤에는 또 적의 품으로 들어갔다가 마지막에는 애국 지사에게 총살되는 줄거리를 통해, 항전에 소극적이고 또 한간이 된 그런 사람은 반드시 제거 당한다는 바를 말해주고 있다. 암흑을 폭로하는

조우의 〈태변〉 연구

동시에 극작은 전국 인민들이 항전에 적극적으로 동참하고, 희생을 겁내지 않고 용감하게 앞으로 나아가며, 또 强暴를 겁내지 않는 민족의 기개를 열렬히 가송하였다.

극작의 주제 사상에 대하여 曹禺는 이렇게 말한 적이 있다. "'蛻變'이 가리키는 것은 국가와 사회가 아니라, 정의사와 같은 이런 양심을 가진 고급의 지식분자, 그들의 심리 변화를 가리킨다." 고 하였다. 양 감찰원의 형상은 그가 이전에 보았던 徐特立의 모습을 묘사한 것이라고 말한 적이 있다. 이 점은 이미 우리가 다 아는 바다. 그는 평범한 勞苦者들의 다양한 특성을 묘사하던 것에서 전향하여 지도자형 인물의 인품을 직접적으로 묘사함으로써 자신의 사상이 蛻變 중에 성숙해 가고 있는 그 과정을 보여준다. 그는 말한다. "항전 때 나는 劇專의 선생으로 있었다. 劇專이 長沙로 이사를 했을 때 하루는 한 노인이 왔다는 이야기를 들었다. 강연을 어찌나 잘하는지 말을 시작했다 하면 6시간이나 한다고 해서 나도 달려가서 들어보았다. 그의 강연은 '항전필승 일본필패'의 이치에 관한 것이었다. 듣고 나서 나는 너무 감동을 받았다. 다음날 날이 밝기도 전에 그 노인이 묵고 있는 곳으로 달려갔으나 이미 그는 없고 방에는 단지 그의 어린 근무병만이 있었다. 그들은 한 작은 방에서 같이 묵었다. 근무병은 나에게 말해 주기를 그와 노인은 같은 한 침상에서 잠을 잤는데 노인은 아직도 그에게 공부를 하게 하였다는 것이었다. 지금 보면 사실 그렇게 신기한 것도 아니지만 당시에는 나에게 아주 큰 자극이 되었기에 평생 잊을 수가 없다. 얼굴이 온통 붉은 그 어린 근무병은 이제 겨우 열 몇 살로, 난 아직까지 이런 병사를 본 적이 없었다. 당시 나는 이런 노인을 반드시 붓으로 묘사를 해야겠다는 생각이 들었다. 뒤에 나는 비로소 알게 되었다. 이 노인은 원래 국민당이 극도로 증오하는 '異黨分子'-한 유명한 공산당원-라는 것을 알았다. 이 연로한 선생은 나에게 대단한 계시와 고무를 주었는데, 이로써 나는 <蛻變> 중의 한 인물-梁公仰-을 묘사하게 되었다."[3] 조우는 이 인물을 민족의 전사, 민족의 희망, 민족의 자랑으로 묘사를 하였으며, 그에 대한 "앙망"과 감격의 느낌이 충만하였다. 이는 조우가 말한 바 그대로다.

이렇게 피와 땀으로 쓰여진 역사 속에는 悲壯하고 침통한 事實들이 수없이 많다. 이 사실들은 우리 민족의 전사들이 각 분야에서 분투하고 고생하는 모습과 또 도태될 부패 계층이 末路에서 부르짖는 비명을 심도있게 말해준다. 여기에는 모종의 "인내"도 필요하겠지만, 더욱 필요한 것은 "모진 마음의" 艱難辛苦와 영광의 혁명 투쟁인 것이다. 우리는 새로운 생명을 위해 한없는 용감성을 발휘, 이를 보호 유지시키고 양성시켜야만 한다. 그 이전의 나쁜 것에 대해서는 조금도 인정사정 볼 것 없이, 추호의 망설임 없이 질책하고 배격·규탄하여, 각종 세력을 통해 억압 금지시키고, 이런 사람이나 이런 유해한 의식은 "죽음"으로 끝을 내 줘야 한다.

---

3) 張葆辛: <曹禺同志談劇作>, ≪文藝報≫1957年 第2期. "抗戰時, 我在劇專敎書. 劇專遷到長沙時, 有一天, 我聽說來了個老頭子. 講演講得很好, 一講就是六個鐘頭. 我也跑去聽了.他講的是'抗戰必勝, 日本必敗'的道理. 聽過之後, 我感動極了. 第二天, 天不亮我就跑到這位老人住的地方去了. 但已經不在了, 房間裏祇有他的小勤務兵. 他們同住在一間小房. 勤務兵告訴我,他和老頭睡在一張床上, 老頭子還敎他讀書. 現在看來, 實在不稀奇; 但在當時, 給我的刺激之大, 是我一輩子也忘不了的. 那個小勤務兵的臉蛋通紅, 才十幾歲. 我從來沒有看到這樣的兵. 當時, 我覺得, 這個老頭子, 我非寫不可. 後來我才知道這個老頭子原來就是國民黨所深惡痛絕的'異黨分子'一一個有名的共産黨員. 這位老先生給了我極大的啓示·鼓舞. 我才寫了<蛻變>中的一個人物-梁公仰."

조우의 〈태변〉 연구

(這一段用血汗寫成的歷史裏有無數悲壯慘痛的事實, 深刻道出我們民族戰士在各方面奮鬪的艱苦同那被淘汰的腐朽階層日暮途窮的哀鳴. 這是一段需要"忍耐"但更需要"忍心"的艱苦而光榮的革命鬪爭. 我們對新的生命應無限量地拿出勇敢來護持, 培植; 對那舊的惡的, 應毫不吝情, 絕無顧忌地加以指責, 怒罵, 捨擊, 以至不惜運用各種勢力來壓禁, 直到這幫人, 這種有毒的意識"死"淨了爲止.)[4]

曹禺는 바로 당이 주도하는 항일 통일 전선 정책에 대하여 "무한한" 정감을 가지고, 新生의 항일 역량을 "용감하게 보호 · 유지 · 육성코자" 하였다. 80년대 혹은 금후 몇 년간의 안광으로 양 감찰원 이 형상을 평가해 볼 때 그 사람에게 무슨 신기한 점이 있음을 느낄 수가 없다. 하지만 40년대 초기에 흑암을 규탄하는 동시에 高大한 긍정적인 형상을 만들었다는 이것은 확실히 역사적 공헌이라 하겠다. 이 형상이 가지는 의의는 현실 생활 중에 이런 존재가 있다는 사실을 그를 통해 무대에서 표명한 점에 있는 것이지, 그가 다방면에 능하다는 사실에 있는 것이 아니다.

자원하여 후방 병원에 들어온 여자 의사, 즉 정의사 역시 작가가 정성을 다해 묘사한 유능하고 숭고한 지식 부녀자 형상이다. 작가는 무대에서 白求恩의 정신을 표현하고자 하였다. 그의 말에 따르면 이렇다.

그 때, 나는 이미 白求恩이란 사람을 알고 있었다. 하지만 그때는 아직 그가 공산당원이라는 것을 몰랐다. 그의 事迹을 들은 후에 나는 아주 감동을 받았다. 그리고는 지식이 있는 사람은 마땅히 이렇게 살아야겠다는 생각을 하였다. 정의사의 정신은 바로 여기에서 온 것이다.

---

4) 曹禺: <關于"蛻變"二字>, <蛻變>, 文化生活出版社, 1947年 9月 第3版.

(那時候，我已經知道有一個白求恩了；不過，還不知道他是共產黨員．聽到他的事迹之後，我很感動，覺得：一個有知識的人，應這樣活．丁大夫的精神就是從這裏來的．)5)

작가는 정의사의 행동을 통해, 하나의 중요한 문제를 설명해 주고 있는데, 그것은 중국에는 志氣가 있고, 기술이 있고, 고생을 두려워하지 않으며, 희생에 용감한 지식분자가 있는데, 그는 중국을 위한, 인민을 위한 인생관을 세워야 하고, 자기를 민족 전사로 蛻變시키는데 노력해야 한다는 것이다. 그리고 이런 蛻變의 과정에는 잠시라도 정확한 思路를 떠나서는 안되며, 당의 방침이나 정책의 啓導를 떠나서도 안 된다는 것이다. 이것이 바로 작가가 정의사의 전체 행동을 통해 설명하고자 하는 문제이다. 만일 작자가 묘사한 정의사의 근무 태도와 의학의 기능만을 놓고 본다면, 우리는 그녀가 처음에는 자기의 노력이 현재와 미래를 위한 것인 줄도 모르고 열과 성을 다하다가 뒤에 그 목적을 깨닫게 된다는 것만을 보게될 것이다. 그녀가 직접 말로 표현하지는 않았지만, 우리는 반드시 이 점을 간파할 수 있어야 한다. 작가가 극본을 수정하였든 수정하지 않았든 그녀의 이런 정신을 우리는 모두 느낄 수가 있다. 예술 창작면에서 이렇게 느낌으로 알 수 있도록 한 묘사는 직접 말로 전달하는 것보다 훨씬 아름답다. 그런 점에서 이런 예술 경지 속의 美感은 관중과 독자들이 스스로 체득할 일이지, 직접 작가의 말에 의해 전달될 것이 아니다. 이렇게 제3자가 체득할 수 있는 美感이나, 혹은 말로 형용할 수 없는 아름다움을 거친 享受에는 아주 대단한 예술 효용이 있게 되는데, 이것으로 작가는 묵

---

5) 張葆莘: <曹禺同志談劇作>, ≪文藝報≫1957年 第2期.

묵한 가운데 독자와 관중들을 정복하여 그들의 마음을 자기가 원하는 방향으로 끌고 가게 된다. 그러나 이런 심경의 趣向은 어떤 무력으로 정복할 수 있는 것이 아니다. 오직 사람들의 숭고한 의식이 살아 숨쉬는 상황하에서 소리 없이 진행되는 것이다.

<蛻變>에는 끝까지 항전하고, 그 항전은 반드시 승리할 것이라는 격정이 차고 넘친다. 주강림이 근무를 할 때의 그 기풍, 간호사들이 근무를 하는 중에 보여주는 그 엄격하고 빈틈없는 태도, 그리고 정창이 사람 돕기를 좋아하고 낡을 옷도 싫어하지 않는 작풍 등은 모두가 우리로 하여금 조우가 동경하고 송양하는 친숙한 대가정으로 끌려 들어가게 한다. 정의사가 어린 부상병의 할머니가 준 작고 붉은 배두렁이를 흔들면서 다시 전선으로 돌아가는 전우들에게 열정적으로 고별을 할 때 극은 詩의 頂點에 달한다. 여기에는 정의사와 같은 믿음직한 지식분자에 대한 인민 군중들의 진지한 바람이 내포되어 있고, 또 다시 전쟁터로 돌아가는 전우들에 대한 기대가 내포되어 있기도 하며, 또 각종 고난을 통해, 시대정신을 통해 성장한 정의사의 바람이 들어있기도 하다. 물론 조금도 동요함이 없이 전선으로 떠나는 전사들의 적을 섬멸하리라는 결심이 들어있기도 하다. 그들에게는 중국이 반드시 광명으로 전향하여 거듭날 수 있다는 역량에 대한 믿음이 있었다.

이렇게 항전을 선전하는 연극이 국민당 우익 역량에 의해 저항을 받는 것은 필연적인 것이었다. 조우는 이에 굴복하지 않았을 뿐만 아니라 혼란함을 덮어주고 扮飾하는 방법을 배척하였다. 조우는 이렇게 회상한다. "<蛻變>이 처음으로 공연이 되었을 때, 장개석도 보았다. 그는 확실히 아주 예민하였다. 연극을 보고난 후 張道藩을 한 바탕 혼내고 바로 공연을 못하게 하였다. 뒤에 어떤

사람이 이렇게 하면 안 된다고 하자 일주일 후 다시 공연을 할 수 있게 되었다. 국민당의 한 선전대원이 달려와 나에게 말하기를, '위원장이 이 연극을 보았는데 몇 군데 이해가 가지 않는 곳이 있으니 당신이 해석을 좀 해 주시오!'라 하였다. 그는 몇 가지 문제를 제기하였다. 즉, 극중에 몇 번이나 '항전필승'이란 책을 들먹이는데 이 책은 도대체 어떤 책인가? 확실히 병원은 병원인데 왜 위원장의 사진은 걸지 않았는가? 또 극이 끝나갈 무렵 정의사가 손으로 왜 붉은 깃발을 흔드는가? 사실, 극의 마지막 부분에서 정의사가 이 대대장을 보낼 때 어린 부상병이 정의사에게 붉은 배두렁이를 선물로 주는데, 북방의 배두렁이는 모두 붉은 천으로 만들었던 결과, 무대 위에서 이것을 한 번 휘두른 것이 마치 홍기를 무대에서 흔든 것처럼 보인 것이다. 나는 그 이유를 모두 설명해 주었다. 그는 나에게 수정을 좀 하라고 하였다. 그래서 나는 '극본을 쓰는 것은 우리가 전문가들이니, 이런 일은 역시 우리들이 알아서 하겠다.'[6]고 하였다. 조우는 말한다. "장도번이 말을 할 때는 아주 겸손하였다. 그들은 비교적 유명한 사람들의 눈에 나는 것을 원하지 않았다. 설명을 했으면 됐다는 것이 여론이었다. 마치 郭沫若

---

6) 張葆莘: <曹禺同志談劇作>, ≪文藝報≫1957年 第2期. "<蛻變>最初上演時, 蔣介石曾經看過. 他確實是很靈敏的, 看過之後, 把張道藩罵了一頓, 馬上就禁演了. 後來有人說這樣不大好. 過一個禮拜, 又開了禁. 一個國民黨的宣傳大員跑來對我說: '委員長看過這個戲了, 有幾個地方沒有看懂, 請你解釋一下!' 他提出幾個問題: 劇中一再提起的'抗戰必勝'那本書究竟是一本什么書? 旣然是醫院, 爲什么不掛委員長的相片? 還有, 爲什么在戲煞尾的時候, 丁大夫手裏要搖紅旗? 原來, 全戲結尾丁大夫送李連長他們出發時, 小傷兵送給丁大夫一個紅兜肚, 北方的兜肚都是紅布做的, 結果, 臺上一搖晃, 就像紅旗在臺上招展了. 我把理由都講了. 他還希望我更動一下. 我說: '寫戲還是我們內行, 這樣的事還是我們自己來搞吧.'"

과 같았다. 국민당은 곽선생이 공산당과 아주 밀접하다는 것을 잘 알고 있었지만, 부연을 하지 않을 수 없었다."[7] 이렇게 <蛻變>은 중경에서 처음으로 공연이 되면서부터 항일정책을 선전하는데 아주 좋은 역할을 하였다. 沈蔚德은 <回憶"蛻變"的首次演出>이란 글에서 당시 극작가와 연출가, 배우들이 어떻게 고생을 하면서 이 극작을 무대화시킬 수 있었는지에 대한 정황을 자세하게 기록하고 있는데, 이는 또 항일 소극파의 역사적인 증거가 될 것이다.

---

7) 趙浩生: <曹禺從'雷雨'談到'王昭君'>, 홍콩 ≪七十年代≫1979年 第2期.
   "張道藩說的時候挺客氣, 他們對比較出名的人不願得罪, 你一解釋, 就算了, 這是輿論問題. 像郭沫若, 國民黨明明知道郭老跟共産黨很接近, 但也不能敷衍."

5

堅實한 一步 前進(節錄)

堅實한 一步 前進(節錄)[1]

楊海根

항전은 중국정치 · 경제 · 군사 · 문화에 대한 한 차례 시련이었고, 더욱이 古老한 중화민족의 민족정신에 대한 시련이었다. 항전 시기, 민족갈등의 상승이 주요갈등이 됨에 따라 중화민족 전통 중의 적극적 요소는 발양이 되기를 기다리고 있었고, 소극적 요소는 항전의 장애가 되었다. 강대하고 흉악한 적 앞에서 중국은 이전의 어떠한 역사 시기보다 더욱 민족정신을 진작시킬 필요성을 가졌다. 정직한 모든 애국 인사들은 모두 이 문제에 대해 첨예함과 긴박함을 느꼈고, 예민하고 충동적인 애국작가 · 시인 · 극작가들은 이를 위해 더욱 조급해 하면서 붓으로 민족정신을 진작시키기 위해 외치고 노래하였다. 항전 초기의 이런 시대적 열기 가운데 조우가 중화민족에게 바친 것은 4막 현대희곡 <蛻變>이었다.

1939년 여름 그는 거의 一萬 字에 가까운 <蛻變>의 줄거리를 다 쓴 다음 초가을에 <蛻變>을 완성하였다. 전하는 바에 의하면 <蛻變>을 창작하는 기간 아내인 정수가 그의 건강을 돌보면서 창작하는 시간을 제한하였다고 한다. 그러나 그에 대한 이런 관심은 감내하기 힘든 거였다. 왜냐하면 작가는 기계가 아니기 때문에 글

---

1) 이 글은 楊海跟: ≪曹禺的劇作道路≫, 上海文化出版社 1988年版 중의 "邁出堅實的一步"를 실은 것이다. (譯者注)

80
조우의 〈태변〉 연구

쓰는 것이 순조로울 때는 붓을 놓을 수가 없었다. 조우는 치밀하게 글을 쓰기 위해 아예 아내 정수를 처갓집으로 보내버렸다. 그는 모든 손님을 사절하고 하루내 방에 앉아서 글을 쓰면서 거의 한 달 동안 두문불출하였다. <蛻變>이 완성되자, 그는 원고를 戱劇學校로 가져갔다. 그는 마치 해산을 하여 처음으로 자기 아들을 안은 엄마처럼 얼굴에는 기쁨으로 충만해 있었고 너무나 기뻐서 거의 눈물을 흘릴 것 같았다. 이는 승리의 기쁨이었다. 왜냐하면 그는 작품으로 공산당에 대한 찬미를 표현하였고, 작품으로 민족정신을 진작시켰기 때문이었다.

<蛻變>은 조우가 불현듯 영감이 떠올라서 쓴 산물이 아니라 진실된 현실생활을 기초로 하여 쓴 것이다. 그는 전쟁이 중국이라는 이 비옥하면서도 또 척박한 토지에 가져다 준 거대한 재난과, 동시에 또 중국인에게 한 바탕의 피와 불의 세례를 가져다 준 현실을 목도하였다. "7·7 사변" 직후, 그는 천진에 있으면서 河東이 일본군 비행기에 폭격을 받아 난장판이 되고 그 순간 죽은 시체가 길거리에 뒹구는 차마 눈뜨고 볼 수 없는 처참한 광경을 직접 목도하였다. 일본 비행기가 중경을 폭격하자 번화한 가도는 삽시간에 불바다로 변하고 말았다. 그의 마음속에는 일종의 말로 표현할 수 없는 민족 義憤이 일었다. 그는 또 수많은 인민들의 애국열정의 고무를 받았고, 그들 몸에 일고 있는 민족정신을 보았다. 천진에서 그는 보통의 한 군중이 훤한 대낮에 분을 참지 못해 일본 침략자를 구타하는 용감한 행위를 보았다. 천진에서 홍콩으로 가는 영국 배에 탄 그는 남녀노소 가릴 것 없이 모두가 다 <義勇軍進行曲>·<在松花江上> 등의 애국가곡을 부르며, 이제 막 말을 할 줄 아는 어린아이까지도 노래를 하고 있어서 어린애의 심령에도

堅實한 一步 前進(節錄)

항일구국의 씨앗이 파종되어 있음을 보았다. 戲劇學校에는 수많은
저명 애국 예술가와 교수들이 모여 있었다. 그들은 편안한 생활도
다 포기하고 항일전쟁에 투입이 되었다. 黃佐臨·丹尼 부부와 張
駿祥이 바로 그랬다. 황좌림과 단니 부부는 상해에서의 화원이 있
는 편안한 양옥집도 마다하고 중경으로 와서 음침하고 습기찬 지
하실에 살고 있었고, 또 그들은 결혼반지까지도 항전을 위해 바쳤
다. 장준상은 특별히 미국에서 돌아와 항전에 참가하였으며, 강안
의 작은 縣城에 사는 것도 감지덕지하며 쥐꼬리만한 봉급을 받는
것에 대해서도 조금도 원망하지 않았다. 이런 지식분자들의 애국
적 열정은 조우를 아주 감동시켰다. 앞에서 우리는 이미 조우가
장사에서 서특립의 "항전필승, 일본필패" 강연을 듣고, 근무병에게
서특립의 사적에 대해 이야기를 들었던 것이 극작가에게 깊은 감
명을 주었으며, 서특립은 "정말 대단하다", "이런 노인을 내가 작
품으로 쓰지 않으면 안되겠다"는 결심을 하게 되었다는 것을 이야
기하였다. 동시에 또 국민당 정부의 수많은 기관들이 부패하고 부
상병 병원이 혼란한 상태에 있는 것을 보고 그는 절실한 느낌이
있었다. 일부 기관에서는 부패가 하나의 풍조를 형성하고 있었고,
높고 낮은 관원들은 모두 정당하지 못한 행동을 하고 있었다. 항
전은 마치 그들과는 아무런 관계도 없는 듯 생각하며 오직 항전을
명분으로 한 몫 챙기려고만 생각하였다. 전선의 전황은 사람을 의
기소침하게 하였으며, 국민당은 이 삼일만에 하나의 城市를 잃었
다. 그는 長沙에서 적지 않은 부상병 병원을 참관한 적이 있었는
데, 그 내부 상황은 참으로 사람을 화나게 하였다. 강안현 戲劇學
校 부근의 한 부상병 병원의 상황 역시 이와 같았다. 극작가는 이
런 생활에 대한 복잡한 체험들을 모두 그의 예술창작 가운데 융화

를 시킴으로써 <蛻變>이 탄생되었다.

<蛻變>은 조우가 항전기간에 현실과 연관을 시켜 창작한 작품으로, 이는 그가 민족혁명 전쟁의 위대한 현실에 고무를 받으며 그의 창작도로에서 견실한 일보를 내디뎠음을 의미한다. 항전형세의 급격한 변동과 불결하기 이를 데 없는 국통구의 혼란한 국면은 그의 마음속에 깊은 인상으로 남았다. 위대한 항일 열기, 특히 중국 공산당의 항일 주장과 행동은 그에게 미래에 대한 승리의 믿음을 충만하게 해 주었다. 그래서 이때에 와서야 그는 <蛻變>에서와 같이 그렇게 자기의 극작에 직접적으로 현실주의 정치과제를 섭급할 수 있었고, 또 <蛻變>에서와 같이 그렇게 솔직하게 자기 극작 중에 자기의 정치이상과 희망을 표현할 수 있게 되었다고 할 수 있다. <蛻變>과 같은 이런 극본의 출현은 항전기간에 하나의 훌륭한 작품으로 손색이 없었다. 洪深은 "만일 우리가 十大 필독 항전 극본을 추천한다고 하면 - 스스로 숫자에 제한을 두어 열 작품을 초과하지 않게 한다면" - 그는 <蛻變>이 그 중의 한 작품이라고 밝혔다.[2]

파금이 <蛻變>을 보고 고무를 받아 아주 흥분하여 열정적으로 찬미를 하였다. 그는 말한다. "내가 등사한 극본을 가지런히 펼쳐 놓고, 곤명 서성각의 전등불 아래서 단숨에 <蛻變>을 다 읽었다. 나는 밤이 깊은 줄도 잊고 피곤함도 잊어버렸으며, 마음에 쾌락이 충만하였다. 나의 눈앞에 불빛이 반짝이고 있을 때 작자는 확실히 우리에게 희망을 가져다주었다."고 하였다. 그는 또 "<雷雨>가 나를 이렇게 감동시키더니, <日出>과 <原野>가 또 그랬다. 지금 <蛻變>을 읽고 나는 또 눈물이 솟는 것을 금할 수가 없었다. 그

---

2) 洪深: <抗戰十年來中國戲劇運動和敎育>, ≪洪深文集≫第4卷.

堅實한 一步 前進(節錄)

러나 나의 이 눈물 속에는 이미 슬픔의 성분은 없었다. 이 극본은 나의 영혼을 틀어쥐었다. 나는 감동을 받았고 나는 부끄러웠고 나는 감격하였다. 나는 큰 희망을 보고 커다란 용기를 얻었다.”[3]고 하였다. 夏衍은 중국 萬歲劇團이 공연한 것을 보고 그날 저녁 붓을 들어 撰文을 지었는데, <蛻變>에 대해 칭찬하여 말하기를 “극본이 좋고, 연출이 좋고, 연기자가 좋아 만족스럽게 보았으니, 당연히 좋다고 말해야 할 것이다.”[4]라고 하였다.

이렇게 훌륭한 극본에 대해 국민당 당국은 오히려 각종 방해를 하면서 애초부터 이를 말살시켜 버리려고 기도하였다.

<蛻變>이 완성된 후 조우와 戲劇學校의 師生들은 수정과 함께 인쇄를 하면서 연습을 하였다. 장준상이 연출을 맡고, 蔡松齡이 梁公仰을, 沈蔚德이 정의사를, 喬文彩가 馬登科를, 方琯德이 丁昌을, 沈揚이 어린 부상병을, 呂恩이 “僞組織” 배역을 맡았다. 근 1개월간에 걸쳐 긴장된 연습을 마치고 나자 모든 준비에 가닥이 잡혔다. 조우는 연극팀을 데리고 몇 척의 작은 목선을 타고 강을 따라 내려가 중경에 도착, <蛻變>을 공연하였다. 당시의 중경에는 진보적인 문예계·연극계 인사들이 빈번한 활동을 하면서 항일선전에 전력을 쏟음으로써 인민들에게 크게 환영을 받고 있었다. 그러나 국민당 중의 완고파들은 암중에 계속 매국적 투항을 하며 항전극의 공연에 대해 방해공작을 펼쳤다. 특히 조우와 같은 이런 극작가에 대해서 그들은 밤고양이 같은 눈으로 주야를 가리지 않고 호시탐탐 곁에서 감시를 하고 있었다. 그의 <蛻變>은 극본과 공연, 이중의 심사를 받아야만 했다.

---

3) 巴金: <蛻變·後記> 文化生活出版社 1941年版.
4) 夏衍: <觀'蛻變'>, ≪夏衍雜文隨筆錄≫.

극본 심사기관의 남자들은 위의 책임자에게 종합보고를 한 후, 먼저 顧毓琇가 조우에게 연락을 하더니, 그 뒤 潘公展이 나타나 조우와 면담을 하였다. 반공전은 조우에게 장개석이 제기한 네 가지 문제를 전달하였다. 네 가지 문제란 첫째, 극본에서 반복해서 "항전필승"을 제기하고 있는 그 책은 도대체 무슨 책인가? 둘째, 국가의 병원이면 왜 위원장의 사진을 걸지 않았는가? 셋째, 극본 중에는 왜 공산당의 노래 "遊擊隊之歌"를 불러야 하는가? 넷째, 왜 극이 끝나기 전 정의사의 손에 붉은 깃발을 들게 했는가? 하는 것들이었다. 이러한 문제에 대해 조우는 하나하나 잘 받아주었다. 예컨대 사진을 거는 문제에 대해 조우는 그 병원은 걸기를 원하지 않았기 때문에 어쩔 방법이 없다고 이야기를 했고, 결말 부분에서 깃발을 흔드는 문제에 대해 조우는 오해라고 말하였다. 이는 어린 부상병이 정의사 아들에게 준 작은 배두렁이로써, 북방에서는 이 배두렁이를 모두 붉은 베로 만들며, 결말에서 이대대장 등이 출발하는 것을 정의사가 환송할 때 약간의 표시를 하기 위해 그 배두렁이를 흔든 것이라고 하였다. 마지막에 조우는 예의를 차리지 않고 반공전에게 물었다. "위원장은 단지 싸움하는 그런 일이나 알 뿐이고, 현대희곡을 쓰는 것은 그래도 우리가 전문가이니까 이런 일은 우리들 스스로가 알아서 하게 내버려두시오."라고 하였다. 공연을 해서 항일선전 목적을 쟁취하기 위해 조우는 극본을 약간 고쳤다. 즉 "성립 부상병 병원"이라고 한 것을 "국가로부터 보조를 받는 개인병원"이라고 고쳤다. 이렇게 하여 극본은 심사에서 어렵게 통과되었다.

극본 심사가 있은 후 이어서 공연 심사가 있었다. 심사를 맡은 남자들은 합동심사를 한다며 티를 냈지만, 연기자들은 오히려 그

堅實한 一步 前進(節錄)

들의 체면을 봐주지 않았다. 공연을 해 보일 때 배경도 없이 화장도 하지 않았으며, 연기자들은 표정도 짓지 않고 단지 대사만 외우면서 등퇴장을 했을 뿐이었다. 그러자 극적 분위기도 나지 않았고 극의 정서도 없었으며, 더욱이 무슨 예술상상이나 감정의 교류는 말할 나위도 없었다. 있는 것이라곤 단지 충만한 분노와 반항심 그것뿐이었다.

어려운 노력과 투쟁 끝에 <蛻變>은 마침내 중경에서 공연이 되었다. 이 작품은 관중의 열렬한 환영을 받았고, 공연효과도 아주 좋았다. 그 후, 적지 않은 전문극단에서는 계속해서 공연을 하였다. 1941년 10월 10일, <蛻變>은 苦干劇團 創團 공연으로 황좌림의 연출에 의해 "孤島"였던 상해의 卡爾登 대극장에서 처음으로 공연이 되었다. 매일 낮과 밤 두 차례씩 공연을 하여 연속 35일을 계속하였는데, 매번 빈 좌석이 없었다. 뒤에 상해 公共租界 工部局에 의해 금연을 당했다. "제일 첫 번째 공연에서는 극장을 가득 메운 애국열정의 고조로 대사가 우레와 같은 박수소리 때문에 끊어지곤 하였다. 극이 끝나고 연속하여 세 번이나 앙코르 요청에 답하였고, 수많은 연기자와 스텝들은 모두 무대 뒤에서 흥분이 되어 눈물을 흘렸다. <蛻變>의 공연은 1개월 동안 계속되다가 11월 12일 孫中山 선생의 탄신일이 되자 관중의 애국열정은 새로운 고조를 보여 주었다. 결말에서 극중 인물 정의사가 항일전사들을 향해 연설을 할 때 '중국 중국, 너는 반드시 강해야만 된다'고 말을 하자 극장의 1층 정면의 일등석에서 애국 구호가 터져 나왔다. 그러자 일시에 전 극장은 들끓기 시작하여 막이 내리고 나서도 관중들은 끝없이 박수를 치며 극장을 떠나려고 하지 않았다. 이런 형세는 당연히 조계 당국의 주목을 불러일으키지 않을 수 없

조우의 〈태변〉 연구

었다. 다음날이 되자 공부국에서는 <蛻變>에 대해 금연을 명하였다."5) 이것으로 보아, <蛻變>의 발표와 공연은 확실히 인민들의 열렬한 항전열정을 고무해 주었음을 알 수 있다.

1942년 가을에는 중국 萬歲劇團이 <蛻變>을 공연하였다. 史東山이 연출을 맡고, 陶金이 양공앙, 舒繡文이 정의사, 孫堅白이 황서당, 章曼苹이 "위조직", 陳天國이 마둥과, 戴浩가 양공앙, 江村이 공추평, 黃晨이 하제여, 田烈이 범흥규, 錢千里가 진병충, 田琛이 진중의, 劉犁가 정창 배역을 맡았다. 연출 역시 성공하였다. 12월 28일 ≪新華日報≫에서는 특별히 특별란을 마련하여 평가를 하였다. "편집자의 말"에서는 "<蛻變>의 공연이 거의 보편적인 찬미를 불러 일으켰기 때문에 오늘의 편폭은 거의 전부를 이 극에다 바치기로 하였다 ……"고 하였다. 평론에서는 극본과 공연이 모두 성공을 거둔 것에 대해 높이 평가하면서 조우가 창작 도로에서 견실한 일보를 전진시켰다고 칭찬하였다. 郁冰은 문장에서 지적하기를 "다섯 시간이나 되는 긴 시간 동안 공연을 하면서도 시종일관 관중들의 정서를 바싹 틀어줘었는데, 이는 정말 쉬운 일이 아니었다. 그날 <蛻變>을 보는 사람 중 중간에 빠져나간 사람이 하나도 없었는데, 이것으로 보아서도 이번 공연이 잘 되었다는 것을 증명한다"고 하였다. 方玄의 문장에서는 <蛻變>이 기교상에서 성공한 것에 대해 충분히 긍정을 하며 다음과 같이 말하였다. "첫번째로, 결구가 빈틈없고 두서가 분명하여서 한 작품에서 32명의 인물이 등장을 하였는데도 질서가 있고 조리가 있어 조금도 눈이 어지럽다는 느낌이 들지 않았고, 또 스토리가 점점 발전이 되어감에도 절대 모호해지지 않았다. 예컨대 제3막의 그렇게 복잡한 장면에서

---

5) 柯靈·楊英梧: <回憶"苦干">, ≪中國話劇運動五十年史料集≫.

堅實한 一步 前進(節錄)

도 사람들이 마치 베틀 북이 드나들 듯이 빈번하게 등퇴장을 했지만, 줄거리가 분명하였고, 정의사가 제8구급소로 온 이 소절에서의 그 발전 역시 아주 층차가 분명하였다. 먼저 반격의 소식이 있고, 그 다음에 제8구급소의 전화가 있고, 다시 사종대의 보고가 있고, 정의사가 세 시간이나 지각을 한 일 등등이 완전히 부각되었다. 둘째로, 인물의 생동적인 면과 각 인물의 성격이 다 그들 자신의 출신·신분과 일치되는 점이다. 약한 자를 업신여기고 강한 자를 두려워하며, 비굴하게 남에게 아첨을 하고 사실을 과장하는 공추평, 노련하고 믿음이 강했으며 조심하고 신중하여 각 방면에 빈틈이 없는 황서당, 잘난 체 하고 윗사람에게는 아첨을 하고 아랫사람에게는 가혹한 마등과, 엄숙하고 확실하였으며 근무를 제일로 삼고 악을 원수처럼 미워하는 정의사, 심지어 호쾌하면서 우락부락한 이철천까지 한 사람도 생생하지 않은 인물이 없었다. 셋째는 언어의 자연스러움이다. 어떤 말이나 다 말을 하는 그 사람이 자기의 언어를 가진 점인데, 가장 좋았던 것은 어린 나팔수의 '長命百歲' 축사는 정말로 진짜와 꼭 같았다. 인물의 진실스러움은 모두 이런 자연스런 언어 속에서 表現이 되어 나왔다.”

어쨌든, <蛻變>의 운명은 역시 사람을 感慨케 하였다. 조우가 고육수·반공전 내지는 장개석의 책망을 감당해 내었고, 반동세력의 극본·공연에 대한 이중적 포위를 잘 감당해 내면서 <蛻變>을 독자와 관중에게 바친 이 점은 얼마나 귀하고 강한 민족정신인가? 그러나 훗날의 일부 평론가와 문학사가들은 이런 역사사실과 이 극이 당시에 미쳤던 중대한 영향 등을 등한시하고 <蛻變>에 대해 공정하지 못한 평가를 내림으로써 조우로 하여금 억울한 누명을 쓰게 하였던 것이다. 해방 후 30여 년 동안 <蛻變>을 공연한 극단은 하나도 없었고, 평론 문장 역시 매우 드물었다. 중국 공산당의 11차 3中全會 이후, 상황은 비로소 호전되어 <蛻變>에 대한 의논이 많아지기 시작하였다. 항일전쟁 승리 40주년을 기념하기 위해 "霧季藝術節"이란 이름으로 중경시 현대연극단이 1985년에 이를 무대화하였는데, 이것이 신중국 성립 후, <蛻變>의 최초 공연이었다.

일부 평론가와 문학사가들의 <蛻變>에 대한 의견은 대부분 정의사와 양전원 이 두 주요 예술형상에 집중하고 있다. 그들은 인식하기를 극본에서 소조한 정의사・양 감찰원 이 두 인물형상에는 현실기초가 없어서, "정의사는 결점이라고는 조금도 없는 완전히 새로운 신인으로, 그의 마음은 언제나 부상병에게 있었기 때문에 독자와 관중은 자연히 이런 인물을 아주 경애하며 그녀가 성공을 할 수 있기를 희망한다."[6] 그녀는 "단지 고통이나 어려움을 참고 견디며 사는 한 홀어머니이며, 부상병을 잘 보살피는 인자한 여성이며, 외로운 한 여성이다." 그녀는 "사람들이 배울 대상이나 모범으로 삼기에는 부족하다."[7] 양공앙과 같은 "이런 현명한 신 관리는 당시 국통구에서 존재할 수 없는 인물이다." "이 양 감찰원은 비록 형상이라는 모습을 가지기는 하였으나 하나의 성격이라고 하기보다는 차라리 하나의 권력의 화신이라고 말하는 것이 좋을 것이다."[8]

우리는 우선 이런 평론의 시비를 평론하지 말자. 중요한 것은

---

6) 王瑤: ≪中國新文學史稿≫下冊, 新文藝出版社 1954年版.

7) 劉綬松: ≪中國新文學史初稿≫下卷, 作家出版社 1956年版.

8) 胡風: <在混亂裏面・'蛻變'一解>, 王瑤의 ≪中國新文學史稿≫下冊, 新文化出版社 1954年版에서 再引用.

堅實한 一步 前進(節錄)

정의사·양 감찰원 형상 자체가 우리에게 무엇을 제공해 주고 있는지를 연구해 보자.

<蛻變>은 실제로 긍정적인 인물과 부정적 인물 두 방면의 인물 형상을 통해 국가와 사회가 구태를 벗고 새롭게 변화하는 모습을 반영한 동시에 민족정신이 어떤 면에서 새롭게 변신하는가를 표명하였다. 진중선·마등과·"위조직", 그리고 공추평·황서당 등은 조우가 항전 초기 대후방의 지하 도랑에서 건져낸 한 무더기의 오물이자 쓰레기들로서, 그들은 민족정신의 부정적 성분이다. 중국이 위급존망의 위기에 처했을 때, 모든 정직한 중국인들은 이런 부정적 성분에 대해 더욱 절실한 아픔을 가지고 있었다. 조우는 참을 수가 없어서 정의사가 노하여 크게 호통치는 입을 빌어 다음과 같이 말하였다. "나는 지금 바로 일종의 혈청을 발명하여 당신들 모든 사람들의 혈관에 넣어서 당신들 마음속의 독즙, '게으른' 독, '느린' 독, '뻔뻔스런' 독, '이기적인' 독, '지나치게 총명한' 독, '무책임한' 독을 모두 깨끗이 씻어버리고 싶다. 그러면 항전의 앞길에 어떤 방법이 있게 될 것이다."라고 하였다. 민족정신이 빨리 구태를 벗고 새롭게 태어나기를 갈망하는 심정에 얼마나 가슴아파 하고 얼마나 조급해 했던 것인가! 이는 바로 조우의 "오사" 신문학에 대한 빛나는 전통의 계승이요 발양이다. 정의사·양 감찰원 등은 바로 민족정신 중의 부정적 독소를 씻어내는 신선한 혈청이다. 정의사의 귀한 점은 바로 그녀의 심령 깊은 곳에 찬란한 光點이 있다는 것과, 민족정신 중의 적극 성분이 불타고 있다는 점이다. 그녀는 進攻型의 지식분자이며, 자기의 맡은 바 직책에서 항전을 이행하기 위해 노력하며 생활 중에 잡초처럼 생겨난 독균에 대해서는 원수처럼 증오하였다. 어려운 생활, 열악한 환경, 복잡하

고 과중한 업무는 그녀를 숨도 못 쉬게 억눌렀다. 그 역시 곤핍함을 느끼고 심지어는 의기소침해지기도 하였다. 그러나 일종의 민족 자존심과 자신감, 일종의 말로 표현 못할 민족 의분은 그녀를 고무하였고, 이에 그녀는 마침내 퇴보하지 않고 아들 정창에게서 또 부상병에게서 역량을 얻어 구태를 떨치고 자아정신의 새로운 변신을 실현하였다. 이는 전통적인 민족정신 중의 긍정적인 성분과 무관한 것이 아니다. 이 인물이 우리로 하여금 더욱 눈물을 재촉하게 하는 것은 인도주의로 충만한 그런 희생정신이다. 챙기는 것은 아주 적고 공헌은 극히 많은 이런 점은 중화민족, 특히 이 민족 부녀자들이 가지고 있는 흠모할 품격인 것이다. <蛻變>은 어떤 면에서 중화민족의 숭고한 모성에 대한 찬가라 할 수 있을 것이다. 정의사는 자기를 조국의 딸이라고 생각하였고, 부상병들도 그녀를 자기들의 엄마로 여겼다. 이 평범하면서도 위대한 어머니는 딸로서의 뜨거운 열정을 가졌고, 더욱 어머니로서의 부드러운 정을 가지고 있었다. 이는 바로 그녀가 부상당한 아들의 수술을 다 마치고 군중들 앞에서 고백한 바와 같다. "지금 나의 아이는 평안해졌어요. …… 오분 전만 해도 나의 마음속에는 이런 생각이 들었어요. 만일 나의 아들이 다시 좋아지기만 하면 나는 다시는 내 곁을 떠나게 하지 않을 것이고, 다시는 그가 전선으로 가는 것을 막을 것이며, 다시는 여러분을 따라가서 사경을 헤매게 하지 않겠다고 말에요. 왜냐하면 하나의 작은 생명이 태어나면서부터 장성할 때까지 낮이나 밤이나 때도 없이 엄마에게 고난을 준다는 생각이 들었기 때문이에요. 어머니의 마음이란 이렇게 이기적이랍니다." 아니다. 정의사는 이기적인 것이 아니다. 뛰어나와 그에게 고별을 하려는 사병들 앞에서 그녀의 아들을 조국인 어머니에게

堅實한 一步 前進(節錄)

바치겠다고 선포를 했을 때라든가, 또 그가 "우리 서로 사랑하며 살아갑시다."라고 열렬히 외쳤을 때라든가, 또 사병들이 정을 금치 못하고 그녀를 향해 "정의사 만세"를 외쳤을 때, 우리는 한 줄기 뜨거운 피가 목구멍으로 솟구쳐 오르며, 우리의 눈시울이 뜨거워 지는 것을 느낀다. 그녀의 몸에서 우리는 민족 정신의 새로운 광 점을 발견할 수 있는데, 이 새로운 광점이란 바로 시대의 하사품 이요, 항전의 선물인 것이다. 정의사에 대해 "결점이라고는 하나도 없는 완전한 새로운 新人"이니, "단지 고통이나 어려움을 참고 견 디며 사는 한 홀어머니"이니, "외로운 한 여성"이니 하는 평론에 동의할 방법이 없다.

항전이라는 이런 잔혹하고 오랜 전쟁에서 모든 민족은 거대한 정신적 지주가 필요하였다. 이런 역량은 전통적인 민족 정신에서 섭취하는 것으로는 부족했고 일종의 참신한 사상의 주입이 필요했 으며, 또 민족정신 중의 이런 고질에 대해서는 일종의 강대한 정 신적 충격파가 있어야 비로소 훼멸을 시킬 수가 있었던 것이다. 생활 자체는 바로 조우를 이렇게 게시한 것이다. 그는 서특립을 모 델로 하여 우리를 위해 하나의 창조정신으로 "새로운 관리"-양공 앙-를 소조해 내었던 것이다. 양공앙의 사사로움이 없고 두려움 이 없으며, 호쾌하고 견결하며, 치밀하고 과감하며 생각이 깊고 집 착력이 강한 그의 성격에서 우리는 일종의 전통적이면서도 또 비 전통적인 뭔가가 있음을 느낄 수가 있다. 그는 몸에서 일종의 참 신한 정신을 발산하였다. 그는 바로 중국 현대 문학사에서 자주 보이는 새로운 형상이 결코 아니다. 이런 형상이 예술면에서 아주 완미하게 그려지지 못했고 또 어떤 면에서 개념화가 되기는 했지 만, 동시기에 출현한 수많은 작품 중에 나타난 인물들과 비교를 해 볼 때, 이것은 그래도 성공한 것이었다. 오늘, 이 인물이 체현해 낸 공평무사하며 강한 개혁정신에는 역시 모종의 현실적 의의를 가지고 있다고 하겠다. 그래서 이렇게 분투하는 참신한 정신을 가진 신인형상이 항전초기에 무대에 출현함으로써 많은 사람들에게 모든 열정을 여기에 경주하게 하였던 것이다.

조우가 <蛻變>의 결점을 이야기 할 때, 이 극본은 "깊이가 없게 쓰여졌다."고 솔직하게 인정을 하였다. 이는 비교적 객관적인 자아평가였다. 중국 역사의 발전은 민족정신의 蛻變을 의미하며, 첨예하고 격렬하고 복잡한 투쟁을 의미한다. 조우는 민족정신이 구태를 벗고 새롭게 변신하기를 강력하게 희망하면서 이를 표현하고자 했다는 것을 우리가 느낄 수 있다. 하지만 마음대로 되지는 않았다. 조우는 복잡한 생활 묘사를 너무 간단하게 처리하고, 인물 묘사면에서도 개념화 현상을 보였다. 소재면에서 볼 때, <蛻變>은 조우가 극을 쓰기에 가장 적합한 소재가 결코 아니었다. 항전의 선풍이 조우를 생활 격류로 몰아갔을 때, 그를 맞이해 주었던 것은 전부가 시시각각 변화하고 있는 사람이요 사건들이었다. 이런 사람에 대해서 조우가 이해할 수 있는 정도는 그가 주복원·번의·진백로 등과 같은 그런 인물에 비해 비교가 되지 않을 정도로 얕았다. 이것이 또 <蛻變>을 "깊이 없이 쓰게 한" 중요한 원인이 되었다.

<蛻變>이 깊이 없이 쓰여지기는 하였지만, 이는 그래도 중국 현대희곡사상 중요한 지위를 가지고 있다. <蛻變> 중에 넘치고 있는 열정과 이상이 사람들에게 희망과 용기를 주고 있다는 것은 조우가 그의 창작 도로에서 견실한 한 걸음을 더 내딛고, 그의 창작 시야가 더욱 넓어졌음을 반영하고 있는 것이다.

객관적인 현실 생활에서 나온
이상의 빛

객관적인 현실 생활에서 나온 이상의 빛[1)]
─현대희곡 〈蛻變〉의 理想的 要素에 대한 인식
陸葆泰

　　현대희곡 〈蛻變〉은 1940년 말에 창작이 되었는데, 이는 조우 선생이 〈雷雨〉·〈日出〉·〈原野〉에 이어 내놓은 또 하나의 다막극이다. 작자는 현대희곡을 창작할 때 기본적으로 현실주의 수법을 운용하였을 뿐만 아니라, 약간의 낭만주의 수법을 적당하게 융합시켜서 만들었다. 그래서 작품에는 어떤 理想的 要素가 담겨 있다. 예컨대 항일 전쟁이 한창 진행되고 있을 때, 작자는 작품의 하반부에서 병원을 묘사함에 이미 민주의 공기가 충만하게 한 점이라든가, 또 극이 완전히 끝나갈 무렵 작자가 중국의 古都라고 붙인 도시 "大都"가 수복이 되었다는 등 ……. 이런 理想的 要素를 어떻게 이해하느냐 하는 것은 작품의 주제 사상과 사회 의의를 정확하게 이해할 수 있느냐 없느냐 하는 문제와 관계가 있다. 그래서 이것은 〈蛻變〉을 연구할 때 우선 정확하게 해결을 해야할 문제가 된다. 벨린스키가 말하기를 "역사의 평가는 반드시 필요한 것이다. 모든 예술 작품은 그대로의 모습으로 시대와 당시의 역사

---

1) 이 글은 華東師範大學學報(哲社版) 1984年 第4期에 실린 논문으로, 原題는 "理想的光芒發自客觀現實生活中間─關于話劇〈蛻變〉理想因素的認識"이다. (譯者注)

조우의 〈태변〉 연구

와 연관시켜 예술가와 사회의 관계에서 고찰을 해야한다.">2)고 하였다. 만일에 <蛻變>을 연관된 역사적 환경에 놓고 연구를 한다면 우리는 분명한 사실을 알 수 있다. 즉 이 작품에서 보여주고 있는 이상주의 光芒은 당시의 현실 생활 중에서 나온 것이요, 항전 초기의 특정한 역사시기 국통구에서 변화를 강렬하게 바라는 수많은 인민들의 願望에 그 뿌리를 두고 있다는 사실이다. 이는 당시 사회 생활 중에 이미 情理에 합당한 발전 추세를 반영한 것이다.

<蛻變>의 스토리는 1938년 말부터 1939년 초 사이에 발생한 것으로, 이것의 사회 배경은 다음과 같다. 일본 왜구가 중국을 대거 침공함에 따라 국토는 혼란에 빠졌다. 이런 상황하에서 국민당 정부는 峨嵋山으로 물러나 있으면서 그들의 각급 행정 기구의 폐단을 여실히 보여주었다. 그런 한편, 전국 인민들의 抗日求國의 격정은 이전에는 볼 수 없었던 고조를 보여주었다. 수많은 군중들이 왜구를 몰아내고자 하는 갈망 중에서 당시 정권도 이와 함께 혁신이 될 수 있었다. 국공 2차 합작이 형성됨에 따라 일부 공산당원은 이미 국민당 통치구로 들어가 일을 하였고, 그들 역시 일부 계층 사람들에게 영향을 주었다. 하지만 각종 제한이 있어 그 영향은 늘 광범하지 못했고 깊이 들어갈 수가 없었다. 각급 정권은 변화를 추구하였던 바, 이는 사람들이 바라는 바였고, 대세의 흐름이었다. 그러나 도대체 어떻게 변화하고, 또 어떤 형식으로 국민당 일당 專政을 대신한단 말인가? 실제로 당시의 절대다수 사람들은 이 문제에 대하여 그저 몽롱한 개념을 가지고 있었을 뿐이었

---

2) 《別林斯基論文學》, 新文藝出版社, 1958年版, 261－262面. "歷史的批評, 是必要的. 每件藝術作品必須一成不變地和時代·和當時的歷史關聯起來, 從藝術家和社會的關系上面去考察."

객관적인 현실 생활에서 나온 이상의 빛

다. 이 점에 대해서 훗날 모택동도 <論聯合政府>란 글에서 자세
하게 설명을 한 바 있다. 그는 말하기를, "1937년 7월 7일 盧溝橋
사변으로부터 1938년 10월 武漢을 잃기까지 이 기간 중에 국민당
정부가 일본에 취한 작전은 비교적 노력하는 편이었다. 이 시기,
일본 침략자들이 대거 침공하고 전국 인민들의 민족 의분이 고조
되자 국민당 정부는 정책의 중점을 역시 일본 침략자들을 반대하
는데 두었다. 이로 인해 전국 軍民들의 抗日戰爭은 비교적 순조롭
게 고조되었고, 일시적으로 생기발랄한 새로운 기상이 나타났다.
당시 전국의 인민들과 우리 공산당원들, 그리고 기타 민주당파들
은 모두 국민당 정부에게 커다란 희망을 걸었다. 다시 말해 이 민
족이 위기에 처하고 민심이 분발할 때를 기회로 삼아, 민주 개혁
을 추진하고, 손중산 선생의 혁명 삼민주의가 실시될 수 있기를
희망하였다."3)고 하였다. <蛻變>의 理想的 요소는 바로 이런 역
사적 조건하에서 나온 産物이다.

<蛻變>이 표현하고 있는 것은 한 戰地의 병원이 脫舊變新하는
과정이다. 작품의 막이 오르면 그 병원은 난장판이 되어 있다. 탐
오와 부패의 주인공인 원장 秦仲宣, 부끄럼도 모르고 사리도 모르
는 서무주임 馬登科 등의 전횡으로 인해 공금은 마음대로 유용이

---

3) ≪毛澤東選集≫第3卷, 人民出版社 1953年5月版. 1037-1038面. "從一
九三七年七月七日盧溝橋事變到一九三八年十月武漢失守這一個時期內,
國民黨政府的對日作戰是比較努力的. 在這個時期內, 日本侵略者的大擧
進攻和全國人民民族義憤的高漲, 使得國民黨政府政策的重點還放在反對
日本侵略者身上, 這樣就比較順利地形成了全國軍民抗日戰爭的高潮, 一
時出現了生起蓬勃的新氣象. 當時全國人民, 我們共産黨人, 其他民主黨
派, 都對國民黨政府寄予極大的希望, 就是說, 希望它乘此民族艱危·人
心振奮的時期, 厲行民主改革, 將孫中山先生的革命三民主義付諸實施."

되고, 병원의 창고는 멋대로 쌀을 쌓아 놓는 곳으로 이용되고, 병실은 개인용으로 쓰이는 등, 그 혼란한 모습은 사람들의 보편적인 불만을 자아낸다. 이에 사람들은 모두 이런 작금의 현상이 조속히 변화될 수 있기를 희망한다. 아주 강렬한 애국열정을 가진 名醫, 정의사가 당당한 모습으로 나서서 공개적으로 원장의 첩인 "僞組織"에게 강점 당했던 병상을 빼앗아 돌아온다. 병원의 서기 공추평이 馬登科가 격일로 출근부에 서명을 하는 것에 크게 불만을 나타내는 동시에 공개적으로 규탄을 하며, 시찰 전문요원 梁公仰이 병원에 조사를 하러 왔을 때는 용감하게 秦仲宣과 馬登科에 의해 약 재촉 공문이 발송되지 못했음을 일러준다. 병원의 공무원 사종분은 조금도 두려움이 없이 그 사람 앞에서 원장 秦仲宣이 창고에 쌀을 쌓아둔 죄악에 찬 행위를 폭로한다. 연극은 객관적인 현실 생활을 보고 작자의 머리 속에 반영된 산물이다. <蛻變> 중의 이런 것들은 하나의 분명한 문제를 설명해 준다. 즉, 작은 이익을 추구하는 이런 현상들은 더 이상 계속되어서는 안 되며, 개혁의 실행이 이미 눈앞에 와 있으며, 이것은 막을 수 없는 역사적 조류라는 사실이다.

감찰원 梁公仰의 도래로 전체 劇情의 추진 속도는 아주 가속된다. 梁公仰은 철저한 조사와 군중들의 도움 아래 秦仲宣과 馬登科의 추악함을 완전히 폭로하고 그들을 퇴출 시키고자 한다. 이런 것들로 인하여 사람들은 아주 후련함을 가지게 되었고, 병원의 의료 수준도 현저하게 향상되었다. 만일 제1, 2막이 흐리고 어둠침침한 분위기에서 진행된다고 한다면, 제3막 1장 이후는 햇살이 눈부시고 봄바람이 살랑거리는 환경에서 진행된다고 말할 수 있다. 사종분은 땀을 닦으며 奮戰하고, 공추평은 더 잘하기 위해 열심을

객관적인 현실 생활에서 나온 이상의 빛

다하고, 정의사는 조수들의 긴밀한 도움을 받아가며 1개월 동안 수술을 139회나 하게 된다. 모든 사람들이 주인의 자세로 근무에 임하고, 많은 사람들이 합심하여 많은 성과를 올림에 따라 사람들의 정서는 격앙되고 병원은 완전히 전투의 환락에 젖어든다. 이 작품의 결미에는 더욱 승리의 기쁨이 넘친다. 부상병들과 이대대장은 이미 완쾌되어 다시 전선으로 갈 준비를 한다. "大都"가 수복이 되고, 정의사는 씩씩한 기상으로 "중국, 중국이여, 넌 강성해야 하리라!"라고 크게 외친다.

작가가 생활을 반영할 때는 "사물의 원래 모습에 비춰 모방"[4]을 할 수도 있고, 또 "사물이 마땅히 가져야 할 모습에 따라 모방"[5]을 할 수도 있다. 이미 변혁에 대한 요구가 대두되었고, 사람들도 적극적인 행동으로 이런 변혁을 촉진하고 있는 것이 사실인데, 작가는 왜 사람들이 미래 생활에 대하여 근거있는 상상을 하는 것을 보고 금후에 나타날 모습을 그려낼 수 없겠는가? 제3막, 4막에서 병원이 개혁된 후 사람들의 즐거운 정서로부터 우리가 분명하게 인식할 수 있는 것은 항전을 통해, 광명이 암흑을 대체하고, 민주가 전제를 대체하는 이것은 이미 당연한 일이라는 것이다. 劇情의 발전에 따라 우리가 아주 선명하게 느낄 수 있는 것은 <蛻變> 중에 보이는 理想 因素는 이런 歷史的·代替的·勤慎的 추측과 하나의 대략적인 묘사라는 것이다.

<蛻變>에 대한 연구 중, 이 理想的 要素에 대한 어떤 관점은 참

---

4) 아리스토텔레스: ≪詩學≫, ≪西洋美學史≫上, 人民文學出版社 1964年 板 第58面. "照事物的本來的樣子去摹倣."
5) 아리스토텔레스: ≪詩學≫, ≪西洋美學史≫上, 人民文學出版社 1964年 板 第58面. "應事物應有的樣子去摹倣."

조우의 〈태변〉 연구

으로 우리가 이해하기 어렵다. 즉 "항전 초기는 애국 열기가 奔騰하던 시대로, 지금 생각해 보자면, 그 때 사람들은 모두 약간의 지나친 낙관을 가지고 있었다. 역사는 進展을 통해 '脫舊變新'은 결코 그렇게 간단한 일이 아니며, 작자의 생각은 참으로 좀 지나치게 天眞스러웠다는 것을 증명해 주었다."6) "여기서, 그는 오히려 현재의 인생을 理想 쪽으로 약진시키코자 하였는데, 내가 보기에는 그가 너무 낙관을 하였던 바, 결국에는 미끄러지고 말았다."7)는 주장이 그것이다. 이런 관점은 기계적으로 작품 중의 理想的 要素와 이후 국통구에서 보여준 그 결과를 함께 놓고, 이를 비교·검증한 결과이다. 이런 論斷에는 문예 창작 특성을 무시한 면이 있어 과학성이 부족한 것 같다. 주지하다시피 문예 작품은 생활을 반영하지만, 문예 작품이 생활과 같은 것은 아니다. 만일 표면적인 현상을 보고 작품의 내용에 理想的인 색채를 가지게 했다면, 이는 실제 생활과는 거리가 아주 멀게 된다. 또 작자는 신도 아니고 점쟁이도 아니다. 그는 대체적으로 객관적인 생활의 遠景을 짐작해 볼뿐이지, 앞으로의 역사가 어떻게 진전될 것인지를 완전하게 예견하여 그려낼 수는 없는 것이다. 조우 선생은 말한다. "항전으로 큰 변동이 있을 때 우리는 動搖分子들과 부패한 인물들이 점차 몰락의 길로 치닫는 것을 적지 않게 보았다. 우리는 더욱 기쁜 마음으로 新生의 역량을 희망하였다. 새로운 생명은 이미 어렵고 힘든 투쟁 중에 파종

---

6) 王瑤: ≪新文學史稿≫下冊, 新文藝出版社 1953年版, 155面. "抗戰初期是一個愛國熱潮奔騰澎湃的時代, 從現在看來, 那時人人都有點過分樂觀, 歷史的進展證明了'蛻舊變新'幷不是那樣一件簡單的事情, 作者的看法實在過于天眞了一點."

7) 胡風: <在混亂裏面·"蛻變"一解>, 上揭書 第156面에서 再引用. "在這裏, 他卻由現代人生向理想躍進. 但據我看, 他過于樂觀, 終于滑倒了."

객관적인 현실 생활에서 나온 이상의 빛

이 되었고 양육이 되어 아름다운 새싹을 틔우기 시작하였다."8)고 하였다. 조우 선생의 이 말의 의미는 그가 생활 속에서 "새로운 생명"과 "신생의 역량"을 발견하였을 뿐만 아니라, 또한 그 새싹이 트기 시작하는 것을 보았다는 말이다. <蛻變>의 이상적 요소는 작자가 현실 생활을 기초로 하고, "가상적인 논리에 '돋아나는' 소망과, 가능할 것으로 보이는 어떤 결과에 대한 추측에서 나온 것이다."9) 사실, 우리는 이렇게 말을 못할 것도 없다. 즉 <蛻變>에서 묘사된 항전 최후의 승리와 인민 군중이 자기의 운명을 主宰하는 등의 이상적 요소가 훗날 중국의 역사가 진행되어 가는 과정 중에서 表現이 되지 못한 것은 결코 아니라고 말이다.

<蛻變>에 대한 연구 중, 이것과 관계된 어떤 관점 역시 우리가 이해하기 힘들다. 즉, "조우 동지가 <蛻變>이라고 이름을 붙인 것은 오직 공산당의 영도하에서만 半封建 半植民의 중국을 '脫舊變新'시킬 수 있다는 것을 암시한다."10)고 한 주장이나, <蛻變>에서 보여준 "'새로운 생명에 대한 찬양과 지지'는 인민들로 하여금 항전 필승의 신념과 신식 국가 수립에 대한 이상을 가지게 하였으며, 또 밝은 미래는 당 영도하의 청년들이 지향하는 항일 근거지와 붉은 깃발을 들고 전진하는 항일 무장군에 있음을 암시한다."11)는 주

---

8) 曹禺: <關于"蛻變"兩字>, 文化生活出版社가 出版한 劇本<蛻變>의 附錄. "在抗戰的大變動中, 我們眼見多少動搖分子, 腐朽人物, 日漸走向沒落的階段. 我們更喜歡地望出新生的力量, 新的生命已由艱苦的鬪爭裏醞釀着, 育化着, 欣欣然地發出來美麗的嫩芽."

9) 고리끼: ≪論文學·蘇聯的文學≫, 人民文學出版社 1978年版, 112面-113面. "依據假想的邏輯加以推測'而出的'所願望的·可能的東西."

10) 陳瘦竹: ≪現代劇作家散論≫, 江蘇人民出版社 1979年版, 第334面. "曹禺同志以<蛻變>爲名, 暗示祇有在共産黨的領導下才能使半封建半植民地的中國'蛻'舊'變'新."

조우의 〈태변〉 연구

장이 그렇다. 이런 관점은 또 작품의 이상적 요소와 중국 공산당 영도하의 혁명 근거지를 견강부회하게 연결시킨 것이 된다. 이런 관점은 아마도 당시 조우 선생이 이미 根據地를 '신형 국가'의 모델로 삼았다는 것을 말하고자 하는 듯 하다. 하지만 이는 실제와 부합되지 못하는 주장이다. 구체적인 역사 조건하에서 중국 공산당 그 자체도 아직 분명하지 못했던 것을, 한 급진적인 민주주의 작가였던 그가 어찌 일말의 착오도 없이 이를 인식할 수 있었겠는가? 사실, 위에서 언급한 조우 선생의 말에서 이미 그 의미를 명백하게 알 수 있다. 즉 <蛻變> 중의 이상적 요소는 그의 "眼見"과 밀접한 관계가 있다는 것이다. 많은 사료를 통해 볼 때, 당시 작자는 근거지에 대해 거의 잘 모르고 있었다는 것을 우리가 알 수 있다. <蛻變>의 내용에서 우리가 알 수 있는 것은 작품 속의 이상적인 병원 체제와 구조는 根據地의 의료 기구와 아주 거리가 멀며, 병원의 영도자나 그들의 상사인 감찰원, 병원의 의료 간부들은 모두가 상당한 애국심을 가진 전문가들이라는 것, 병원에서 일하는 직원은 모두 부지런하고 성실한 지식분자들이라는 것, 병원의 모든 것은 직분에 맞게 지식분자들이 스스로 관리를 한다는 것, 그런 병원에서 민주적인 분위기가 아주 농후하며 집중된 영도자들이 많은 듯 하다는 사실 등이다. 만일 梁公仰을 공산당원의 화신으로 보아야만 한다면 이 병원은 기껏해야 그저 당의 영향을 받는 급진 민주주의자들의 理想 王國인 것에 지나지 않는다.

---

11) 陳瘦竹: ≪現代劇作家散論≫, 江蘇人民出版社 1979年版, 第334面. "對 '新的生命'的頌揚和支持", "不僅堅定了人民抗戰必勝的信念, 和樹立起 建立新式國家的理想, 而且暗示出未來的光明是在黨領導的靑年人所向 往的抗日根據地和揮舞着紅旗前進的抗日武裝身上."

객관적인 현실 생활에서 나온 이상의 빛

현대희곡 <蛻變>에는 적지 않은 이상적 요소가 들어 있기 때문에, 이 작품은 중국 當代의 일부 사회주의 현실주의 작품과 서로 닮은 점이 아주 많다. 이런 작품은 중국 현대문학의 寶庫 중에 흔히 볼 수 없는 작품이다. 이 작품의 사상 내용은 그렇게 긍정적이고 풍부하며, 그 예술 기교의 운용은 그렇게 능숙할 수가 없다. 그러기에 <蛻變>은 중국 현대문학사에서 쉽게 얻을 수 있는 걸작이 아니다. 우리가 진지하게 연구를 해야할 가치가 있는 작품이다. 특히 지금 우리는 또 변혁의 시기에 처해 있고, 그래서 이런 연구의 긴박성은 더욱 강렬하게 나타난다. 그러나 문학 이론계의 현상을 두고 볼 때 객관적인 요구와의 거리는 실로 너무 요원하기만 하다. 우리는 이런 국면이 빠른 시간 내에 돌파구를 찾았으면 하는 바람을 가져본다.

조우의 〈태변〉 연구

7

曹禺의 〈蛻變〉

曹禺의 〈蛻變〉1)

谷 虹

1

　　〈蛻變〉은 조우가 항전 후에 쓴 새로운 극작이다. 항전 이전의 〈雷雨〉·〈日出〉·〈原野〉로부터 〈蛻變〉에 이르기까지 6년 동안 작자는 창작을 하면서 험난한 길을 걸었다. 그의 모든 작품들은 우리의 희곡 예술 방면에서 아주 큰 역할을 하였고 많은 사람들을 흥분시키고 눈물을 흘리게 하였다. 그의 작품 하나하나는 모두 점진적으로 과거의 결점을 극복하면서 현명한 진보를 보여주었다. 〈雷雨〉로부터 〈蛻變〉에 이르기까지 작자가 걸은 창작의 길은 계속 진보를 보여주었다. 주제면에서 볼 때, 〈雷雨〉에서 가정 비극을 묘사하였던 것에서 〈日出〉에서는 사회 비극을 묘사하게 되었고, 〈原野〉에서는 인성을 발굴하게 되었고, 〈蛻變〉에서는 新人을 만들어냄으로써 점진적으로 정확성과 긍정성을 이미 보여주었다. 〈蛻變〉에서 극의 충돌은 등장인물간의 충돌이 되기도 하면서 일종의 新舊간의 충돌, 즉 일종의 脫舊變新의 충돌이기도 한다. 기

---

1) 이 글은 王興平·劉思久·陸文璧: ≪曹禺硏究專集(下)≫〈中國當代文學硏究資料〉, 海峽文藝出版社 1985年版에 실린 "曹禺的 〈蛻變〉"을 실은 것이다. (譯者注)

조우의 〈태변〉 연구

교면에서 볼 때도 <雷雨>에서는 섬세 정교하게, <日出>에서는 紛雜하게, <原野>에서는 거칠게, 그리고 <蛻變>에 와서는 순박하고 힘차게 묘사하였다.

그래서 우리는 <蛻變>을 조우가 창작의 길을 걸으면서 보여준 새로운 기념비라 할 수 있다.

2

본 극의 주제는 작자의 말을 빌리자면 이렇다.

"항전으로 큰 변동이 있을 때 우리는 動搖分子들과 부패한 인물들이 점차 몰락의 길로 치닫는 것을 적지 않게 보았다. 우리는 더욱 기쁜 마음으로 신생의 역량을 희망하였다. 새로운 생명은 이미 어렵고 힘든 투쟁 중에 파종이 되었고 양육이 되어 아름다운 새싹을 틔우기 시작하였다. 이렇게 피와 땀으로 쓰여진 역사 속에는 비장하고 침통한 사실들이 수없이 있다. 이 사실들은 우리 민족의 전사들이 각 분야에서 분투하고 고생하는 모습과 또 도태될 부패 계층이 말로에서 부르짖는 비명을 심도 있게 말해준다. 여기에는 모종의 '인내'도 필요하겠지만, 더욱 필요한 것은 '모진 마음의' 艱難辛苦와 영광의 혁명 투쟁인 것이다. 우리는 새로운 생명을 위해 한없는 용감성을 발휘, 이를 보호 유지시키고 양성시켜야만 한다. 그 이전의 나쁜 것에 대해서는 조금도 인정사정 볼 것 없이, 추호의 망설임 없이 질책하고 배격·규탄하여, 각종 세력을 통해 억압 금지시키고, 이런 사람이나 이런 유해한 의식은 '죽음'으로 끝을 내 줘야 한다.

曹禺의 〈蛻變〉

이 연극이 말하는 것은 행정 문제며, …… 연극의 관건은 역시 우리 민족이 항전 중에 '脫'舊'變'新하는 새로운 기상에 있다. 이 제목이 바로 이 극의 주제이다."

원칙적으로 이는 정확한 말이다. 우리가 민족 혁명을 하는 중에 脫舊變新은 필연적인 과정이었다. 옛 것은 반드시 망하고 새로운 것이 반드시 태어나야만 했다. 항전 중에 우리는 반드시 자기 진영 안에 있는 찌꺼기를 깨끗이 청소하고 낙후한 많은 의식들은 씻어버려야 새롭게 태어날 수가 있었다.

작자는 이 주제를 어떻게 처리하였는지 다시 한 번 살펴보자. 작자는 內地로 물러난 성립 후방 병원의 부패를 묘사함에 "높은 자리에 있는 사람들은 현지의 유지들과 밀접한 관계를 가지면서 처음에는 카드나 치고 술이나 나누는 정도로 지내다가 뒤에 가서는 서로 결탁을 하여 국난을 기회로 장사를 하기에 이른다. 주인과 손님은 서로 '고난이 있으면 함께 나누고, 복이 있으면 함께 누릴 것이라.'고 약속을 한다. 이에 따라 하위직 사람들도 점차 게으름을 피우고 일을 대충대충 하는 것에 습관이 된다. ……"
"…… 교통이 불편하고 공적인 업무를 추진할 방법이 없어 사람을 낙담케 하고 실망케 하는 공기가 병원 전체에 가득 차 있다. 양식 있는 직원은 기분이 가라앉아 있을 뿐이지만, 의식이 없는 직원들은 제멋대로 하면서 윗사람을 속이고 아랫사람을 업신여기고 있다." "…… 원장이 사람을 고용하거나 일을 처리할 때는 오직 자기의 일시적인 이해 관계와 희비에 따라서 처리를 하기 때문에, 아래 사람들이 아첨으로 그의 신임을 얻어 놓으면 직원이 마음대로 월권을 해도 기탄을 하지 않았고, 그의 환심을 얻지 못하면 병원에서 그럭저럭 먹고살다가 죽기만 기다릴 수밖에 없었고, 심지

조우의 〈태변〉 연구

어 책임 소재를 묻다 보면 반대로 책망을 듣게 된다." "······ 대다수의 직원들은 억울함을 당해도 마치 겨울잠을 자는 蟄蟲처럼 입을 다문 채, 어떤 일이든 묻지도 듣지도 않으면서 결코 봄날에 대한 희망을 가질 수가 없다." "항전이 시작된 지 겨우 반년이 지났지만, 이 작은 병원은 지금까지의 행정 기구가 가지고 있던 약점들을 하나하나 드러내 보이기 시작하면서, 정부가 일말의 관용도 없이 엄격하게 채찍을 가하면서 교정과 개선을 실시할 필요성을 절실하게 기다리고 있다." 이 때 한 "현명한 관리"이자 시찰요원인 梁公仰이 온다. 그는 "중앙의 명령에 따라 이 병원을 다시 개조하게 되고, 공무원들 중 책임감이 있는 사람은 계속 근무를 할 수 있게 하지만 무책임한 사람은 조사 후 처리하거나 혹은 면직시키게 된다." 그는 "암암리에 3일을 시찰하고" 병원의 폐단을 깨닫는다. 이에 구관료인 원장 秦仲宣을 쫓아내고 서무주임 馬登科를 하옥시켜 철저하게 개혁을 하고, "단기간 내에 곧 전선 후방으로 출동을 시켜 충실한 구호활동을 펼치는데 노력한다." 3년이 안 되어 병원은 대규모의 모범적인 후방 부상병 병원으로 거듭난다. "지금 간부는 대부분 청년의 기질이 풍부한 사람들이다. 감사한 것은 현명한 새 관리, 즉 梁公仰 선생 같은 사람이 이 분야의 공무원들의 마음속에 용감성과 새로운 책임 의식을 점차적으로 키워준 점이다. ······" "제도가 형성되고 풍토가 자리를 잡아 근무 효과도 날마다 좋아진다. 병의 치유를 받은 수많은 부상병들은 신체적으로 정신적으로 치료와 도야를 받아 더욱 건전한 민족 투사로 변했거나, 혹은 다른 병원으로 옮겨가거나, 혹은 집중 관리처로 들어가거나, 혹은 늦을세라 자원하여 미리 부대로 들어가겠다고 요구를 한다. 이렇게 원인과 결과를 보여준 각종 사실들은 항전 과정 중의 중국 행정 관리가 하루빨리 그 썩어빠진 껍데기를 벗어 던지고 새로운 시대로 매진할 것을 말해 준다."

여기서 작자는 이 병원의 蛻變이 소수의 현명한 官吏가 하는 일에서 비롯되고 있음을 보여주고 있는데, 좀 과분하게 양 감찰원의 영웅적인 작풍을 강조하였다. 이렇게 한 것은 옳다. 그리고 또 당연히 그래야 한다. 왜냐하면 역사는 영웅에 의해 창조되기 때문이다. 만일 개인이 역사에서 어떤 역할을 하지 않는다면, 역사는 그저 상황의 연속, 혹은 사건 운반용 장치가 되어 스스로 운동을 하는 잘못 속으로 빠져들게 될 것이다. 그렇게 되면 인류는 영원히 진보가 없을 것이고 蛻變의 현상도 생길 수가 없게 되는 것이다. 우리가 항전을 하는 과정에서도 확실히 수많은 새로운 영웅들이 탄생되었다. 그러나 이것 역시 아무런 조건 없이 그렇게 된 것이 결코 아니다. 때문에 이런 영웅이 나오게 된 역사적 배경을 제시해 주어야만 한다. 그래야 우리의 영웅이 신화로 되지 않게 된다. 사람의 요소와 역사의 요소가 서로 인과관계를 가지고 유기적으로 배합이 되었을 때 비로소 정확하게 그것을 장악할 수 있게 된다. 이것을 일러 이른바 "전형 환경 중의 전형 성격" 문제라 말한다.

<蛻變>에서 양 감찰원과 같은 이런 영웅이 나오게 된 "전형 환경"은 어떤 것인가? 작품에서 작자가 우리에게 보여주는 것은 이러하다.

1. 제1막에서 진원장과 그 곳 현지 紳士와 縣 정부안의 관리들이 함께 결탁을 하여 "어려움이 있으면 같이 대처하고, 유복한 일은 함께 누린다."는 말을 함.

2. 제2막 제2장에서 작자는 황서당의 입을 통해 馬登科는 출옥 후 또 대후방에서 투기를 해서 횡재를 했다는 사실을 우리에게 알려줌.
3. 역시 제2막 제2장에서 양 감찰원의 집안 형 양공상이 사는 농촌에는 봉건세력이 아직도 아주 뿌리깊게 자리하고 있음을 설명함.

이 사실들은 모두 구세력이 상당히 방대하여 양 감찰원과 같은 이런 신 인물이 나오기에는 아직도 보편적인 조건이 이루어지지 않았음을 말해준다.

그러나 가장 큰 관건은 역시 작가가 사물간의 모순을 분명하게 보지 못하고, 그저 내재적인 투쟁이 정확한 해결방법이라고 보았다는데 있다. 우리가 항전을 할 때는 新舊가 늘 극단적으로 대립하는 상태에서 격렬하고 간고한 투쟁을 통해서 낡은 것은 완전히 숙청시키고 새로운 것은 성장할 수 있게 하였던 것이지, 극본에서와 같이 권력으로 위에서 아래로 강압적으로 못하게 해서 낡은 것이 이 우연적인 타격을 받아 자연스럽게 소멸되었던 것이 아니다. 이렇게 볼 경우 곧 현실을 무시한 것이 되어 주제는 더욱 심도있게 파악되지 못하고, 극의 충돌은 무력해 진다.

3

상술한 원인에 근거해 볼 때, 작가는 전형 환경을 제대로 파악하지 못함으로써 그가 창작한 새로운 인물도 진실성을 가지지 못하게 되었다. 왜냐하면 전형 성격은 전형 환경에 있지 않으면 그 역할을 할 수가 없기 때문이다.

파이카프는 이렇게 말한다. "우리는 늘 新舊의 충돌을 언급하고, 발달을 방해하는 일종의 죽어 가는 사상 감정의 殘骸를 언급하며, 과거 생활의 비극적 분규를 언급한다. 우리 희곡 작가들은 대단한 명쾌성과 놀라울만한 표현성으로 이런 모순을 표현한다. …… 그러나 일단 新人 문제에 접근하고 영웅-현대인의 살아있는 형상-을 다루기만 하면 우리의 근육은 무력해지고, 우리의 얼굴에는 기쁨과 감동의 미소가 사라지며, 우리는 대상과 거리가 너무 멀어져 심지어는 무릎을 꿇고 만다. 우리는 모순을 통해 대상이 압박을 받을까 염려하게 된다. 희망컨대 대상이 결점 없이, 균열됨이 없이, 동요함이 없이, 의혹이 없이 아주 원만하게 되었으면 한다. ……"

이 말을 빌어 <蛻變>을 설명할 수 있겠다. 작가는 아주 대담하고 정확하게 우리 항전 중의 암흑면을 폭로하고 무정하게 舊現實을 비판함으로써 그 허위에 찬 가면을 벗긴 이런 점은 모두가 아주 성공적이라고 하겠다. 그는 舊人物 전형 중, 구식 관리형으로 秦仲宣과 馬登科를, 소시민형으로 황서당, 공추평, 공정의, 황씨부인, 공씨부인을, 그리고 심술궂고 억지를 부리는 "僞組織", 세력에 의지하여 남을 잘 기만하는 범홍규, 이런 사람들을 모두 생생하게 표현하였는데, 이들은 그 독특한 개성을 가지고 있으며 또 공통적인 성격을 가지고 있기도 하다.

그러나 그는 新人物에 대한 묘사에서 특히 양 감찰원이란 이 인물의 성격에 대해서는 현실적이지 못했다. 그는 양 감찰원을 지독하게 침착하고, 냉혹하리만큼 냉정하며 감정도 없으며 고고하게 윗자리에 있는 권위자로 묘사하여 우리로 하여금 "包龍圖가 다시

조우의 <태변> 연구

세상에 태어난 것" 같은 느낌을 받게 한다. 포룡도가 옛날 사회에 환영을 받았던 이유는 그가 당시 전형적인 환경하에 그려진 전형적인 인물이었기 때문에, - 즉 당시의 사회는 전제 정치의 고압적인 통치 아래 있어서 민주주의 사상이 아직 싹트지 않았던 시기였기 때문이었음. - 그래서 그는 그런 자태로 출현하였던 것이다. 그러나 지금의 환경은 이미 포룡도와 같은 이런 인물이 나타날 수 있는 환경이 아니다. 비록 봉건의 여독이 아직 완전히 없어지지는 않았지만 어떤 면에서 민주 정치는 이미 충분하게 시작이 되었는데, 작가는 이 점에 소홀했던 바, 봉건세력의 숙청을 보지 못하고 민주 정치의 건립에만 의지하려고 하였던 것이다. 양 감찰원이란 이 인물의 결점은 바로 민주적인 역량으로 구 세력과 기본적으로 투쟁을 할 수가 없다는데 있다.

또 이 기본적인 투쟁을 다루지 못했기 때문에 秦仲宣과 馬登科란 이 구 관료의 몰락이 너무 쉽게 이루어졌다. 극중에 표현된 것은 완전히 우연적인 타격을 받아서 그렇게 된 것이지 필연적인 것이 아니었다. 더 나아가 秦仲宣이 뒤에 상해로 가서 한간이 되는 것 역시 아주 억지스럽다. 제1, 2막에서 볼 때 이런 가능성은 보이지 않는다.

정의사 이 인물의 전형을 보면 현실 중에서는 아주 보기가 드물기는 하지만, 작자가 대담하게 그녀를 지도적 역량을 가진 전형으로 한 이 점에 대해서는 완전히 찬성한다. 우리는 어떤 것을 이상화하거나 어떤 성격 특징을 강화시키는 것에 대해 너무 지나치게 두려워할 필요는 없다. 왜냐하면 항전을 하던 그 시대에, 우리가 작가들에게 절박하게 요구했던 것은 지도적 성향의 전형을 출현시켜, 그가 모범적인 역할을 하여 수많은 관중과 독자들로 하여금 전진하

도록 하고 그 믿음을 굳게 가질 수 있게 하는 작품의 교육성이었
다. 우리 민족이 해방을 위한 투쟁을 하는 중에 부녀 해방 운동 역
시 점차적으로 확대되어 멀지 않은 장래에 무수한 신여성들이 나오
게 될 것이라는 확신이 있었다. 작가는 정의사란 이 인물의 두 가
지 성격을 심도있게 포착해 냈다. 그녀에게는 숭고한 이상이 있었
고 항전에 대한 강한 신념이 있었다. 그녀는 고생하는 것을 두려워
하지 않았고 용감하게 희생을 하였다. 그러나 그녀는 또 풍부한 감
정을 가지고 있었고, 理智와 감정 - 국가에 대한 일종의 사랑과 모
성애가 서로 충돌함 - 이 부단하게 마음속에서 충돌을 하였다. 理智
는 자신의 아들 정창을 국가에 바치게 하는 것이었지만, 감정은 그
녀를 방해하였다. 결국에는 그녀의 이지가 그 감정을 극복하게 되
는데, 제4막에서 전선으로 다시 돌아가는 부상병들의 그 영예로운
부대원들에게 이렇게 말한다. "감사합니다, 여러분. 지금 저의 아들
은 안전하게 되었습니다. - 5분 전, 나는 생각하기를 만약에 아들이
회복되기만 한다면 다시는 내곁을 떠나지 못하게 할 것이며, 다시
는 전선으로 가는 것을 허락하지 않을 것이며, 다시는 여러분들을
따라가 생사의 경지를 헤매지 않도록 할 생각을 했습니다. 그것은
하나의 작은 생명이 태어나서 성장하기까지 낮이나 밤이나 시도 때
도 없이 어미에게 고통을 안겨준다는 생각을 했기 때문이었습니다.
어미의 마음이란 이렇게 이기적일 수가 있습니다. …… 그러나 그
때 난 당신들을 잊어먹었던 겁니다. 한 어미로서의 욕심에서 우리
모두의 이상인 자유 평등과 새로운 모습의 국가를 잊어 먹었던 겁
니다. …… 이제 여러분들은 또 다시 떠나야만 합니다! 내가 여러분
들의 모범적인 행동을 보고도 어찌 이 작디작은 자신만 생각하고
내 아들이 가져야할 권리를 주지않을 수 있으며, 그가 여러분들을

조우의 〈뇌우〉 연구

따라가는 것을 재촉하지 않을 수 있겠습니까! 친구들이여 (열정적으로 손을 내밀며) 우리 서로 아끼고 사랑하며 살아갑시다! 나는 영원히 여러분들의 동지가 될 수 있기를 원합니다. (갑자기 장엄하게) 여러분들 앞에서 난 지금 맹세합니다, 내 아들도 우리 모두의 어머니인 우리 조국에 바치겠다고 말입니다." 이렇게 힘차게 그녀 마음속의 轉變過程을 이야기하고 있다.

4

<蛻變>의 작가는 아주 강한 사랑과 증오의 감정을 가지고 있어서 수시로 작품에서 이런 성향을 보여준다. 여러 곳이 있지만, 예를 들자면 제3막에서 정의사가 자기 피를 뽑아 이 대대장에게 수혈을 해 주는 장면이라든지, 또 제4막에서 정창의 병이 위독한 순간에도 정의사는 오히려 자기 몸을 다른 곳으로 안배, 157호 부상병을 간호하는 장면이라든지, 특히 정의사가 영예로운 부상병 대대 형제들에게 연설을 하는 장면 등은 모두가 사람들을 감동시키는 것에 머무르지 않고 뜨거운 눈물까지 흐르게 한다.

작자는 장면 장면들을 아주 적절하게 잘 안배하였다. 예컨대 제1막에서 작자가 전체적인 분위기를 설정한 것에 대해 어떤 사람은 너무 어수선하다고 말하지만 나는 오히려 작가가 기술적으로 잘 안배시킨 부분이라고 생각한다. 왜냐하면 현실 사건 중의 템포는 본래 어수선하기 때문이다. 중요한 것은 그 연관성과 통일성을 잃지 말아야 한다는 것이다. 이 점에서 작자의 창작 방법은 상당히 寫實的임을 알 수 있다.

그리고, 작자는 먼저 정의사가 양 감찰원을 대하는 태도를 설정할 때 일부러 일반적인 관료한테 하는 것처럼 하면서 그 사람하고 안 만나려고 피하는 행동을 보여줌으로써 정의사 성격을 강조하였다. 그리고 제2막에서는 또 정의사와 양 감찰원이 만나는 장면을 절묘하게 안배하여 그 연극성을 충분히 높여 주었다. 만일 작자에게 희곡 예술에 대한 깊은 소양이 없었다면 이런 고도의 수준까지 이르지 못했을 것이다.

여기서 나는 또 연극 속에 존재하는 약간의 작은 결점을 지적하여 작자와 독자들에게 참고로 제공하고자 하는데, 생트집을 잡는다고 생각하지 말았으면 한다.

馬登科는 부정을 저질러 체포가 되었다가 출옥한 한 후에는 원래 원장의 부인이었던 "僞組織"과 서로 붙어 대후방에서 국난을 기회로 돈을 벌었다. 그 뒤에 아편에 중독이 되고 성병에 걸려 제4막에서 두 사람이 다시 나타나 정의사에게 치료를 좀 해달라고 요청을 하는데 이는 劇情의 발전면에서 군더더기로, 이는 "인과응보"를 말해주기 위해 있는 것 같다.

제4막에서 정창은 산서에서 유격을 받다가 부상을 당한 후 대후방으로 옮겨와 치료를 받는데, 이는 우리가 항전을 할 때의 교통상황을 고려해 볼 때 불가능한 것이다. 그가 어떻게 옮겨올 수 있었는지 작자는 이에 대해 분명한 설명이 없다. 후방으로 옮겨온 후 폐렴으로 발전이 되고 뒤에는 또 맹장염으로 발전이 되었는데 이는 가능한 것이다. 정의사 자신이 수술을 할 수 없어서 그를 호의사 손에 맡기는데 이 역시 이치에 맞는 일이다. 뒤에 정창이 수술을 받는 중에 맥박이 멈추고, 호의사는 두 겹의 옷이 다 젖기도 하였지만, 정의사 자신이 수술을 해서 그를 살려낸다. 당시 정창은

조우의 〈태변〉 연구

대체 어떤 위험에 빠졌으며 정의사는 어떤 방법으로 그를 살려냈는지 작자는 우리에게 어떤 설명을 해 주지 않는다. 그러나 의학상의 이치로 어렵지 않게 추단을 할 수 있기는 하다. 만일 호의사가 수술을 잘못해서 그랬다면 - 극중에서 정의사는 이 점을 아주 염려했던 것 같다. - 정의사 자신도 무슨 더 좋은 방법이 없었을 것이다. 사실, 수술을 잘못했다 해도 환자의 맥박이 결코 정지될 리는 없다. 통상 임상적으로 마취제가 작용해서 환자의 심장에 장애가 생긴 것으로 알았다면 호의사와 그의 조수가 바보처럼 강심제 주사를 주지 않았을 리도 없다. 더욱 중요한 것은 수술을 마친 후 한 동안은 환자가 수시로 위험한 상태에 있게 되는 것이어서 누구도 아무런 변화가 일어나지 않을 것이라고 장담하거나 그가 위험에서 벗어났다고 딱 잘라 단정하기가 어려운 것이다. 그저 대부분 경과가 좋다고 말하는 정도다.

마지막으로 작자는 "大都收復"이란 말로 항전의 승리를 상징하였는데, 이는 <日出>에서 창 밖의 노동자들이 흙을 다지면서 부르는 노래로 광명을 상징했던 것과 비교를 한다면 아주 발전이 되었지만, 이것이 관중들에게 주는 흥분은 그저 일시적인 것이고, 별로 가치가 크지 않다. 말이 너무 빨리 나왔고 너무 쉽게 되었다. 사실 우리의 항전은 더욱 어려운 투쟁을 해야만 최후에 승리할 것이라는 희망을 가질 수 있었다.

5

개괄적으로 말해 <蛻變>은 역시 우리 항전 중에 얻은 작품 중 가장 성공적인 작품이다. 비록 이것에 약간의 결점이 있기는 하지만 그 예술적 가치를 크게 손상시키지는 않는다.

작품은 우리에게 항전의 밝은 앞날을 보여주었고 관중들의 마음속에 강렬한 희망이 솟구치는 불꽃을 지펴주었다. 작품 전체에는 강렬한 사랑과 증오가 서려 있어서 관중들로 하여금 憤激하게 하고 感奮하도록 한다. 나는 이 작품을 처음부터 끝까지 세 번을 읽었는데, 작품 중의 어떤 감동적인 장면에서는 매 번 감격으로 인해 목구멍이 막히고 눈에는 눈물이 가득하곤 하였다. 여기에는 결코 비애의 성분이라고는 조금도 없는 건강하고 격동하는 뜨거운 눈물이었다. 나는 작품이 공연되면 반드시 더 큰 효과를 얻게 될 것으로 믿는다.

그리고 기술상에 있어서도 우리 항전 중에 나온 수많은 극작들 중 이것보다 출중한 것은 없었다.

8

〈蛻變〉의 初演을 회상하며

– 〈蛻變〉에 관한 평가 문제를 같이 논함

〈蛻變〉의 初演을 회상하며[1)]
-〈蛻變〉에 관한 평가 문제를 같이 논함

沈蔚德

1. 川江 위에 沸騰하는 애국 열기

......

　7·7사변 이후, 당과 인민의 독촉으로 蔣介石이 항전에 대한 압박을 받게 되자 민족해방이라는 기폭 아래 광범한 항일 민족 통일전선이 결성되었다. 武漢이 함락(1938년 10월)되기 전, 모주석은 말하기를 "일본 침략자의 대대적인 진공과 전국 인민들의 민족 의분의 고조는 국민당 정부로 하여금 정책의 중심을 일본 침략자들을 반대하는 것에 두도록 하였고, 이렇게 됨으로써 전국 軍民의 항일전쟁 열기가 비교적 순조롭게 형성되어 일시적으로 생기 넘치는 새로운 기상이 나타났다."[2)] 이렇게 고조된 애국적 "의분"에 힘

---

1)　이 글은 王興平·劉思久·陸文璧: ≪曹禺硏究專集(下)≫<中國當代文學硏究資料>, 海峽文藝出版社 1985年版에 실린 "回憶<蛻變>的首次演出(節錄)-兼論關于<蛻變>的評價問題"를 실은 것이다. (譯者注)

2)　<論聯合政府>. "日本侵略者的大擧進攻和全國人民民族義憤的高漲, 使得國民黨政府政策的重點還放在反對日本侵略者身上, 這樣就比較順利地形成了全國軍民抗日戰爭的高潮, 一時出現了生氣蓬勃的新氣象."

조우의 〈태변〉 연구

입어, 저명한 극작가 조우는 1939년에 항전극 <蛻變>을 써냈다. 이 극본은 국민당 정부의 횡령과 부패로 멍든 관료가 통치하는 행정 제도를 폭로하고, 항전 중에 옛 것을 "벗어버리고" 새롭게 "변화"하며, "새로운 형식의 국가"를 건립한다는 밝은 미래에 대한 건설적 바램을 제기함으로써 당시 인민들의 항전 열정을 고무시키는데 좋은 영향을 주었다.

당시 曹禺는 國立戲劇專門學校에서 근무하고 있었다. 극본이 완성되자 劇專은 아주 자연스럽게 "初演權"을 얻었다. 그리고 당시 劇專에서 근무하고 있던 장준상이 연출을 맡았다. 연기자는 극전에 근무하는 일부 젊은 교사들과 고급반 학생들이 맡았다. 그중 蔡松齡과 나는 이미 교사가 되어 있었는데 각각 양 감찰원과 정의사 두 배역을 맡았다. 당시 연기를 맡았던 우리들은 모두 아직 젊은 사람들이라서 혈기가 왕성하였다. 그래서 항전구국을 선전하는데 열심을 다 했고, 극중의 긍정적인 인물에 대한 사랑과 부정적인 인물에 대한 증오가 강했으며, 극작가 조우 선생과 연출가 장준상 선생의 노고에 깊은 경의를 표하면서 모두 하나같이 굳은 마음을 가지고 반드시 모든 곤란을 극복하여 이 연극을 잘 마치고자 하였다.

......

2. 山城의 짙은 안개 속의 風波

우리 청년들은 당시 애국열정에 불타고 있었지만, 1939년 국민당 정부가 이미 "항전에는 소극적인 자세를 취하면서 반공에는 적극적인" 태도를 보이면서 "異黨 활동을 제한하는 방법"을 채택, 인민들의 항일이란 진보적 활동에 대해 단속과 진압을 하기 시작한 줄을 몰랐다. 僞中宣部는 연극 방면으로 극본과 공연에 대한 이중 심사를 진행, 진보적인 희극 활동을 초기에 제거해버리고자 하였다.

조우는 당시 혁명 민주주의 입장에 서서 <雷雨>와 <日出>에서 "부족한 자에게서 빼앗아 넉넉한 자를 부유하게 하는" 박해자와 압박자를 미워하고 저주하면서, 그는 일말의 타협함도 없이 "나와 너가 함께 망하겠다."는 자세를 가지고 그 부패하고 어두운 그 사회가 철저하게 뒤집어지기를 원했다. 그는 당시에 "홍수와 맹수"와 같다고 여겼던 책을 읽었던 바, 노동 인민과 모든 모욕당하고 손해 당하는 사람들을 동정하고 광명에 찬 희망을 노동 계급에 기탁을 하였다. 그는 흑암이 끝내는 지나갈 것이고 태양이 떠오를 것이며, "썩은 살을 도려내면 새로운 세포가 돋아날 것"[3]으로 믿고 있었다. <蛻變>에서도 꼭 같이 그는 우리 민족이 항전을 하는 과정에서 반드시 "부패한 옛날의 껍데기를 벗어버리고 새롭고 유쾌한 생명이 降生할 수 있기"를 원했다. 이런 진보적인 사상은 인민들을 고무시켜 현실을 개혁하고 광명을 추구하고 악세력과 투쟁을 하게 하였다. 그러나 이것은 바로 국민당이 가장 무서워하고 싫어하던 것으로 그들은 이런 진보적 성향의 작가에 대해 일찍부터 "밤고양이 눈"을 해 가지고 "밤낮으로 옆에서 노려보면서" 감시를 하고 있었다. <蛻變>이 항전극에 대해 그들은 사냥개같은 코로 냄새를 맡고 있었다. 그리하여 심사위원회의 책임자가 극본 심사를 원하였다. 심사 후 그들은 많은 부분에 수정을 해야지 그렇

---

3) <日出 · 跋>.

조우의 〈태변〉 연구

지 않으면 공연을 할 수 없다고 하였다.

위원회의 그 위원장은 과연 무슨 "좋지 못한" 냄새를 맡았던 것인가? 예를 들자면 이렇다. 첫째, 극의 제1막에서 탐오와 부패로 난장판이 된 그 지방 병원을 왜 "省立(公立)"이라고 썼는가? 이렇게 하면 어찌 국민당 정부의 모든 관료 행정 기구를 영사하는 것이 되지 않겠는가? 둘째, 이 병원 원장의 첩 별명을 왜 하필 "僞組織"이라고 해야만 했는가? 이 때 汪精衛가 적의 수중으로 들어간 남경에서 일본에 의지한 漢奸 僞政府를 조직하고, 장개석은 이미 그와 암암리에 결탁을 하여 한 통속이 되었던 것을 우리는 잘 알고 있다. 그랬으니 당연히 이런 말은 그들 마음속으로나 알고 있을 뿐 말을 하기는 어려웠던 것이다. 그래서 이런 사실은 그저 속으로만 알고 선전을 하지 말아야 하며, 글로 써서 관중들로 하여금 회심의 미소를 자아내게 해서는 안 되는 것이었다. 세번째, 정의사의 아들 정창은 왜 진보적 성향의 가곡 <유격대의 노래>를 부르고 또 戰地 봉사단을 따라 서북으로 가야 했는가? 그것은 분명히 공산당이 영도하는 항일 무장병과 근거지가 아닌가? 네번째, 제일 마지막 막에서 정의사가 항일 부대 부상병들이 완쾌되어 다시 전선으로 돌아가는 것을 환송할 때 어린 부상병이 그녀에게 준 배두렁이를 흔드는데 왜 하필이면 붉은 색으로 흔드는가? 붉은 색은 모두가 "赤化"란 뜻을 가지지 않는가? …… 등등. 이런 것들 중에 어떤 것은 작가가 확실하게 가리키는 바가 있었지만, 어떤 것은 심사 위원들이 신경을 너무 과민하게 쓰거나 혹은 무리하게 꼬투리를 잡아 일부러 괴롭히고자 하는 것도 있었다. 정말 울 수도 웃을 수도 없었다. "명령대로" 수정을 하자니 극본의 원래 모습을 유지할 수 없어 작자의 원래 의도를 상실하게 되고, 수정을 안 하면 당연히 "공연 불가"로 결론이 나는 것이었다. 우리는 모두 분노한 동시에 "항전 선전은 불변의 진리이기 때문에 당당하다."는 천진스런 幻夢에서 깨어나 국민당 정부가 진보 역량을 진압하고 매국 투항하는 추악한 면모를 인식하게 되었다.

우리는 연극 연습을 하고부터 생긴 그런 불같은 열정은 냉수 세례를 받게 되고 뼈까지 사무치는 강한 한풍을 받게 되었다. 어떤 사람은 낙담을 하기도 하고 어떤 이는 또 격노하여 "설령 부서진 玉이 되더라도 온전한 기와는 되지 않겠다."는 각오를 가지고 연극을 못해도 작품 수정을 할 수 없다는 태도를 가졌다. 어떤 이는 이치에 근거하여 투쟁을 하되 유연한 투쟁 예술을 운용, 상황에 맞춰 양보할 것은 양보를 해서 공연을 함으로써 항전을 선전하는 목적을 이루자고 주장하였다. 학교 당국이 그들과 서로 교섭을 하고 또 극작가의 동의를 얻어 마침내 극본의 가장 중요한 두 군데를 고치기로 하였다. 하나는 "성립 부상병원"을 고쳐서 "국가의 지원을 받는 개인이 개업한 병원"이라 하고, 하나는 "僞組織"이라는 이 별명을 쓰지 않고 공연을 할 때는 입 속으로 "이것"이라고 말을 하면서 새끼손가락을 들어 보여 진원장의 첩이라는 것을 알려주는 식으로 하겠다는 것이었다. 이렇게 고침에 따라 연출가와 배우들이 아주 고생을 하였다. 알다시피 대사와 동작은 이미 몸에 익었는데 어느날 갑자기 이것을 고치게 되면 얼마나 힘들겠는가? 첫번째 문제를 예를 들자면 연기자가 "성립 부상병원"이라고 말을 하면 아주 자연스러운데 "국가의 지원을 받는 개인병원"이라고 하면 아주 피곤하고 말하기가 까다로웠다. 두번째 문제도 꼭 같았다. "僞組織"이라고 하면 정치 풍자 의의가 아주 깊고 소리도 아주 시원스럽고 재빠른데, 지금 와서 입속으로 "이것"이라고 하면서 새끼손가락을 펴는 것은

조우의 〈태변〉 연구

연기면에서 번거롭기도 하고 이 별명이 가지는 사회적 의의가 축소
되었던 것이다. 이런 기술상의 곤란했던 점 외에 우리 마음속으로
는 화가 치솟았고 사상적으로는 모순이 되었다. 이렇게 수정을 하
기 위해 어쩔 수 없이 다시 수차례 연습을 하였다. 그 후 심사 책
임자는 다시 명령을 내려 극본을 심사하는 것으로는 부족하여 또
공연을 심사하겠다고 하였으니 어찌 "이중 심사"가 아니겠는가!

　나는 <蛻變>공연을 심사하던 날의 그 이상한 광경을 잊을 수
없다. 텅 빈 큰공간의 한 쪽 벽앞에 긴 나무 탁자를 놓고 그 위엔
간단한 찻잔과 재떨이 같은 물건들을 가져다 놓았다. 긴 탁자 뒤
에는 위원 나으리들이 앉았는데 어떤 이는 웃는 듯 마는 듯한 모
습에 번지르한 언행을 보이고, 어떤 이는 판에 박은 듯이 점잖은
척 앉아 있고, 안경을 낀 사람은 눈알을 굴리며 사람을 사시로 보
고 있었다. 우리들 눈에 비친 그들은 당시 여학생들이 남을 욕할
때 즐겨 쓰던 말로 "꽉 막힌 놈" 바로 그것이었다. 긴 탁자 앞의
넓은 공간은 우리가 연기를 보여줄 공간이었다. 그들이 "세 차례
의 공동 심사"를 한다고 해도 연기자들은 오히려 조금도 잘못을
인정하고자 하지 않았다. 우리는 아무 것도 그들에게 보여주지 않
기로 결정을 하여 배경도 없이 의상도 없이 화장도 하지 않았다.
빈 공간에 몇 개의 탁자와 의자, 그리고 섬돌과 간단한 소도구 몇
개를 가져다 놓고 무대라고 보았다. 공연이 시작되었지만 우리들
얼굴에는 아무런 표정도 없이 그저 등퇴장을 하고 이리 저리 위치
를 옮겨가며 대사를 외우는 정도였다. 누가 이런 연극을 볼 것인
가? 무대연습도 아니고 총 연습도 아니었다. 연극다운 분위기도
없고 연극다운 정서도 없었으며 무슨 예술적 상상이나 감정의 교
류는 더욱 말할 것도 없었다. 그저 있는 것이라곤 충만한 분노와

〈蛻變〉의 初演을 회상하며

반항의 불꽃 그것뿐이었다.

우리가 이렇게 소극성을 보이면서 저항을 하자 심사위원 나으리들이 이를 알아차렸다. 점점 하품을 하면서 서로 멀뚱거리다가 멍해지더니 마침내는 혀를 차면서 무슨 쓴 약을 먹은 듯 하였다. 그러나 그들은 어쩔 수가 없었다. 왜냐하면 우리들의 이런 투쟁은 합법적인 것이었기 때문이었다. 생각해보건대, 우리들의 이 공연은 그야말로 절묘한 한 편의 풍자극이었다.

<蛻變>은 마침내 重慶에서 초연이 되었다. 풍상을 겪고 핀 꽃이라 더욱 아름다울 수 있었다. 작품은 수많은 관중들의 열렬한 환영을 받았다. 이 작품은 우선 시대의 요구에 부합되어 인민들의 항전 구국의 열정을 고무시켜 주었다. 다음으로 이 작품은 조우선생이 <雷雨>·<日出>·<原野>에 이어 내놓은 새로운 연극으로, 사상성에 있어서나 예술성에 있어서나 모두 비교적 수준이 높은 연극이었다. 더욱이 장준상 선생의 훌륭한 연출로 예술이 재창조됨에 이 연극은 더욱 강한 빛을 보았다. 연기자들은 몇몇 젊은 교사들을 제외하면 대부분이 劇專 고급반 학생들이었다. 이들은 전문 극단의 연기자들과는 달랐지만 항전 열기에 고조되어 태도가 아주 진지하고 엄숙하여 많은 관중들에게 호평을 받았다. 그 후 적지 않은 프로 극단들이 계속하여 <蛻變>을 공연함으로써 커다란 성공을 거두었다. 이로써 이 항전극은 그의 역사적 임무를 완성한 것이다.

<蛻變>이 공연되고 또 책으로 출판이 된 후 建國에 이르기까지 연극계와 현대문학 史家들은 끊임없이 평론을 해왔다. 그런데 아마도 당시의 상황과 작자의 원래 의도를 잘 몰라서 그랬는지 적지 않은 사람들이 <蛻變>을 평가함에 실제에 부합되지 못한 비평을

조우의 <태변> 연구

하였다. 사정을 잘 아는 사람으로서 다소 견해가 다른 의견을 제기해 볼까 한다.

3. 〈蛻變〉이 사람들에게 준 "희망"과 "용기"

수많은 평론가와 문학 史家들은 〈蛻變〉에 대해 어떻게 평가를 하였는가? 그들은 〈蛻變〉의 주제 사상에 대해서는 모두 긍정적이었고, 작품이 작자의 "구 세력에 대한 증오와 광명에 대한 동경", "'새로운 생명'에 대한 송양과 지지", 그리고 "'이전의 惡'에 대한 폭로와 규탄" 등을 표현하고 있다는 것에도 긍정적이었는데, 이는 당연히 옳은 견해다. 그러나 또 어떤 사람은 〈蛻變〉이 비교적 성공한 점은 작품이 "'이전의 악'에 대하여 폭로하고 규탄한 것" 정도에 지나지 않고, 이 점도 그렇게 충분한 것이 못된다. 왜냐하면 "극본에서는 그 후방 병원의 흑암을 폭로함에" "국민당 전체 기구의 부패상황과 연관시키지 못하고" "그것을 우연적이고 개별적인 추악 현상으로 처리했기 때문이다."[4]고 하였다. 나는 이런 비평이 아주 공평하지 못하고, 또 문예 창작의 전형화 원칙을 간과했다고 생각한다. 문예 작품이 생활을 반영할 때는 개괄적으로 집중을 시켜 전형화를 하기 때문에 개별적인 것을 통해 일반적인 것을 보고, 부분적인 것을 통해 전체를 대표할 수 있도록 하는 것이다. 하나의 "省立" 후방 병원은 바로 국민당 행정부의 부패한 모

---

4) ≪中國新文學史初稿≫下卷 116—167面. "劇本中對于這個后方醫院的黑暗情況的暴露", "沒有連系國民黨反動派全部機構的糜爛情況", "而是把它當作一個偶然的個別的醜惡現象來加以處理."

〈蛻變〉의 初演을 회상하며

든 행정 기관의 일부분이며, 이는 또 그것의 축영인 것이다. 앞에서 이미 언급했지만, 이것 때문에 국민당의 심사위원들도 이런 기미를 알아차리고 <蛻變>을 초연할 때 "나라의 지원을 받는 개인병원"으로 고칠 것을 요구하였던 것이다. (이렇게 수정을 한 흔적은 1941년 文化生活出版社가 출판한 <蛻變>극본에서 분명하게 찾아볼 수가 있다. 예컨대 3쪽과 7쪽의 인물 및 시간표, 그리고 11쪽 제1막의 무대 설명에서 모두 "省立 병원"이라고 설명을 하고 있다. 그리고 100쪽에서 정의사가 하는 대사 중에 "내 생각엔 몇 개의 성립 병원 중에 당신들 병원 이것만 가장 특수한 것 같군요."라고 하여 모두 "성립 병원"이라고 이야기한다. 그러나 25페이지 공추평의 대화에서는 오히려 "개인이 세운 병원인데 국가의 보조를 받으니까 모양새를 갖춰야지요!"라고 한 것이나, 57쪽에서 진원장의 대사를 보면 "저의 이 병원은 명령에 따라 부상병들을 수용하고 있기 때문에 공립인 셈이지요."라고 한 것을 처음으로 보면 전후 모순이 생기게 되는데 그 원인은 바로 여기 있었다.)

다음, 이런 평론가들의 문장은 거의 모두가 작자의 "'새로운 생명'에 대한 묘사와 謳歌"에 현실적인 기초가 없다고 지적하였는데, 이는 극본 중에 "새로운 생명"인 두 대표적 인물을 표현함에 현실적인 기초가 없기 때문이라고 하였다. 첫째 인물은 정의사로, 어떤 이는 말하기를 "정의사는 조금도 결점이 없는 완전무결한 新人이며, 그녀의 마음은 늘 부상병들에게 있어서 독자와 관중들은 자연스럽게 이런 인물을 경애하며 그녀가 반드시 성공할 것을 희망한다."고 하였다. 어떤 이는 또 말하기를 정의사는 "객관적인 현실에 대하여 정확한 인식을 가진" "애국적인 영웅"이나 "전투에 용감한 용사"도 아니다. 그녀는 "그저 어려움을 참고 견디는 한 과부요,

조우의 〈태변〉 연구

부상병을 사랑하는 자상한 여자요, 외롭게 사는 한 여성에 불과하다." 그래서 그녀는 "우리가 배울 대상이나 모범으로 삼기에는 부적당하다."[5]고 하였다. 그러면 우리는 어떻게 정의사란 이 인물을 보아야 할 것인가? 우선, 나는 작가가 정의사를 묘사함에 조국에 대하여 헌신 정신을 가진 애국 지식 분자로 창조해 내고, 또 부상병들에게 열과 성을 다해 치료를 해 주며 자기의 직분에 충실하도록 묘사한 이 의사를 우리가 경애하고 "배울" 가치가 있다고 생각한다. 그러나 작자가 원래 그녀를 묘사할 때 "일말의 결점도 없는" 무슨 "애국 영웅"으로 그려내고자 한 의도가 있었을까? 나는 아니라고 생각한다. 그녀는 이렇게 부패한 병원에 습관이 되지 않았고, 하는 일마다 곳곳에서 방해를 받는 것에 실망을 하고 떠날 생각을 하였다. 뒤에 아들과 양 감찰원의 고무를 받아 다시 힘을 내고, 하던 일을 계속 견지해 나갈 것으로 결심하였다. 맨 마지막에 베란다 위에서 다시 전선으로 돌아가는 부상병들을 향하여 펼치는 긴 연설에서도 언급했듯이, 오 분전에 그녀는 어머니된 자로서의 이기심이 생겨 아들의 상처가 나으면 다시는 그를 전선으로 보내지 않겠다는 생각을 하였다. 그런데 무엇이 그녀의 이런 생각을 바꾸게 하였는가? 그건 상처가 완쾌되어 다시 전선으로 돌아가려는 몇 몇 사병들이 그녀 옆에서 자기들의 "모범"이요, 자기들의 "역량"이라고 이야기했기 때문에 그녀는 자신의 잘못을 고친 것이다. 그래서 그녀는 이렇게 "희생을 통해 피와 땀을 흘리고, 한 번 그리고 또 한 번 아내를 버리고 부모를 떠나 민족의 생존을 위해 孤軍 奮鬪하는" 사람이 바로 그녀가 "숭배하는 영웅"이라고 여겼던 것이다. 아주 분명하게 이것 역시 작자가 정의사를 무슨 "완전

---

5) ≪中國新文學史初稿≫下卷 155面.

〈蛻變〉의 初演을 회상하며

무결한" 新人이나 "영웅"으로 만든 것이 아니라, 그저 그녀는 민족 해방 투쟁을 실천 중에 자기의 사상을 부단하게 변화시켜가는 지식 분자임을 설명한다. 그러나 이것 역시 성격적으로 그녀의 평범하면서도 또 평범하지 않은 특징이 되는데, 이것으로 인하여 그녀는 피와 살을 가진 평범한 사람이 되었지, 이상화된 "신"으로 되지 않았다. 도대체 이 인물에게 "현실 기초"가 있는가 없는가? 나는 있다고 본다. 내가 알기로 이 인물은 생활 중에 원형이 있었다. 그는 바로 작자가 알고 있는 천진의 어느 한 여자 名醫였다. 물론 작자가 쓴 것은 결코 실제 인물과 사건은 아니다. 예술적으로 개괄하고 전형화 시킨 것이다. 항전이 시작되었을 때 애국심에 불타는 수많은 지식분자와 문화인, 그리고 과학자들은 자신의 모든 것을 포기하거나 혹은 붓을 버리고 從軍하여 전선으로 달려가거나, 혹은 후방에 남아 적극적으로 항전 활동을 펼쳤으니, 이렇게 정의사와 같은 사람이 적었겠는가? 그리고 앞에서도 약간 분석을 했었지만, 정의사는 죽은 남편과 전선에서 부상을 당한 아들에게도 물론 그랬지만, 성격적으로 동지들에 대한 무한한 열정을 가지고 있었고, 양 감찰원을 아버지와 같이 존경하였고 부상병들을 아들처럼 사랑하였는데, 이것은 모두가 죽음에 처한 자를 구하고 부상당한 자를 도우며, 한 뜻이 되어 항전 구국을 위한 "공통적인 이상"에 기초했기 때문이다. 따라서 우리는 그녀를 "그저 어려움을 참고 견디는 한 과부요, 부상병을 사랑하는 자상한 여자"라고 할 수는 없다. 그리고 그녀가 "외롭게 사는 한 여성"이라고 하는 것은 더욱 옳지 않다. 그녀는 병원의 진병충·사종분·육위·하제여 등 공무원과 간호사, 그리고 수많은 부상병들로부터 사랑을 받았는데, 어찌 "외로운"사람이라고 하는가? 그녀는 견강하고 강직하였으며 악을 원수와 같이 미워하였고, 馬登科와 같이 제멋대로 하고 "僞組織"과 같이 무지막지하고 사악한 세력 앞에서 그녀는 "전투에 용감한 무서운 용사"와 같았다. 만일 "여성"이란 이 두 글자를 "연약함"이란 말로 대신한다면, 그녀에게는 대단한 "남자다운 기개"가 있다고 말해야 할 것이다.

두 번째 인물은 양 감찰원이다. 수많은 평론에서 이 인물은 현실적 기초가 더욱 부족하게 창조되었다고 주장을 하였다. "이런 현명한 관리는 당시의 국통구에서는 존재할 수 없었다."고 하였는데, 胡風은 더 나아가 "이 양 감찰원은 비록 형상을 가지고 있기는 하지만 성격이라고 말하기보다는 하나의 권력의 화신이라고 말하는 것이 나을 것"[6]이라고 하였다. 내가 생각하기에 이렇게 보는 것은 역사적 진실에 부합되지 못하고 전형 형상의 중대한 의의를 약화시킨다고 생각한다. 항전 초기에는 민족 해방이란 기치 아래 광범한 항일 통일 전선이 형성되었기 때문에 수많은 공산당원들도 국통구에서 일을 하였다. 조우 선생도 그가 천진 남개중학에서 공부를 할 때 공산당원을 접촉한 적이 있다고 하였다. 할일 전쟁이 폭발한 후 그는 國立戱劇專科學校가 남경에서 장사로 이사를 갈 때 함께 가서 1937년 겨울 그곳에서 공산계급의 노 혁명가 徐特立의 보고를 듣고 마음이 아주 흥분되었다. 1938년 그는 중경에서 주은래 부주석을 만나보고 깊은 가르침과 대단한 격려를 받았다. 공산당이 영도하는 八路軍과 항일 근거지의 각급 간부의 영웅적 기개와 숭고한 인격이 당시 신문을 통해 입을 통해 널리 유전되고 있었다. 조우 선생이 당시에 아직 공산당이 영도하는 혁명사업에 참가를 하지는 못했지만 공산당이 있어야 중국 인민들이 항일 구

---

6) <'蛻變'一解>.

국이라는 위대한 사명을 완성할 수 있다고 굳게 믿고 있었다. 그래서 그는 당시 알고 있던 공산당을 영도하는 간부의 어떤 특징을 근거로 하여 양 감찰원이란 이 진보적 성향의 "신관리" 형상을 창조해낼 수 있었던 것이다. 내가 이렇게 주장하는 데는 근거가 있는 것인가? 나는 근거가 있다고 생각한다.

<蛻變>에서 묘사된 양 감찰원은 성격상 어떤 고상한 품격과 우수한 근무 태도를 가지고 있는가를 살펴보자. 그는 고생을 하는 중에 소박한 모습을 하고 있고, (낡은 오래된 군복을 입고 있어, 마치 시골의 촌로 같다.) 친근감이 가는 평이한 사람이며, (정의사가 처음으로 그를 보았을 때 그는 평범한 "노인"으로, 부상병을 옮기는 것을 도와주려고 하였다.) 조사와 연구를 중시하며 진보적인 역량에 의존하고자 하며, (그가 부임해 왔을 때 우선 병원에서 암암리에 사흘 동안 관찰을 하였다. 특히 정의사를 찾아 이야기를 하는데 관심을 썼다.) 일을 하는데 신중하고 엄숙하며, (공정의: 들리는 바에 의하면 "그는 일을 아주 꼼꼼하게 할뿐만 아니라 성격이 아주 급하다."고 하더군요. 황서당: "듣자니까 그는 아무런 취미도 없고 성격이 아주 엄숙하다고 하더군요.") 사상적인 면에 사람을 교육하고 단결시키는 면에 뛰어났으며, (예컨대 정의사와 온 부원장 등을 돕는 것과 같은) 사물의 본질을 통찰하고 모순의 중점을 포착하여 "단번에 너절한 문제를 정리해 버리는" 방식으로 신속하고도 철저하게 객관적 현실을 개혁하고 문제를 해결하며, (예컨대 단시간 내에 부패로 만연한 이 병원을 철저하게 개혁한 예) 특히 그와 "근무병"인 주강림과의 관계, (서로 너 나 하면서 같은 식탁에서 밥을 먹고 같은 곳에서 잠을 자며 "조금도 관료 같지 않는" 모습을 보였다.) 공산당과 공산당이 영도하는 항일 무장군들이 "官兵一致, 上

下一致"하는 모습과 하는 일이 서로 다르지만 귀천이 없는 우수한 전통을 충분히 보여주었다. 이상과 같은 이런 분석들을 통해 우리는 양 감찰원은 역시 작자가 현실 생활 중에서 개괄적으로 집중시켜 창조해낸 생생한 예술 형상이지, 완전히 허구적으로 개념화시킨 무슨 "권력의 화신"이 아님을 알 수 있다.

조우 선생은 공산당 간부의 어떤 특징과 기질을 가진 양 감찰원을 소조해냈을 뿐만 아니라, <蛻變>이란 이름으로 제목을 붙여 공산당이 영도를 해야만 半封建 半植民地의 중국이 구태를 "벗고" 새롭게 "변신"할 수 있다는 뜻을 암시하였다. 양 감찰원은 결코 공산당 간부의 화신은 아니다. 그러나 부패한 국민당 정부 기관에서는 이런 진보적인 "신관리"가 나올 수는 없었다. 조우 선생의 세계관과 창작 방법면에서 볼 때, 국민당의 탐관오리를 위해 만들어낸 것이 더욱 아님을 우리는 당시에 잘 알고 있던 사실이다.

그래서 나는 생각하기를 <蛻變>이 성공한 점은 작품이 "'이전의 나쁜 것'에 대하여 폭로·규탄"하되 그 정도가 아주 신랄하고 첨예하다는 것에만 있는 것이 아니라, "'새로운 생명'을 송양하고 지지하였음"에서도 그 성공을 찾아볼 수 있다. 이는 巴金 선생이 <蛻變>의 後記에서 말하기를 작품을 보고 나자 어떤 힘이 생겨나, "기회가 되면 이기적인 생각을 떠난 자신의 조그마한 정력이라도 바치고 싶었고," 또 작품은 우리로 하여금 "커다란 희망을 가지고" "대단한 용기를 가지게" 하였다고 한 말과 같다. 나는 이 점이 당시에 인민들의 항전 열정을 고무시켜주었다고 생각한다. 작품은 인민들의 항전 필승의 신념을 가지게 했을 뿐만 아니라 새로운 국가 건설이라는 이상을 가지게 하였고, 또 미래의 광명은 당이 영도하는 또 젊은이들이 동경하는 항일 근거지와 홍기를 흔들며 전진하는 항일

〈蛻變〉의 初演을 회상하며

무장병들의 어깨에 있다는 것을 암시해 주고 있다. 국민당 심사위원들이 이 극본에 대해 여러 측면으로 꼬투리를 달고 트집을 잡았던 이유가 바로 이 문제를 설명하는 것이 아닌가?

물론, <蛻變>에도 결점은 있다. 우선 작자의 몸이 흑암의 국통구에 있었고, "이 '自由土'에는 또 마치 사람의 혀를 인정하지 않으려는 듯 하여" 그가 <日出>을 쓸 때 "그 광명을 상징하는 사람들을 표출시키지 못하고" 그저 "배후에 숨겨두었던 것"이다. 나는 <蛻變>도 이와 마찬가지라 생각한다. 즉 작가는 많은 부분에서 분명한 말을 하기에 불편하여 관중과 독자들이 당시의 역사 배경에 근거하여 느낄 수 있게 하였다. 그러나 바로 이런 점 때문에 명확하지 못한 점이 있다. 즉 양 감찰원이란 이 "현명한 관리"를 국민당 관료로 노래하는 것으로 오해를 할 수 있고, "추악한 현실을 무의식적으로 粉飾한 것"으로 말을 할 수도 있는데, 이는 물론 작가 원래의 뜻이 아니다.

다음으로, 작가는 劇名을 "蛻變"이라 하여, 곤충이 낡은 껍질을 벗고 새로운 모습으로 성장하는 현상을 빌어 "우리 민족이 항전 중에 구태를 '벗고' 새롭게 '변신'하는 새로운 氣象"을 상징적으로 표명하였다. 그러나 "蛻變"은 그저 자연의 어떤 규율로, 어떤 생물이나 곤충 예컨대 야생하는 뱀이나 집에서 기르는 누에와 같은 것들은 매번 허물벗기를 하여 성장을 하지만 본질은 변하지 않아 뱀은 여전히 뱀이요 누에는 여전히 누에인 것이다. 그저 작은 것에서 큰 것으로 변할 뿐이다. 뿐만 아니라 이런 변화는 자연에 따르기만 하면 형성되는 것이라 인력이 필요하지 않다. 그러나 우리 인류사회가 脫舊變新을 하는 데는 폭력적인 혁명이 필요하고 격렬한 계급투쟁을 거쳐야 본질의 변화를 가져올 수 있는 것이다.

조우의 〈태변〉 연구

이것이 바로 작가에게 마르크스주의 세계관을 제대로 파악하지 못하고 계급투쟁의 관점이 결핍된 결과임을 말해주는 것이다.

세번째로는, 바로 이런 점으로 인해 극 중 병원의 신속한 변화, 즉 부패에서 벗어나 건전하게 되고, 흑암에서 광명으로 변화되고, 싸움터에서는 계속 이겼다는 첩보가 전해지는 등의 스토리는 관중들에게 고무와 흥분 작용을 하였지만, 이것들이 너무 쉽게 이루어지고 너무 순조로운 듯 하다. 정치의 깨끗함과 구 세력의 소멸 역시 너무 빨리 온 듯 하다. 양 감찰원과 정의사와 같은 이런 현명하고 정직한 사람이 당시에 어떤 방해도 받지 않고, 아주 첨예하고 반복적인 논쟁과 투쟁을 거치지도 않고, 깊은 뿌리를 내리고 있는 악세력도 걷어내지 않고 나올 수 있다는 것은 어쩌면 그렇게 되기가 어려웠을 것이다. 그래서 어떤 사람은 평론의 글을 통해 "그 때 사람들은 모두 지나치게 낙관을 하였고", "작가의 견해는 실제로 너무 천진스러웠다."고 하였는데, 이런 비평은 아주 그 핵심을 지적한 것이라 하겠다.

<蛻變>이 비록 위에서 언급한 바와 같은 결점이 있기는 하지만, 그래도 작품은 작자가 <雷雨>와 <日出>을 이어서 발표한 것으로 중시 받을 가치가 있으며, 사상적으로 예술적으로 모두 새로운 요소를 가지고 있다. 여기에는 무슨 신비적인 색채도 없고 애정고사도 없지만 현실과 깊이 연관을 시켜 현실투쟁을 위해 봉사하게 한 작품인 것이다. 이 밖에 예술 풍격면에서 짙은 침울함에서 벗어나 아주 명랑하고 유창해졌으며, 예술 기교면에서도 역시 어떤 독창적인 면을 보여주고 있어 우리들이 연구하고 학습할 가치를 가지고 있기도 하다.

9

창밖에 노을이 떠오르다

- <蛻變>의 時代 色彩 問題

창밖에 노을이 떠오르다[1)]
-〈蛻變〉의 時代 色彩 問題

廖全京

　　1927년, 객지인 영국에 머물고 있던 하이네는 봉건주의 기운에 뒤덮여 있던 조국과 백성들에게 이런 심오하고 열정적인 외침을 표현했다. "아, 독일 조국이여! 친애하는 독일 백성들이여! 만일 내가 너를 구하지 못한다면 나는 최소한 너를 안위할 것이요, 너에게도 곁에 누가 서서 이렇게 사람을 걱정시키는 고난과, 너의 용기를 불러일으키는 것들을 말해주는 사람이 꼭 필요하리라, …… 까만 밤 지나가니 창밖엔 아침의 노을이 떠오르는구나."[2)]라고 하였다. 나는 조우가 항전 전에 쓴 〈蛻變〉을 읽으면 늘 하이네의 이런 말이 생각한다. 왜냐하면 나는 시대도 서로 다르고 국적도 서로 다르며 사상이나 풍격도 서로 다른 두 작가로부터 상당히 비슷한 어떤 열정과 사상을 느낄 수 있었기 때문이다.

　　작가는 모두 시대가 낳은 자식인 즉, 프러시아 전제 왕조의 통치

---

1) 原題: <窗外, 升起一片朝霞 -'蛻變'的時代色彩問題>(譯者注)

2) 하이네: <英國斷片>, ≪旅行札記≫第四部, ≪譯文≫1956年第2期. "呵, 德意志祖國呵! 親愛的德國人民呵! 如果我不能解救你, 我起碼要安慰你, 而且你也一定需要有一個人待在你的身旁, 跟你講講這種最使人發愁的苦難, 敲起你的勇氣, …… 黑夜過去了, 窗外正升起一片朝霞."

조우의 〈태변〉 연구

아래 있던 독일의 봉건 사회는 혁명 민주주의 시인 하이네로 하여금 억압과 질식을 느끼게 하였던 것이다. 그는 봉건주의의 질곡을 저주하며 거대한 변혁의 폭발을 부르짖으며 새로운 시대의 도래를 예언하였다. 그의 <旅行札記> 중에 충일한 이런 열정과 이상에는 그 시대의 시대적 색채가 담겨있다. 백 년이 지난 후, 프러시아 왕조의 역사에 비해 아주 시간이 많이 지난 관계로 나무랄 데 없는 중화 봉건제국도 그 최후의 노정을 끝내긴 했지만, 이 半封建 半植民地 위에는 아직도 봉건전제주의의 유령이 배회를 하고 있었던 것이다. 젊은 극작가 조우는 "집요하게 창밖의 어둠침침한 하늘을 미워하였고" 이 "칠흑 같은 세상"3)을 지독하게 저주하였으며, "창밖의 더 밝은 빛이 솟아오르기"4)를 희망하였다. 이 때 항전이 폭발하였고, 그가 "이전에 불안스럽게 느꼈던 마음에 어떤 거대한 변동이 생기게 될 것이라는 몽롱한 느낌을 받게 되자"5) 그는 더욱 새로운 혈액과 생명을 가진 하나의 세계가 항전 중에 탄생될 수 있기를 간절하게 희망하였다. 열정과 이상은 그의 마음속에서, 그리고 그의 新作 <蛻變>에서 불타게 되었다. 이 열정과 이상 중에는 역시 일종의 시대적 색채를 가지고 있다. <旅行札記>의 시대적 색채를 제대로 이해하지 못하면 하이네가 표현해 낸 열정과 이상을 비교적 정확하게 이해할 방법이 없다. 마찬가지로 <蛻變>의 시대적 색채를 제대로 이해하지 못하면 그 작품에서 체현한 조우의 열정과 이상을 비교적 객관적으로 알아낼 수가 없게 된다.

---

3) 曹禺: <日出·跋>, 文化生活出版社 1938年版. "窗外昏黑的天空," "惡毒地咀咒," "漆黑的世界."
4) 曹禺: <日出>第4幕. "窗外更加光明起來."
5) 曹禺: <關于'蛻變'二字>. "覺到一種巨大的變動將到以前的不寧之感."

창밖에 노을이 떠오르다

1. 시대가 민족의 정신 脫舊變新을 외침

플레하노프는 위대한 작가의 가장 중요한 개인 특성과 가장 훌륭한 독창성은 "바로 자기 영역 안에서 다른 사람보다 더 일찍, 혹은 더 훌륭하게, 혹은 더 충분하게 자기가 처한 그 시대의 사회적 혹은 정신적 요구와 동경을 표현해냄에 있다."[6]고 하였다. 이런 말들을 조우의 <蛻變>과 연관시켜 고려해 보면, 우리가 과거에 <蛻變>이 표현해 낸 그 시대의 사회적 요구를 연구할 때, 작가가 현실 사회를 탐색하는 촉각을 정치 영역으로 돌려 官吏 問題와 法治 問題 등을 제기하였다는 점에 비교적 관심을 가졌지, 이것과 밀접하게 관계를 가진 다른 면, 즉 작품 중에 반영된 그 시대의 "정신적 수요와 동경"이란 점에 대해서는 간과하고 있음을 알 수 있다. 그러나 이 점에서, <蛻變>의 시대적 색채가 더욱 분명하게 드러나는 것 같다.

미친 듯한 전쟁의 神이 비옥하기도 하고 또 척박하기도 한 이 대지 위에 강림하기도 하였지만, 또 동시에 이 대지 위의 炎黃 자손에게 피와 불의 세례를 주기도 하였다. 항전은 중국의 정치·경제·군사·문화에 대한 시험이었고, 더 나아가 古老한 중화민족의 민족 정신에 대한 시험이었다. 항전 초기, 민족 모순의 상승이 주요 모순으로 작용함에 따라, 우리 민족 전통 중의 긍정적인 요소는 발양되기를 기다리고 있었고, 역사적으로 쌓여온 부정적 요소는 날로 항전의 장애가 되고 있었다. 강대하고 흉악한 적과 대치한 중국

---

6) 普列漢諾夫: ≪論西歐文學≫, 人民出版社 1957年版, 121−122面. "就是他在自己的領域裏比別人更早或者更好·更充分的表現出他那個時代社會的或者精神的需要和憧憬."

조우의 〈태변〉 연구

은 이전의 어떤 시기보다도 민족 정신을 발휘해야만 했다. 정직한 모든 애국 인사들은 이 문제의 첨예성과 긴박성을 깨닫고 있었고, 민감하고 충동적인 애국 작가와 시인, 그리고 극작가들은 더욱 이것으로 애를 태웠다. 이에 그들은 속속 붓을 들어 민족 정신을 불러일으키기 위해 고함치고 노래하였다. 항전 초기, 이렇게 대단한 시대적 열기 속에서 조우는 그의 4막 희곡 <蛻變>을 내놓았다.

<蛻變>은 그저 문득 영감이 떠올라서 창작한 것이 결코 아니다. 조우는 그가 진심에서 우러나온 마음을 민족 운명과 연결시켜 이것을 통해 민족 정신을 진작시키고 분발시켜온지도 이미 오랜 시간이 지났다. 사람들은 아직도 기억할 것이다. 그가 압박 당하는 憤懑을 가슴에 안고, 또 중국 가정과 사회, 그리고 모든 민족의 운명을 누르고 있는 봉건주의의 잔인함에 대한 원망을 품고 <雷雨>를 창작해 내었던 것을 말이다.[7] 그는 "괴상한 사회를 떠돌면서" "무서운 꿈을 꾸고 있는 것처럼 가공할만한 수많은 일을 보았다." 그렇게 불공평하고 피비린내 나는 사실들은 그로 하여금 더욱 눈앞의 현실을 증오하게 하였고, 더 나아가 민족의 운명에 대해 걱정하게 하고 초조감을 가지게 하였고 폭발하는 감정을 억제할 수 없게 하였다. 이에 자기의 손가락을 깨물어 "한 방울 한 방울의 신선한 피"를 쏟아냈던 것이다. 그것이 바로 <日出>의 창작이었다. 그는 한 줄기 햇빛, 즉 민족의 미래를 밝히는 햇빛-"우리들이 원하는 것은 태양이요, 봄날이요, 즐거운 웃음으로 충만한 멋진 생활이다."[8]-을 갈망하였으니, 얼마나 선량하고 얼마나 뜨겁

---

7) 曹禺: <雷雨・序>, ≪雷雨≫, 文化生活出版社 1936年版 參照.

8) 曹禺: <日出・跋>, 文化生活出版社 1938年版. "在這光怪陸離的社會裏流蕩着." "看見過多少夢魘一般可怖的人事." "一滴一滴快意的血." "我

창밖에 노을이 떠오르다

고 얼마나 진지한 마음인가! 그러나 주위에는 여전히 흑암이었다. 민족의 불꽃, 민족의 빛, 민족의 태양은 어디에 있는가? 조우는 명확한 해답을 찾을 수가 없었다. 이 때, 蘆溝橋의 포성이 그에게 들려왔고, 이는 마치 죽음 같은 적막 속에 있는 민족의 심령을 깨우치는 우렁찬 종소리와도 같았다. 이에 따라 항전 초기에 보여준 전 인민들의 열정적인 모습은 의심할 것도 없이 조우의 시야에 포착, 피에 불이라도 붙일 것 같은 강한 빛을 주었다. 동시에 이 강한 빛이 반짝이고 있을 때 민족의 어두운 면은 갈수록 교활하고 더러워져 갔다. 동경으로 가슴을 채웠던, 또 분노와 증오로 가슴을 채웠던 조우의 감정은 팽창되었다. 오랫동안 잠재해 있던 몽롱하면서도 강렬한 심중의 갈구가 다시 터져나오게 된 것이다. 이 위급존망에 처한 중요한 순간에 조우는 우리 중화민족이 진작하고 奮起해야 함을 절박하게 느꼈다. 그는 절실하게 느끼고 있었다. 민족 정신이 脫舊變新 해야 한다고 시대가 외치고 있다는 것을. <蛻變>은 바로 그가 시대의 부름에 대한 열정적인 반응이었다.

우리가 작품 중의 인물 세계로 들어가 보자. 일단 작품을 접해 보면 우리가 알 수 있는 것이, 梁公仰과 정의사를 대표로 하여 구성한 긍정적인 인물 형상 계열(여기에는 인물에 대한 묘사가 많지 않은 사종분 · 광행건 · 온종서, 그리고 정창, 진병충 등의 인물 형상이 포함됨), 그리고 秦仲宣 · 馬登科를 대표로 하여 구성한 부정적인 인물 형상 계열(여기에는 僞組織 · 공추평 · 범흥규 등의 인물 형상이 포함됨)이 <蛻變>의 전체 인물 형상 계통이 되고 있다. <蛻變>은 실제적으로 이런 긍정적인 · 부정적인 두 인물 형상 계열로 구성시킨 인물 형상 계통을 통해서 국가와 사회가 脫舊變新

們要的是太陽, 是春日, 是充滿了歡笑的好生活."

하는 바를 표명하는 동시에, 또 민족 정신이 어떤 부분에서 脫舊變新 하는 바를 표명하고자 한 시도였던 것이다.

작품의 전반부가 우리에게 비교적 깊은 인상을 주는 것은 秦仲宣·馬登科·僞組織으로부터 공추평·황서당에 이르기까지의 인물들로, 이들은 극작가가 항전 초기 대후방의 어두운 구석에서 건져낸 더러운 오물들이다. 이런 흑색·회색의 무리들은 항전으로 부상을 당한 병사들의 血蹟 옆에 모여, 專橫을 부리며 횡령을 하고 뇌물을 받거나, 혹은 공금을 유용하고 투기를 하거나, 혹은 윗사람에게는 아부를 하고 아랫사람에게는 기만을 하거나, 혹은 의기소침하여 생기를 잃고 있다가 공명과 출세를 위한 길이 보이면 수단과 방법을 가리지 않았다. 극작가가 이 부정적인 인물 형상 계열에서 보여준 국민당 행정 기관의 부패와 바르지 못함에 대한 억제할 수 없는 분노는 분명 정확한 것이었다. 그리고 또 지적할 것은, 어떤 정신 상태로서의 이것은 경제 기초 및 상부 구조와 필연적인 관계를 가질 뿐만 아니라, 더욱 높이 공중에 떠 있는 의식 상태와 어떤 연원 관계를 가진다는 점이다. 다시 말해, <蛻變> 중의 부정적인 인물전형 계열이 보여준 천하고 무감각하고 시들시들한 그런 정신 상태는 우리 민족이 전통적으로 가지고 있던 정신 중의 부정적인 요소를 역사적으로 계승하여 이를 긍정하고 실현시킨 것이라고 할 수 있다. 막이 열렸을 때 보게 되는 쌀랑하고 안개 같은 장마비, 꽃무늬가 놓인 부식한 나무 창문, 옆집에서 들려오는 단조롭고 느린 솜타는 소리 등은 모든 생활이 마치 수리할 기회를 놓친 낡은 시계가 이미 정지된 것과 같은 느낌을 우리에게 준다. 이 회색 왕국의 君主와 수많은 臣民들에게서는 그저 시대적 분위기와는 완전히 조화가 되지 않는 곰팡이 냄새나 맡을 수 있다. 어떤 의미에서 이는 민족 정신 중에 존재하는 부정적인 성분으로, 즉 역사적으로 承襲해 오면서 정신적으로 부담을 가지고 숭상해 온 결과라 할 수 있다. 華夏 민족의 前賢先哲들은 그 위대하고 유구한 문명을 널리 선양하기도 하였지만, 또 후손들에게 압박과 속박, 그리고 올가미를 만들어 주기도 하였다. 군신간의 의리나 중용의 도리 등은 오랜 봉건 전제 사회와 함께 해 오면서 신장되어 왔다. 오랜 역사를 가진 제국이 天壽를 다함에 따라 군신간의 의리는 계속적으로 半植民地 半封建의 중국에까지 깊이 파고들었고, 마침내는 이는 변질되어 長이나 官을 위한다는 의미를 가지게 되었다. 또 중용의 도리는 明哲保身하는 현상으로 변하게 되었다. 여기에는 모두 이기심이 작용하고 있다. 자산계급 혁명이란 온풍이 중국 해안에 불어왔을 초기에 양계초는 이 점에 대해 말하기를 "중국인이 늘 즐겨 쓰는 두 마디 말이 있는데, 즉 '사람들이 자기 대문 앞의 눈은 스스로 잘 치우지만, 남의집 기와 위의 서리는 상관하지 않는다.'는 말이다. 이 몇 마디는 사실 방관자들의 경전이요, 구호이다. 그러나 이런 경전과 구호는 전국의 모든 사람들 머리 속에 깊이 들어가 있어 털어도 털리지 않고 씻어도 씻겨지지 않는다. 솔직히 말해 방관이란 이 두 글자는 우리나라 전체 백성들의 성격을 대표한다. 無血性이란 이 세 글자는 우리나라 사람들의 전유물이다. 아, 난 이것이 두렵다!"[9] 양계초 선생의 이 말이 옳은지 그른지에 대해서는 잠시 논외로 하자. 그러나 그의 우려에

---

9) 梁啓超: <呵傍觀者文>. ≪飮冰室文集≫第5冊. "中國人尋常有熟話二句曰: '各人自掃門前雪, 不關他人瓦上霜'. 此數語者, 實傍觀派之經典也, 口號也. 而此種經典口號, 深入于全國人頭腦之中, 拂之不去, 滌之不淨, 質而言之, 卽傍觀二字, 代表吾全國人之性質也. 是卽無血性三字, 爲吾國人之專有物也. 嗚呼, 吾爲之懼!"

대해서는 전혀 일리가 없다고 할 수는 없다. 젊은 노신은 일찍이 중국 국민성이 가진 약점에 대해 깊이 생각한 바 있다. 그는 주장하기를 민족 정신의 부정적인 면에는 妄自尊大하는 것, 노예 근성을 가진 것, 무예로 벼슬을 구하는 것, 사리와 사욕을 챙기는 것, 모리배들처럼 무뢰한 것, 과시하고 탐닉하는 것, 회고하고 守舊하는 것, 기만하는 것, 미신을 믿는 것 등이 이에 포함된다고 하였다. 이런 약점이 생기게 된 원인 중의 하나가 바로 봉건 전통 사상의 毒害에 있다.[10] 우리가 다시 <蛻變>을 한 번 펼쳐보면, 묘하게도 秦仲宣・馬登科・僞組織・공추평・황서당과 같은 인물들로부터 노신이 그 당시 이런 것들에 대하여 대대적으로 비난하던 그 악행들을 하나 하나 찾아볼 수 있지 않은가? 조국이 위급존망이란 위험에 처해 있을 때 민족 정신 중의 부정적 성분은 참으로 원망스러웠다. 이 부정적 성분은 정직한 모든 중국인들을 더욱 절치부심케 하였다. 조우는 정의사의 입을 통해 "내가 지금 한스러워 하는 것은 내가 즉시 어떤 혈청을 발명, 당신 같은 사람들의 혈관에 주사하여 당신들의 마음속에 가진 '게으른' 독성, '느려 빠진' 독성, '우매한' 독성, '수치를 모르는' 독성, '이기적인' 독성, '지나치게 똑똑한' 독성, '무책임'한 독성 등 나쁜 기질들을 완전하게 깨끗이 씻어 버릴 수 없다는 것입니다. 이렇게 해야만 항전의 앞길에 진정한 방법이 있게 될 것입니다."라고 분노의 감정을 토해낸다. 민족 정신의 脫舊變新을 갈망하는 마음이 그 얼마나 沈痛하고 그 얼마나 급박한가! 이는 바로 항전 문학이 노신을 대표로 한 "오사" 혁명 문학의 영광스런 전투적 전통을 계승하고 발양한 것이다. <蛻變>은 부정적인 인물 형상 계열을 통해 민족 정신

10) 魯迅: <致游炳坼>・≪十四年的"讀經"≫ 등과 ≪回憶魯迅≫ 參考.

창밖에 노을이 떠오르다

중의 부정적 요인을 견책하고 있는데, 이는 오늘날까지도 그 적극적인 의의를 잃지 않고 있다.

梁公仰과 정의사를 대표로 하는 긍정적 인물 형상 계열은 민족 정신 중의 부정적인 독소를 씻어주는 신선한 혈청이다. 긍정적 인물 형상 계열 중에서 정의사가 특수한 위치에 서 있다. 이 형상을 작품이 제공하는 시대 조류 중에 놓고 분석을 해 보면 그녀의 심령 깊은 곳에는 찬란한 빛이 있음을 알 수 있다. 그건 우리 민족 정신 중의 긍정적인 성분으로 불타고 있다. 그녀는 공격적인 성격을 가진 지식분자로서 자신의 평범한 직책에서 신성한 항전의 천직을 이행, 피로도 잊은 채 주동적으로 일을 해 나갔고, 생활 중의 어둡고 습한 곳에 어지럽게 피어난 독균을 원수처럼 미워하며 주동적으로 두려움 없이 투쟁해 나갔다. 생활은 그렇게 어려웠고 환경은 그렇게 열악하였고 부담은 그렇게 沈重하였기에, 그녀도 곤핍함을 느꼈고 심지어는 의기소침한 적도 한 번 있었다. 그러나 국난을 앞에 두고 일종의 민족 자존심과 자신감이, 말로 표현할 수 없는 어떤 민족 의분과 감정이 그녀를 고무하자, 그녀는 끝내 후퇴함이 없었다. 그녀는 아들 정창으로부터, 그리고 사병들로부터 역량을 얻어 자아 정신의 脫舊變新을 실현하였다. 물론 그녀는 "국민당인지 아니면 공산당인지도 모른 채 그저 항일이면 되었다."[11] 그녀의 마음속에 내재한 강인한 역량은 전통적인 민족 정신의 긍정적인 성분과 관계가 없다고 할 수 없다. 중화민족의 전통적 문화 심리 결구는 역사의 어떤 침전물로써, 민족 성격이나 민족 감정, 민족 정신에 주게 되는 긍정적인 영향은 잠재적으로 오래 지속된

---

11) 趙浩生: <曹禺從'雷雨'談到'王昭君'>, 홍콩 ≪七十年代≫, 1979年第2期.
"不知道是國民黨還是共産黨, 抗日就好."

조우의 〈태변〉연구

다. 국가가 이역으로부터 침공을 받거나 능욕을 당했을 때마다 이런 잠재적이고 오래된 긍정적인 영향은 왕왕 집중적으로 표현이 되는데, 오랜 기간 동안 유구한 중국문화의 薰陶를 받은 지식분자들이 이런 긍정적인 영향을 더욱 선명하고 강렬하게 보여준다. 정의사가 그렇게 적극적이고 주동적이며 견강 불굴하는 활력으로 살아가는 것을 볼 때 자연스럽게 우리 민족의 강건하고 자강 불식하는 정신이 연상된다. ≪周易≫에서 "需는 유하고 약한 물이 때를 기다리는 것이다. 왜냐하면 험한 것이 앞에 있기 때문이다. 강하고 건전하여 함락되지 않는 것은 그 의의가 곤궁하지 않기 때문이다."[12]라고 한 것으로부터 시작하여 중화민족은 강건하게 나아감을 존숭하고 험한 것을 걱정하지 않았으며, "천체의 운행이 건실하니 군자는 그것으로 스스로 쉬지 않고 힘쓸 것"[13]을 제창하였고, "부귀도 그의 마음을 혼란시키지 못하고, 빈천도 그의 마음을 개변시키지 못하고 무서운 무력도 그를 굴복시키지 못함"[14]을 찬미하였으며, "추운 날씨를 지내 본 후에 松柏의 後彫를 알게 됨"[15]을 가송하였다. 이와 같은 전통적인 민족 정신 중의 긍정적인 성분은 지금까지 老軀 속에서 꺼지지 않고 타고 있는 정신의 불꽃인 것이다. 이 불꽃은 수많은 지식분자들을 격려하였는데, 이 때 이것은 항전의 풍우와 연기 속에서 고난을 겪고 있는 정의사 마음 속에서 의연하게 훨훨 타올랐다. 이 인물이 더욱 감동을 주는 것은 인도주의가 충만한 그의 숭고한 희생 정신이다. 얻는 것은 아주 적어도 바치는 것

---

12) ≪周易正義≫. "需, 須也. 險在前也. 剛健而不陷, 其義不困窮矣."

13) ≪周易正義≫. "天行健, 君子以自强不息."

14) ≪孟子·滕文公下≫. "富貴不能淫, 貧賤不能移, 威武不能屈."

15) ≪論語·子罕篇≫. "歲寒然後知松柏之后彫."

창밖에 노을이 떠오르다

은 아주 넉넉하게 했던 이것은 우리 민족, 특히 우리 민족의 부녀자들이 보여준 가장 존경받는 성품의 표현이다. 구 중국 시대에는 여러 유형 무형의 족쇄와 수갑이 부녀자들의 영혼과 육체에 채워져 있었다. 그러나 국가와 민족이 큰 어려움에 봉착했을 때 부녀자들이 특히 가장 많은 고난을 받으면서 가장 큰 희생을 치렀는데, 이 역시 일종의 귀중한 민족전통이다. 대후방에서 주은래는 곽말약에게 "우리 동방인은 어머니를 찬미한다."[16]고 하였는데, 정의사는 우리 동방인이 찬미하는 모친 형상이라 할 수 있으며, <蛻變>은 또 어떤 면에서 우리 민족의 숭고한 모성에 대한 찬가라고 할 수 있다. 정의사는 자기를 조국의 딸로 생각하였고, 사병들도 그녀를 그들의 모친으로 생각하였다. 이 평범하면서도 위대한 모친은 女兒의 강한 뼈를 가졌고, 나아가 모친의 부드러운 정을 가지고 있었다. 그녀는 부상당한 아들의 수술을 마친 후 사람들 앞에서 말한 바와 같은 바로 그런 사람이었다. 그는 말하기를 "지금 저의 아들은 안전하게 되었습니다. …… 5분 전, 나는 생각하기를 만약에 그가 회복이 될 수만 있다면 다시는 내곁을 떠나지 못하게 할 것이며, 다시는 전선으로 가는 것을 허락하지 않을 것이며, 다시는 여러분들을 따라가 생사의 경지를 헤매지 않도록 할 생각을 했습니다. 그것은 하나의 작은 생명이 태어나서 성장하기까지 낮이나 밤이나 시도 때도 없이 어미에게 고통을 안겨준다는 생각을 했기 때문이었습니다. 어미의 마음이란 이렇게 이기적일 수가 있습니다." 라고 하였다. 아니다, 정의사는 이기적인 것이 아니다. 구보로 달려와 정의사에게 작별을 하려는 사병들에게 아들을 조국인 모친에게 바치겠다고 선포하면서 열정적으로 "우리 서로 친하게 사랑하면서

---

16) 郭沫若: <'虎符'寫作緣起>. "我們東方人是讚美母親的."

조우의 〈태변〉 연구

살아가자."고 호소했을 때 사병들은 그 감정을 억누르지 못하고 "정의사님 만세, 부상병의 모친 만세"라고 소리 질렀다. 이 때 우리는 뜨거운 감격으로 목구멍이 막히고 우리의 눈시울은 눈물로 촉촉해짐을 느끼게 된다. 우리는 그녀로부터 민족 정신의 새로운 불빛을 본 것이다. 이 새로운 불빛은 바로 시대가 내려준 것이요, 항전이 선사한 것이다.

확실히 이런 잔혹하고 오랜 전쟁을 맞이하게 되자 모든 민족들은 정신적으로 지탱할 支柱가 필요했다. 이런 역량은 겨우 전통적인 민족 정신에서 섭취한다는 것은 아주 불충분하였고, 참신한 일종의 사상적 주입이 필요하였다. 그리고 민족 정신 중의 그런 고질은 더 강력한 어떤 정신 충격파가 있어야만 없앨 수가 있었다. 생활 그 자체가 바로 이렇게 조우에게 계시를 함에 따라 그는 긍정적인 인물 형상 계열 중의 핵심인 梁公仰에게 시대적 색채를 부여한 것이다. 새로운 정신을 창조하는 것을 목표로 삼은 이 "새로운 관리"는 마치 맏아들처럼 우리를 향해 달려 왔다. 사람을 밝히는 생명의 활력은 그의 모든 毛孔으로부터 밖으로 발산되었다. 그는 私心도 두려움도 없었고, 쾌활하고 견강 의연하였으며, 총명하고 과감하였으며 생각이 깊고 집착이 강한 면을 가지기도 하였다. 그래서 우리는 그에게서 전통적이면서 또 비전통적인 뭔가를 느낄 수가 있다. 그렇다. 그는 현대 문학사에서도 흔히 볼 수 있는 사람이 아닌 새로운 인물 형상으로, 그에 몸에서는 어떤 참신한 정신이 발산되고 있다. 생활의 진실 면에서 말하자면 梁公仰이란 이 인물은 조우가 공산당원 중에서 찾아낸 사람이다.[17] 이는 한창 나이에 투르게네프가 러시아에서는 잉사로프와 같은 인물을 찾을

---

17) 曹禺: <'蛻變' 寫作前後>, ≪華東師大學報≫(哲社版), 1984年 第4期 參考.

수가 없어서 부득불 불가리아의 애국 인사에게로 가서 찾아온 상황과 상당히 비슷하다. 이렇게 찾아온 그 결과가 좋았는지에 대해서는 사람에 따라 보는 각도가 달라 의논이 분분할 것이다. 그러나 조우는 그 시대의 "사회 생활 중 생기로 충만한 현악에 대하여 민감함"[18]과 열정을 가지고 있었는데 이는 참으로 사람을 감동시키는 바다. 이 형상 자체가 예술적인 면에서 완전하지 못하기는 하지만, 또 조우가 이 형상을 묘사할 때 역시 투르게네프가 잉사로프를 쓸 때와 거의 같은 실수 – 내심 세계의 표현이 다소 부족하고 어떤 곳은 개념화된, 도브로프스키의 말을 빌리자면 "우리에게 아주 익숙하지 못한"[19] – 를 하긴 했지만, 그는 미래 지향적인 사람이었다. 같은 시기에 발표되었던 수많은 현대희곡 작품 중 금새 사라진 인물들과 비교를 해 볼 때, 이 형상은 어떤 상대적인 연속성을 가지고 있다. 오늘날 이 작품을 보아도 그가 공적인 일에 전념하며 사심을 버리고 혁신을 추구하려는 강한 의지의 정신 상태에는 여전히 현실적인 어떤 시대적 의의를 가지고 있다. 그래서 이와 같이 참신한 정신 상태를 가진 新人 형상이 항전 전기에 무대에 출현하자, 실제로 사람들은 이것에 모든 열정을 쏟을 수 있었던 것이다.

문학은 그 시대를 영원히 직접적으로 포용하고 간접적으로 이에 호응한다. 중국에서 모든 인민들이 항전을 하기 시작한 지 얼마 되지 않았을 때, 인민들의 마음속에는 민족의 이익과 민족의 운명

---

18) 도브로프스키: <眞正的白天什么時候到來?>, ≪杜勃羅留波夫選集≫第2集, 上海譯文出版社 1983年版. "社會生活中充滿生氣的弦索的敏感."
19) 도브로프스키: <眞正的白天什么時候到來?>, ≪杜勃羅留波夫選集≫第2集, 上海譯文出版社 1983年版. "沒有充分讓我們去熟悉他."

과 민족의 감정이 가장 숭고한 위치에 처해 있었다. 전국의 인민들은 "우리의 血肉으로 우리의 새로운 長城을 쌓겠다."는 신념으로, 숭고한 민족 정신을 가지고 전통적인 묵은 먼지를 털어버리고 마음속의 長城을 구축하였다. 이 위대한 구축을 힘써 표현해 낸 것이 바로 <蛻變>이며, 여기서 표현해 낸 어떤 항전 초기의 시대 색채가 바로 <蛻變>의 한 특징이 된다.

2. 시대 색채와 예술 개성

예술 변증법은 우리에게 작품의 특징 중에는 왕왕 작품의 한계성이 있음을 말해 준다. 만일 <蛻變>이 가진 시대적 색채가 상술한 바와 같다고 한다면, 이것은 특징 자체가 되기도 하지만 동시에 한계성으로 존재하기도 한다.

조우 자신도 <蛻變>의 부족한 점을 이야기할 때, 솔직하게 이 연극이 "깊이 있게 쓰여지지 못했다."[20]고 인정을 한 바 있다. 이는 내가 생각건대 비교적 객관적인 말 같다. 한 방면으로 볼 때, 이른 바 "깊지 못하다."는 말은 <蛻變> 중의 시대적 색채가 아직 충분하게 체현이 되지 못했다는 말로 이해할 수 있다. 민족 정신이 蛻變하기 위해서는 첨예하고 격렬하고 복잡한 투쟁이 있었음을 중국의 역사 과정은 말해 준다. 작가가 그런 시도를 한 것은 민족 정신이 脫舊變新할 것을 강렬하게 바라고 있음을 표현하기 위한 것임을 분명하게 알 수 있으며, 또 작가가 어떤 특정 시대적 색채

20) 曹禺: <我的生活和創作道路—和田本相同志的談話>, ≪曹禺劇作論≫, 中國戲劇出版社 1981年版. "寫得不深."

창밖에 노을이 떠오르다

를 어떤 다른 모습으로 표현해 보려고 하였지만, 그것이 뜻대로 되지는 못했던 것이다. 어떤 사람이 이미 지적했듯이 <蛻變>은 어떤 면에서 "복잡한 생활을 너무 간단하게 묘사한 점은 모순을 회피하여 간단하게 처리한 기법이다."[21] 이렇게 확실히 존재하는 간단화 현상(어떤 인물을 묘사함에 개념화시킨 현상도 포함)은 시대색채를 충분하게 체현하는데 직접적으로 영향을 주었다. 민족 정신의 蛻變은 주로 사람들의 마음속에서 탄생하는 폭풍우로, 일부 사람들에게 있어서는 심지어 심령의 열반이 되었다. 그러나 <蛻變>에서는 작가가 개별적인 인물(정의사와 같은)의 심령을 사람들에게 잠시 엿보게 한 것을 제외하고는 관중들에게 그 인물의 내심 세계를 자세하게 보여주지 못했다. 이런 것으로 인해 시대적 색채를 체현하는데 어쩔 수 없이 한계를 보여줄 수밖에 없었다.

우리는 그저 작품 중의 이런 시대적 색채를 표현한 것과 관계된 표면 현상을 지적하는데 만족해서는 안 된다. 작품의 시대 색채는 작가의 예술적 개성을 바탕으로 한 것이며, 시대 색채는 오직 분명한 예술적 개성 중에서 충분하게 체현이 될 수 있는 것이다. 따라서 어떤 작품이 시대적 색채를 충분하게 체현했느냐 못했느냐를 알아보기 위해서는 작품에 작가의 뚜렷한 예술적 개성이 존재하느냐 안 하느냐를 살펴보아야만 한다. 더욱 정확하게 그리고 깊이 있게 <蛻變>의 시대적 색채 문제를 설명하기 위해서는 조우의 예술적 개성이 <蛻變> 중에 얼마나 잘 표현되었는지를 좀 자세하고 치밀하게 한 번 고찰해야 할 것이다.

예술적 개성이란 것은 작가들마다 각기 다른, 일종의 "審美的으

---

21) 辛憲錫: ≪曹禺的戱劇藝術≫, 上海文藝出版社 1948年版. "把復雜的生活描寫得過于簡單, 是一種廻避矛盾的簡單化做法."

조우의 〈태변〉 연구

로 생활을 장악하는 수단이다."22) 작가의 세계관이 이것에 결정적 작용을 하기도 하지만, 이 외에 작가 개인의 성격 및 기질·재능 등의 특징도 이것이 형성되는 데 커다란 영향을 미친다. 우리는 이런 점에서 출발하여 재미있는 고찰을 시작해 봐도 좋을 것이다. 조우 본인의 진술에 근거해 볼 때23) 그의 개성적인 심리적 바탕에는 두 가지 특징이 있음을 알 수 있다. 그에게는 언제나 잠재적으로 가지고 있으면서 부단하게 분출시키는 억제할 수 없는 어떤 열정이 있음을 알 수 있다. 그는 이상하리 만큼 감정이 쉽게 동하는 예술가 유형에 속한다. 그의 "마음에는 언제나 어지러이 움직이는 구름과 같은 절박함을 느끼고 있어" "안정을 할 수가 없었고," 그는 "참을 수 없이" "초조해 하고 불안해하였다." 특히 "원시적인 혹은 야성적인 정서와 함께 수반된" "性情 중의 우울한 분위기가" "정서적으로 폭발을 할 때는" "마치 부상당한 한 마리 개가 땅에 엎드려 짭짤하고 떫은 흙을 먹고 있는 것 같아" 우리는 실제로 독특한 개성과 감정을 가진 작가가 바로 앞에서 약동하고 있다는 느낌을 받게 된다. 우리는 또 작가가 풍부한 격정을 가졌을 뿐만 아니라 깊이 생각하는 것을 좋아한다는 것을 알 수 있다. 그는 왕왕 자기에게 익숙한 생활 河床의 저층으로 들어가 사색에 잠기곤 하였다. 그는 "곧바로 하나의 답안을 찾아내지 못하는 것이 한스러웠다. 깊이 생각을 해도 결론을 얻지 못했을 때는 불안하여 땀을 흘리고 초조하게 자기를 채찍질하였다." (깊이 생각하는 것 역시 그의 기질적 특징이다.) 그는 밤을 새워 책을 읽었는데, "사람들에

---

22) 赫拉普欽科: ≪作家的創作個性和文學的發展≫, 上海譯文出版社 1982 年版 95面. "從審美上掌握生活的手段."

23) 曹禺: <雷雨·序> <日出·跋> 參考.

창밖에 노을이 떠오르다

게 洪水와 猛獸로 인식되는 책들을 상당히 읽으면서" "눈물을 흘렸고, 이런 위대한 고독한 심령을 찬미하면서" 더욱 깊은 사색에 빠졌던 것이다. …… 이에 우리는 그의 개성과 기질에 있어서의 다른 한 면, 즉 "우울함과 은밀함", 그리고 "그다지 議論을 하지 않는다."는 것을 알 수가 있다. 정확하게 말해 내적인 어떤 깊은 사색이라 하겠다. 개성적인 이런 심리적 특징은 그의 재능에 반영이 됨에 따라, 그는 아주 강렬하고 아주 민감한 어떤 감수성과 관찰력, 그리고 아주 분방하고 아주 자세한 미학 감정과 표현력을 보여줄 수 있게 되었다. 조우가 이 <蛻變>을 보여주기 전, 그는 자기의 아주 개성적인 심리적 소질과 연극에 대한 예술적 재능의 영향으로 형성된 예술 개성을 <雷雨>, <日出>, <原野> 등의 극작을 통해 보여주었던 바, 우리는 여기서 강렬하고 심도 깊은 인상을 받은 바 있다. 이런 예술 개성의 특징을 개괄적으로 말하자면 바로 "무더움과 자맥질"이다. 그의 작품은 마치 여름날 먹구름이 밀집해 있는 하늘과 같다. 작가의 열정은 마치 구름 속의 번개와 같이 수시로 가슴속에서 진동을 하고 폭발을 하였다. 또 마치 망망한 겨울 바다가 겉으로는 파도가 없이 고요하지만 물 속 깊은 곳에서는 커다란 소용돌이가 치고 있고 하나의 대단하고 진기한 세계를 가지고 있는 것 같았다. 이런 예술적 개성은 바로 그의 개성적인 심리 특징이 작품에 투영된 것이다.

어떤 역사적 현상으로서 예술 개성은 구체적인 작품에서 표현이 되는데, 여기에는 발전의 변화를 보여주기도 하고, 또 상대적으로 안정적이고 연속적인 일면을 보여주기도 하지만 그렇다고 모든 작가가 쓴 모든 작품 속에 그의 예술 개성이 균형 있게 표현되는 것은 결코 아니다. 유감스럽긴 하지만 우리가 지적을 해 보자면, 조

조우의 〈태변〉 연구

우가 과거에 쓴 몇 작품과 비교를 해 볼 때 <蛻變> 중에는 조우의 예술 개성이 결코 완전하게 表現이 되지못했고 그렇게 뚜렷하지도 않았다. 물론 <蛻變> 역시 조우식의 그런 열정을 억누르지 못해서 만들어진 작품이라, 작품 중에는 심지어 더 강렬하고 명랑한 어떤 동경이 깔려 있기도 하다. 하지만 작품에는 그 무더움이 발설되지 못한 반면, 상대적으로 사회와 인생에 대한 조우식의 아주 냉정하고 풍부한 철리적 深思가 비교적 많이 표현되어 있다. <雷雨>·<日出>·<原野>는 모두 조우의 그 강한 내적 시각 능력을 보여주었던 작품이다. 이 몇 작품에서 조우는 자기의 무덥고 자맥질하는 예술 개성을 번의와 진백로와 구호 형상을 소조하는데 모두 쏟아 부어, "내적 시력으로 묘사될 대상을 보았고"24) 엑스선과 같은 예술가의 안목으로 인물의 내심 깊이 들어가 천태만상의 심금을 울리는 세계를 창조해 내었던 것이다. 그러나 똑 같은 붓이었지만 <蛻變>을 쓸 때는 약간의 마력을 잃었던 듯 하다. 앞에서도 언급했다시피, 몇 몇 인물에서 어쩌면 잠시동안 심령을 표현한 것 말고는 다른 부분에서 심금을 울리는 조우의 그 내적 시각 역량은 거의 느껴볼 수가 없다. 조우의 열정과 자맥질은 주로 극중 인물과 관중의 감정이 서로 만나는 것에 기초하여 표현이 되어 왔다. 다시 말해, 그런 심령의 표현은 왕왕 조우의 무더움과 자맥질하는 예술 개성이 가장 사람을 감동시킬 수 있게 표현된 부분이다. 자맥질을 하지 않고 오직 열정의 날개에만 의지했다면 심령의 표현을 비교적 성공적으로 실현시키지 못해 지금의 조우가 될 수 없었을 것이다. 그래서 우리가 <蛻變>에서 볼 수 있는 것은 작가

---

24) 톨스토이: <致靑年作家>, ≪阿·托爾斯泰論文學≫, 人民文學出版社 1980 年版 271面. "憑借內心的視力來看所描繪的對象."

창밖에 노을이 띠오르다

의 예술적 개성의 변화라고 말하기보다는 작가의 예술 개성의 부분적인 消失이라고 해야 좋을 것이다. (물론 조우의 창작 여정에서 이런 기간은 길지 않았다. 얼마지 않아 <北京人>에서 그는 다시 자기를 발견하였다.)

한 작가의 예술 개성의 형성은 그 개인이 가지고 있는 아주 구체적이고 독특한 생활경험 및 생활사와 밀접한 관계를 가진다. 문학사에서 이런 예는 반복되어 나타난다. 어떤 작가가 자기의 독특한 개인 경력을 표현하거나 혹은 자기의 생활사와 비교적 비슷한 다른 사람의 경력을 표현할 때는 자기의 예술 개성이 아주 자연스럽고 아주 매끄럽게 표현되어 나온다. 자기의 개인 경력과 그다지 부합되지 않거나 자기에게 익숙하지 못한 소재나 인물을 만났을 때는 그 예술 개성은 때로 활기가 없거나 딱딱하거나 혹은 완전히 개성을 잃는 경우가 있다. 보건대, 작가가 소재를 선택하기도 하지만, 소재 역시 작가를 선택한다. 일반적으로 작가가 아주 잘 알고 있고 또 깊이 있게 이해를 하고 있어서 내적으로 자기의 예술 개성과 어떤 친근성을 가진 그런 소재는 작가의 필하에서 시대적 색채가 충분하게 체현될 수가 있는 것이다. 조우의 생활사에서 그의 심령에 가장 깊이 각인되었던 것은 물론 구 중국의 봉건 관료 매판 가정이었다. 가장 눈에 익은 것은 바로 이런 가정과 깊은 관계를 가진 생활이었다. 그는 이렇게 말한 바 있다. "나는 한 관료 가정의 출신으로, 나는 고급스런 무뢰한과 고급스런 건달들을 수없이 봐 왔다. <雷雨>·<日出>·<北京人> 속에 나오는 그런 인물들을 너무 많이 보았다. 어떤 때로는 아침저녁으로 늘 함께 생활했다고 말할 수 있다."[25]고 하였다. 이러한 가정 생활은 그의 성

---

25) <曹禺談'雷雨'>, ≪人民戱劇≫1979年 第3期. "我出身在一個官僚家庭

격이 처음으로 형성되어 갈 때에 적지 않은 영향을 주었을 것임은 의심할 바 없다. 이런 소재를 가진 극작에서 그의 그 독특한 생활 경력과 예술 개성은 내적으로 친근함에만 그치지 않고 완전하게 융합이 될 수 있었다. 그의 무더움과 자맥질하는 예술 개성은 이로 인해 가장 생동적이고 가장 집중적으로 표현이 될 수 있었다. 항전이라는 이 거대하고 뜨거운 현실이 그를 소용돌이 같은 생활의 흐름 속으로 밀어 넣었을 때 그를 맞이해 준 것은 바로 시시각각으로 변화하고 있는 사람과 일들이었다. 이런 사람과 사실들을 그가 전혀 이해하지 못했다고 할 수는 없지만, 잘 이해하고 익숙했던 그 정도를 따져볼 때는 주복원이나 번의, 시평 이런 인물들에 대해 그들의 一言一笑을 정확하게 파악할 수 있었던 것보다는 못했다. 뿐만 아니라 계속되는 모든 것에 그는 아직 차분하게 이해를 하고 소화를 시킬 시간적 여유가 없었다. 더욱이 생활 중에 쏟아져 나오는 새로운 요소, 예컨대 梁公仰과 같은 이런 인물의 원형에 대해 그는 아직 서먹서먹하였다. 이런 것들은 모두 어떤 면에서 그의 예술 개성과 소재가 더욱 밀접하게 친근함을 가지는데 방해가 되었다. 다시 말해, 예술 개성의 각도에서 볼 때, <蛻變>은 조우가 과거에 썼던 극본과 성격이 아주 부합되지 못했다. <蛻變>이 시대적 색채를 충분하게 체현할 수 없었던 원인이 어쩌면 이것이었을 것이다.

그러나 우리는 이것으로 인해 작가가 당시 <蛻變>을 창작할 때의 진지한 열정을 책망하는 것은 아니다. <蛻變>이 (공연에서) 성공을 했던 것과 마찬가지로 <蛻變>의 결점도 역시 그 시대적 색채

裏, 看到過許多高級惡棍, 高級流氓; <雷雨> <日出> <北京人>裏出現的那些人物, 我看得太多了, 有一段時間甚至可以說是朝夕相處."

를 가진다. 우리는 시대적 심미 요구와 군중의 감상 취미, 그리고 심리가 작가 창작 개성에 미친 영향을 살펴보지 않을 수 없다. 이는 어떤 사람이 지적한 바와 같다. "어떤 사회적 조건 아래 이루어지는 개인의 예술 탐색과 사회의 정신적 요구에 대한 공명 이 둘 간"의 상호 영향은 아주 복잡하다. "사회 생활의 발전으로 왕왕 강력한 이런 미학 충동들이 만들어지기도 하고, 이런 사상 요구와 심미 요구들이 만들어지기도 하며, 심지어는 예술가의 개인적인 이런 혹은 저런 중요한 특징들이 이런 요구에 부합되지 않을 때 이런 요구들은 강력하게 예술가를 또 끌어들이기도 한다. 역사가 전환될 때 사회가 고조를 이룰 때, 정황이 왕왕 이렇다."26) 항전 초기, 우리 국가와 민족은 위기의 시기였고, 또 역사적으로 전환이 되는 중요한 시기였다. 전쟁은 모든 생활을 신속하게 아주 딴 판으로 변화시켜 놓았다. 烈火와 砲煙, 유혈과 사망은 순식간에 사회란 기계의 정상적인 작동을 망쳐 놓았고, 동시에 사람들의 심미 심리를 포괄한 내재적 심리 상태를 바꾸어 놓고 말았다. 모든 것은 민중들을 선전하기 위한 것이었고, 모든 것은 민중들을 동원하기 위한 것이었으며, 모든 것은 항전 구국을 위한 것이었다. 이것이 가장 긴급하고 가장 광범하게 필요한 사항이었다. 사회생활과 사람들의 심리를 가장 민감하게 반영하는 기압계인 문학 예술은 우선 이것에 대해 강렬한 반응을 보였다. 항전이 중국의 문학 예술가들에게 이전에 볼 수 없었던 열정적인 불꽃을 붙여 줌에 따라 그들의 정신은

---

26) 赫拉普欽科: ≪作家的創作個性和文學的發展≫, 上海譯文出版社 1982年
版 84面. "社會生活的發展往往産生出這樣一些强有力的美學衝動, 産生
這樣一些思想要求和審美要求, 甚至當藝術家個人的這些那些極重要的
特徵不附合這些要求的時候, 這些要求也强有力地吸引住藝術家. 在歷史
的轉折時期, 在社會高潮的時期, 情況往往如此."

조우의 〈태변〉연구

흥분되었고 도약하는 상태가 되었다. "전쟁으로 야기된 각종 생활과 사건들은 그들에게 매우 심한 비애와 엄청난 흥분, 그리고 아주 커다란 기쁨을 주었으며, 압박 당하는 그 우울함을 폭로하게 하였고, 이렇게 되어버린 생활 형상을 통해서 혹은 이런 형상을 직면하여 그들의 넘치는 열정을 노래하지 않을 수 없게 하였던 것이다." 또 다른 면으로는 인민 군중들 역시 문예에 대하여 새로운 요구를 하였는데 이 요구에 크게 반영된 것은, 그들이 "전쟁에 관심을 가지고 있었고, 현실 문제를 이해하고자 하는 급한 바람을 가진 심리 상태였다."[27) 이런 시대적 심미 요구와 군중의 감상 취미와 심리 변화는 신속하게 보고문학과 시가에서 왕성하게 반영되었다. 이런 강력한 미학 충동은 <雷雨>의 작자에게도 꼭 같이 유혹을 하였다. 조우의 예술 개성이 그가 선택한 소재와 완전히 조화가 되지는 못했지만, 또 조우가 이런 소재에 대해 아주 익숙하지는 못했지만, 조우는 역시 선원의 격정과 용감성을 가지고 돛을 올리고 출항을 하여 비교적 낯선 해역을 돌진해 나갔다. 시대의 부름은 영원한 미학 충동의 원동력이다.

중국 현대희곡사에서 <蛻變>은 뚜렷한 위상을 가지고 있다. 작품이 가지는 시대적 색채 면에서의 특징과 결점은 이 성공작의 특징과 결점이요, 또 극작가가 성급히 그의 열정과 이상을 쏟아놓을 때 보여준 특징이요 결점인 것이다. 이런 특징과 결점보다 더욱 중요한 것은 그 속에 녹아 있는 작가의 그 보귀한 열정과 몽롱하

---

27) 胡風: <民族戰爭與新文藝傳統>, ≪胡風評論集≫, 人民文學出版社 1984年版 143-145面. "戰爭所掀起的各式各樣的生活事件使他們激發了太多的悲哀, 太多的興奮, 太多的喜歡, 使他們抖去了被壓抑憂鬱, 不能不通過或對着使他這樣了的生活形象, 把他的汎濫着的熱情歌唱出來." "關心戰爭, 急望理解現實問題的心理狀態."

창밖에 노을이 떠오르다

기는 하지만 명랑한 이상인 것이다. 이 열정과 이상은 마치 창 밖의 아침 노을, 즉 사람들에게 희망과 용기를 주는 아침의 노을과 같았으며 이 아침 노을은 화려하고 찬란했었다. 우리는 이를 아껴야 할 것이다.

10

〈蛻變〉一解

– 劇宣四隊의 공연을 위해 씀

〈蛻變〉一解[1]
─劇宣四隊의 공연을 위해 씀

胡 風

　〈蛻變〉에서 작가 조우는 긍정적 인물을 정면으로 내놓았다. 이것은 그가 다른 작품에서 긍정적 인물을 내놓지 않았다는 말은 결코 아니다. 단지 여기서는 그 긍정 인물이 작품을 구성하는 중심에 서 있다는 것이다. 더욱 중요한 것은 〈蛻變〉에서의 긍정 인물만이 현실 정치가 요구하는 바에 정면으로 그리고 전면적으로 결합이 되고 있거나 혹은 현실 정치의 요구를 향해 돌진하고 있다는 점이다. 작자의 예술 추구가 마침내 인민의 바람이 기탁된 정치요구와 직접적으로 상응하고 있는데, 이것이 바로 극본이 주는 감동력의 가장 기본이 되는 요인이다.

　그리고 작가가 정치적 요구를 표현한 것에서 가장 부각된 주제는 부상병 문제이다. 부상병은 조국을 위해 피를 흘렸거나 심지어는 신체의 일부를 바치기도 하였던 가장 영웅적인 존재이기도 하였지만, 또 동시에 가장 억울함을 당하고 가장 학대를 받고 또 가장 수난을 당했던 존재이기도 하다.

---

1) 이 글은 田本相・胡叔和: ≪曹禺硏究資料(下)≫<中國現代文學史資料
匯編(乙種)>, 中國戲劇出版社 1991年版의 "<蛻變>一解─爲劇宣四隊
公演寫的"을 실을 것이다. (譯者注)

조우의 〈태변〉 연구

또 작가가 중대한 것으로 인식하였던 인물은 또 외로운 한 여성이다. 그녀는 과학의 세례를 받은 바 있는 "기술 인재"요, 조국을 위해 충성을 다하는 성실한 국민으로, 가장 침착해야 했고 가장 이성적인 사람이어야 했다. 그러나 동시에 그녀는 어려움을 참고 견디는 한 과부요, 부상병을 위하여 下命을 청한 자상한 여자였기에 또 가장 인자하고 가장 감정이 풍부한 사람이어야 했다. 바로 이런 것 때문에 작자는 억울함을 당하면서도 救難에 힘쓰는 이중의 성격으로 이 애국주의자 형상을 만들고자 하였다.

이러한 인물에게 이 같은 문제를 안겨주고, 또 그녀를 둘러싸고 있는 것들을 보면, 피를 머금고도 미간을 찌푸리지 않는 흑색 동물들이요, 어두운 그림자 속에서도 오직 자기만을 생각하는 회색 동물들이다. 그녀는 뜻을 굽히지 않았고, 그녀는 항변했으며, 그녀는 눈물을 머금었다. 또 그녀는 이를 악물었으며, 그녀는 고통스러워했으며, 그녀는 곧 무너질 것 같았다. …… 뭔가를 위하여, 이 고난 속의 조국을 위하여, 조국을 위해 목숨을 바치고 피를 흘리는 수천 수만의 사람들이 용감했지만 모두가 다 수난 당하던 귀한 인민들이었다.

어찌 이런 형상이 하나의 로켓처럼 조국의 운명 속으로 발사되어 들어가지 않을 수 있을 것이며, 그 어찌 백성들의 바람과 함께 독자나 혹은 관중들 마음 속으로 들어갈 수 없었겠는가?

억울함을 당하는 그녀의 성격을 강조하기 위해, 가장 어렵고 실망하였을 때 그녀는 독자를 위험한 전쟁터로 내보내야만 했고, 고달프고 피곤할 때 사랑하는 아들이 부상을 당해 위태한 지경에 놓인 것을 보지 않으면 안되었고, 심지어는 직접 아들의 육체를 갈라 수술을 해야만 했다. 그녀의 救難者로서의 성격을 강조하기 위해, 비관하고 실망했을 때에도, 비관과 실망에 또 사랑하는 아들과 생이별을 하게 되었을 때도, 포화가 그의 두상 위에 임했을 때에도, 아들이 위태로움에 빠져 정말 죽고싶은 심정일 때도 그녀는 심지어 조국을 위해 목숨을 아끼지 않는 그 미미한 인민들까지도 잊어서는 안되었다. 여기서 작자의 企圖에 따라, 그 로켓과 같은 위력은 설령 수양면에서 이성적으로 잘 진정을 할 수 있는 독자나 관중들이라 할지라도 감동을 하지 않을 수 없고, 심지어는 눈물까지 흘리게 한다.

이렇게 숭고한 인격은 마땅히 승리를 해야 하고, 작자 역시 승리해야 한다. 그러나 작자는 천하의 대세를 반전시키는 방법을 동원했는데, 그것은 바로 "도깨비 방망이"와 같은 양 감찰원을 출현시킨 것이다. 주목해야 할 점은 이 양 감찰원이 구체적인 모습을 가지고 있기는 하지만 그는 하나의 성격이라고 말하기보다는 하나의 권력의 化身이라고 말해야 좋을 것이다. 양 감찰원으로 인해 정의사의 존재는 보장을 받게 되었고, 양 감찰원으로 인해 정의사의 바람은 실현이 되었으며, 양 감찰원으로 인해 그녀를 둘러싸고 있는 모든 것들이 부패함에서 벗어나게 되었다. 그리하여 그 더럽고 어둡던 모습이 작자의 안배에 따라 화끈한 열기를 가지게 되고 나아가 장엄하고 찬란한 경지까지 이르게 되었다. 작자는 不仁하게도, 이 양 감찰원을 자기를 대신하여 역사의 부담을 벗어버리는 芻狗로 만들어버렸는데, 이 芻狗式의 인물은 제3막 제4막에 와서, 특히 제4막에서 어색하게 자기가 서야할 자리를 잃어버렸다. 그래서 권력의 화신으로 있던 그의 존재는 이미 더 이상 해야 할 역할을 잃고 말았다.

이렇게 하여 작자는 자신이 보여줄 주제를 완성시키고 그가 기도했던 "脫"舊"變"新의 기상을 실현시켰다. 그러나 애석한 것은 이 숭고한 인격이 동시에 또 너무 높이 묘사되어 이 大地를 떠나

조우의 〈태변〉 연구

버렸다. 그녀는 실제적으로 역사의 노정을 걷지도 않았다. 이 "脫" 舊"變"新하는 과정에서 그녀는 명령에 따라 안배된 약자가 되고 말았다. 그리고 그녀의 숭고한 인격에서 감동받아 마땅할 千萬의 심령 역시 어쩔 수 없이 축소되어 하나의 테두리 속에 한정이 되었고, 역사적인 곤란이 서로 충돌함도 없이 상처를 받았다가 찬란한 빛을 발하게 되고, 또 그녀는 어떤 식으로든지 박투도 없이 승리의 遠景 하에서 역사적 곤란의 진상은 벗겨지고 찬란한 빛을 발하였다. 작가는 천진스럽게 하나의 "대단원"을 관중들에게 선사하였다. 이 치명점은, 역사적 인식에서도 그렇지만 또 창작 방법면에서도 치명점이 되며, 이는 정창과 어린 부상병 (및 그 선물) 사이를 연계시키는 것으로도 만회할 수 없었다.

그러나 우리가 작자를 이해할 수 없는 것은 절대 아니다. 그는 고통과 흥분과 희망을 겪어보았다. 이것이 침전되어 그로 하여금 夢境 같은 창작의 마음을 가지게 하였다. 광명의 몽경을 창조할 수 있는 사람은 어쩌면 선을 향한 선량한 마음을 가지지 않고서는 안될지 모른다. 외람 되게 한 마디 더 한다면, 우리들도 모두 다소 간의 비슷한 경험을 해 보았다. 그러나 꿈은 비록 현실적인 인생의 승화일 수는 있지만 결코 모든 꿈이 다 역사 발전의 방향 안으로 들어올 수는 없는 것이다. 우리가 알다시피 예술 창조는 결국 역사의 발전 과정 아래 통일된 인생 인식의 한 방식인 것이다. 다른 작품에서 작자는 현실적인 인생 안에서 이상을 瞻望하였지만, 이 작품에서는 오히려 현실적인 인생에서 이상을 향해 약진을 하였다. 그러나 내가 보기엔 흥분이 너무 지나쳐서 마침내 미끄러지고 말았다.

우리는 이 극본의 반현실주의 방향을 지적할 권리가 있지만, 우

〈蛻變〉一解

리는 또 작자가 마침내 현실주의 열정을 포기하였음을 존중하고
또 이 열정으로부터 탄생된 창조의 기백을 존중한다. 따라서 왜
독자 혹은 관중들이 이 작품 속의 인위적이고 匠心的인 雜質과
"인과응보"의 가장 비속한 선전주의 성분이 끼어있음을 용서해줄
수 있는지를 이해하는데 어렵지 않다. (비록 작가의 착안점은 아마
도 정의사의 인도주의적인 인자한 성격을 표현하려고 한 것 같지
만 말이다.)

　꿈은 역시 좋은 것이다. 왜냐하면 그것은 희망의 변형이기 때문
이다. 그러나 꿈에서 깨어난 후 우리가 가지게 되는 것은 그것이
우리에게 준 온도와 그것에 의해 깨끗하게 씻겨진 영혼이며, 이것
으로 더욱 견강하게 이 적나라한 현실적 인생을 대처해야 한다는
것이다.

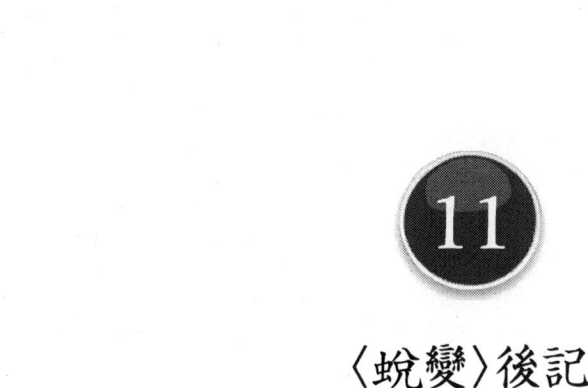

〈蛻變〉後記

〈蛻變〉後記[1]

巴 金

≪曹禺戲劇集≫은 내가 작가를 위해 편집한 것이다. 나는 曹禺의 작품을 좋아한다. 나는 그의 사람됨이나 그의 생활 태도, 창작 태도에 대해 좀 알고 있다. 내가 이런 일을 하는 것이 작가의 심혈을 손상시키거나 작자의 본의를 왜곡시키는 것이 되지 않으리라 믿는다. <雷雨>부터 그랬듯이 나는 그가 쓴 작품의 최초 독자였다. 그의 모든 희곡 작품은 모두 나와 다른 한 친구의 손을 통해 독자들에게 전달이 되었다. 그는 우리가 그의 진실성을 믿는 친구임을 믿는다. 그러나 이 <蛻變>은 오히려 예외였다. 작품이 내 앞에 도착했을 때 극중의 인물과 이야기는 이미 지식분자들이 이곳 저곳에서 이야기를 하던 자료들이었다. 나는 등사판으로 인쇄한 원고를 펼쳐놓고 곤명의 서쪽 어느 한 숙소 전등 아래서 단숨에 <蛻變>을 다 읽었다. 나는 밤이 깊은 것도 잊고, 눈이 아픈 것도 잊고, 피로도 잊고 있었다. 마음속엔 충만한 기쁨이 있었고, 내 눈 앞에선 빛이 번쩍이고 있었다. 작자는 확실히 나에게 희망을 가져

---

1) 이 글은 巴金이 1940년 12월 16일에 쓴 것으로, 원래는 文化生活出版社가 1947년 9월에 출판한 <蛻變>에 실렸던 글이다. 田本相·胡叔和: ≪曹禺硏究資料(下)≫<中國現代文學史資料匯編(乙種)>, 中國戲劇出版社 1991年版을 참고함. (譯者注)

다주었다.

위에서 말한 이 글은 곤명에서 써야 했지만, 내가 곤명을 떠난 지 벌써 2개월이 다 되어 간다.

나는 최근 작가의 집에서 6일 동안 안정된 생활을 하면서 매일밤 책상을 가운데 두고 앉아 희미한 등잔불을 바라보며 9시, 10시까지 이야기를 하였다. 우리는 수많은 이야기를 하면서 또 <雷雨>로부터 <蛻變>에 이르기까지를 이야기하였다. 나는 6년 전 北平 三座門大街 14호 남색 벽지를 바른 南屋의 침침한 골방에서 <雷雨> 원고를 읽었던 일이 생각났다. 나는 감동과 함께 단숨에 그것을 다 읽었고 그로 인해 눈물을 흘렸다. 내가 눈물을 흘렸지만 눈물을 흘린 후에 느낌은 후련함이었고 또 동시에 나는 갈망과 일종의 역량이 내 몸에서 솟구치는 것을 느꼈다. 나는 어떤 일, 다른 사람을 도울 어떤 일을 하고 싶었고, 기회가 있으면 이기심을 떠나 미력하나마 나의 정력을 바쳐야겠다는 생각이 들었다. <雷雨>는 이렇게 나를 감동시켰다. <日出>과 <原野> 역시 그랬다. 지금은 <蛻變>을 읽었는데 역시 눈앞을 가리는 눈물을 금할 길이 없다. 그러나 나는 말할 수 있다. 이 눈물 속에는 이제 비애의 성분이 없다고. 이 극본은 나의 영혼을 사로잡았다. 나는 감동을 받았고, 나는 부끄러웠고 나는 감격하였다. 나는 커다란 희망을 보았고 커다란 용기를 얻었다.

6년 동안 작가는 확실히 적지 않은 노정을 걸어왔다. 이 극본은 사방으로 이정표가 될 것이다.

이제 나는 아주 기쁘게 <蛻變>을 독자들에게 소개하는 바, 모든 독자들 앞에서 빛날 수 있기를 바란다.

1940년 12월 16일

<蛻變>後記.

12

〈蛻變〉 창작의 前後

〈蛻變〉 창작의 前後[1]

항전 초기, 왜구가 重慶을 계속 공습함에 따라 國立戲劇專科學校는 수백 리 밖의 嘉陵江 위의 한 작은 縣, 江安으로 이사를 하지 않으면 안되었다. 1940년 겨울, 극본 <蛻變> 창작은 그곳에서 완성되었다. 이 작품은 내가 가장 빨리 쓴 작품으로, 겨우 30여 일만에 완성을 하였다. 당시 나는 李紫劍이라는 학생을 데리고 있으면서 같이 먹고 같이 잠을 자면서 밤낮을 가리지 않고 썼다. 내가 일부분을 완성하면 그가 곧바로 原紙에 새겼다. 한 幕이 완성되면 공연팀에게 연습을 하도록 넘겼다. 張駿祥 동지는 <蛻變>의 최초 연출가이다. 당시 그는 미국에서 돌아온 지 얼마 되지 않았다. 그는 아주 재능이 많고 학식이 높은 교수였다. 이 연극은 중경으로 가서 공연을 할 것으로 준비를 했기 때문에 우리는 밤낮을 쉬지 않고 모두 급행군을 하는 자세로 임했다.

이 작품은 주로 아래와 같은 몇 가지 요소로 인해 促成되었다.

첫째는 강렬한 민족 의분이다. "七七" 蘆溝橋 사변 때 나는 천진에 있었는데, 河東이 폭격을 당해 엉망이 되었을 때 시체가 바닥에 뒹구는 모습을 직접 보았고, 그 처참한 모습은 차마 눈뜨고

---

[1] 이 글은 華東師範大學學報(哲學社會科學版) 1984年 4期에 실린 글로, 原題는 "<蛻變>寫作的前後"이다. (譯者注)

조우의 〈태변〉 연구

볼 수가 없었다. 왜구의 비행기가 重慶을 폭파시키자 그 번화한 양 쪽 노변의 상점 건물들은 일시에 불바다가 되어버렸다. 내가 이글거리는 불길을 지나가는데, 사람들은 불에 그슬리고 있었고, 무너진 집 들보는 훨훨 타고 있었다. 살아남은 사람들은 큰 방공호 속으로 숨었다. 눈앞은 바로 "<神曲> 중의 지옥"으로, 烈火 속엔 오직 孤魂이 된 나 혼자였다. 당시, 나라가 망해 집을 잃은 정직했던 모든 중국인들의 마음에는 말로 전할 수 없는 일종의 민족의분을 가지고 있었다.

둘째는 수많은 인민들의 애국심에 불타는 열정적인 고무다. 이 점은 예를 들자면 하나 둘이 아니다. 예컨대 天津에 있을 때 나는 어느 한 평범한 군중이 백주 대낮에 일본 병사 한 명을 분노하여 때리는 용감한 모습을 보았다. 또 내가 天津에서 영국 화물선을 타고 홍콩으로 가는데, 그 때 배 안에서 젊은이나 늙은이나 모두가 함께 "의용군 행진곡"과 "송화강 위에서" 등과 같은 애국 가곡을 부르자, 이제 막 말을 배운 어린애도 노래를 불렀다. 사람들의 마음이 격앙됨으로 인해 어린아이의 심령에도 항일 구국의 불씨가 뿌려졌던 것이다. 戲劇專科學校도 이와 같았다. 교원들 중 적지 않은 사람들이 다 괜찮은 생활 조건을 뿌리치고 중경으로 와서 항일 구국 운동에 투신하였다. 예컨대 丹尼와 佐臨 부부, 이들은 모두가 아주 부유한 가정 출신들로 상해에는 편안한 서양식 주택을 가지고 있었지만 이런 것에는 조금도 미련을 두지 않고 떠나와서 습기찬 지하실에서 기거하였다. 그들 부부는 손에 끼고 있던 약혼 반지를 뽑아 항전에 바쳤다. 張駿祥도 이와 같았다. 그는 항전을 위해 미국에서 돌아와 그 궁핍하고 외진 벽촌에서 생활하면서 일말의 원망도 없이 한 달에 얼마 되지도 않는 봉급을 받아갔다.

〈蛻變〉창작의 前後

세째는 새로운 사람, 새로운 일의 激勵이다. 1937년 나는 홍콩에서 기차를 타고 武漢으로 갔는데, 戱劇專科學校가 長沙에 있다는 말을 듣고 다시 그곳으로 가서 머물렀다. 長沙에서 나는 한 노인이 강연을 하는데 강연이 너무 좋다는 이야기를 듣고 가서 들어 보았다. 뒤에 알게 되었는데 그는 유명한 "異黨分子"인 徐特立 동지였다. 그의 강연의 제목은 "抗戰必勝, 日本必敗"였는데, 5, 6시간 동안이나 강연을 하였다. 그의 강연 내용은 사람을 감동시켰다. 그래서 다음날 날이 밝기도 전에 그를 찾아가 보았지만, 그 때는 이미 떠나버린 후였다. 한담을 나누는 중에 그의 어린 근무병이 나에게 말해주기를 그 노인하고 같은 침대에서 잠을 잤는데 노인은 그에게 아주 잘 해 주었으며, 밤에는 늘 이부자리를 펴주었고 공부도 가르쳐 주었다고 하였다. 나는 이 말을 듣고 너무나 감동하였다. 官兵 사이가 이렇게 잘 융화되는 것이 당시에는 참으로 보기 드문 일이었다. 나는 여기서 "평등"이란 것이 어떤 것인가를 비로소 알게 되었다. 나는 마음속으로 이런 노인을 글로 써야겠다고 다짐하였다. 또 내가 長沙에 있을 때, 신문에서 白求恩의 사적을 읽은 적이 있는데, 이 역시 나를 감동시켰다. 외국인이 천 리를 멀다 않고 우리의 항전을 돕기 위해 찾아온 그 정신은 정말 숭고하였다.

넷째는 국민당 정부 각 기관의 부패상에 대한 나의 불만과 부상병 병원을 보고 난 다음의 느낌이다. 그런 기관의 부패상은 누구나가 다 아는 바대로 탐오·부패가 만연해 있어서 상하를 막론하고 관원들은 모두가 한 통속이었다. 항일은 마치 그들과는 아무런 상관이 없다는 듯, 오직 "항일"을 빌미로 부정한 방법을 통해 돈을 벌고자 하였다. 전선의 戰況은 아주 좋지 못했고 국민당 군대는

조우의 〈태변〉 연구

속속 패배로 후퇴하였다. 천진에 있을 때 나는 일본인 자기들이 점령한 도시 이름을 애드벌룬에 써서 공중 높이 띄워놓은 것을 보았다. 국민당은 2, 3일이면 하나의 도시를 잃었다. 부상병 병원은 長沙에 상당히 많았지만, 내부의 수많은 상황들은 사람을 분노하게 하였다. 四川 江安 우리 劇專 부근에도 이런 병원이 하나 있었는데, 이런 것에 대해 대략적인 접촉과 인상을 가질 수 있었다.

<蛻變>은 내가 실제 생활을 하면서 느낀 바를 근거로 하여 창작한 것이다. 梁公仰, 그의 생활 원형은 바로 徐特立이다. 정의사란 이 형상에 대한 소재를 어디에서 얻었는가 하는 이 문제는 역시 사람의 마음을 감동시킨 白求恩 事迹과 깊은 관계를 가진다. 그러나 그것의 생활 기초는 주로 내 주위에서 활약하고 있던 수많은 애국 지식분자들이다. 정의사는 이런 군상들을 전형화한 결과다. 이 인물을 창조할 때 丹尼로부터 많은 것을 취하였다. 사상이나 감정으로부터 기질까지, 많은 부분에서 이 두 사람은 아주 닮았다고 생각한다. 脫舊變新 사상이 나오게 된 것은 내가 변증 유물주의 학설을 접촉한 것과 관계가 있다. 당시 나는 艾思奇의 ≪大衆哲學≫을 읽었다. 脫舊變新의 실제적인 내용을 말하자면 앞으로의 정부가 어떤 모양으로 개혁이 되어야 할 것인지에 대해서는 솔직히 당시 나 역시도 아주 구체적으로 생각을 못했다. 물론이 일은 국민당에 기대를 걸 수 있었던 것도 아니었지만, 근거지를 그 표본으로 했던 것도 사실 아니었다. 그 때, 延安에 대해 우리가 아는 것은 아주 적었다. 항전 초기의 객관적인 생활 중에서 나는 항일 구국 운동을 하면 이런 좋은 점이 있겠구나 하는 생각을 하였다. 그것은 바로 낡은 것을 버리고 나면 새로운 것이 반드시 오게 될 것이라는 것이었다. 우리 국가는 변화해야 하고 또 반

〈蛻變〉 창작의 前後

드시 변화할 수 있었다. 나는 이런 느낌을 근거로 하여 창작을 하였다. "大都"는 역사적으로 北京을 말한다. 사실 그 때 "大都" 극복은 아주 요원했지만 항전 필승의 신념은 우리 모두에게 있었다. 이렇게 썼던 것은 당시 군중들이 격분하고 衆志가 그랬던 것과 깊은 연관이 있으며, 또 주총리가 나에게 한 말과 관계가 있다. 1938년 中共 사무실에서 나는 주총리를 알게 되었다. 당시 국민당 내부의 사상은 아주 혼란스러웠던 바, 그 중 한 경향은 영국인이 나와서 담판을 하는 것을 원하는 것이었다. 주총리는 분명하게 지적하기를 반드시 항전은 끝까지 해야 하며 그렇지 않을 경우 국가는 반드시 멸망하게 된다는 것이었다. 그는 아주 자신감 넘치는 자세로 항전은 반드시 이길 것이며 최후의 승리는 반드시 우리 중국 인민들에게로 돌아올 것이라고 말하였다.

<蛻變>을 다 쓰고 난 후, 국민당 정부의 심사를 통과하기가 아주 어려웠다. 국민당 중앙 선전부장 王世杰과 中統의 문화 특무의 책임자인 潘公展 두 사람이 직접 와서 검사를 하였다. 그리고 교육부와 국민당의 기타 기관의 대소 관원들이 검사를 하기도 하였다. 그들은 반드시 연습하는 것을 보고, 또 대본을 가지고 대조를 하겠다고 하였다. 이렇게 완전히 하루를 소란스럽게 하더니 마침내는 또 괴롭힐 의견을 내놓았기도 하였다. 얼마지 않아 蔣介石도 직접 와서 이 극을 보았다. 그 때 공연은 史東山이 연출을 맡고 舒繡文이 정의사로 분장하고 陶金이 梁公仰으로 분장하였다. 장개석의 정치적 감각은 아주 예민하였다. 그는 이 연극이 자기들을 욕하고 있다는 것을 알았다. 그리하여 관극을 마친 후 크게 노하여 中統의 특무 책임자였던 張道藩을 불러 호되게 질책하면서 이 연극은 공산당을 찬미하는 극이라고 하였다. <蛻變>은 바로 금연

을 당했다. 뒤에 누군가가 이렇게 하면 좋지 않다고 그들에게 충고함으로써 몇 주일이 지난 뒤에 다시 해금되었다. 국민당 정부에서는 潘公展을 보내 나에게 면담을 시켰다. 대화를 하는 중에 부패한 현상을 폭로한 내용에 대해서는 자기들도 그들의 결점을 알고 있었기 때문에 감히 글로서 언급하지는 않았다. 다만 潘이 나에게 말하기를 "위원장이 이 연극을 보았는데, 몇 군데 이해하기 어려운 부분이 있다 하니 좀 설명을 해 달라."고 하였다. 그는 네 가지 문제를 제기하였다. 첫째는 극중에 <항전필승>이란 책을 여러 번 언급하는데 이 책은 도대체 어떤 책인가? 둘째는 국가의 병원인데 왜 위원장의 사진을 걸지 않았는가? 셋째는 극중에 왜 "유격대의 노래"를 불러야 하는가? 이는 공산당의 노래이다. 넷째는 왜 막이 내리기 전에 정의사로 하여금 붉은 깃발을 흔들게 하였는가? 이런 문제에 대해 나는 그 자리에서 하나하나 일축해 버렸다. 예컨대 사진을 거는 문제는 이 병원 사람이 걸기를 원하지 않는데 내가 어떻게 하겠는가 라고 하고, 또 결미에서 깃발을 흔드는 문제는 오해한 것으로, 이는 어린 부상병이 정의사 아들에게 준 작은 배두렁이라고 말해 주었다. 중국의 북방에서는 배두렁이를 붉은 천으로 만드는데, 결미에서 정의사가 이대대장 등이 출발하는 것을 환송할 때 표시를 하기 위해 정의사가 그 배두렁이를 흔들었던 것이라고 하였다. 潘이 듣고 난 다음 그래도 나에게 좀 수정할 것을 희망하였다. 나는 그에게 "위원장은 전쟁하는 그런 일이나 아는 사람이고, 극본을 쓰는 것은 잘 모른다. 역시 우리가 전문가니까 이런 일은 우리가 할 수 있게 맡겨두라."고 말해 주었다.

해방 후, 어떤 사조의 영향을 받아 나는 <蛻變>의 뒤 두 막을 한 번 수정해 볼 생각을 했다. 당시 나의 생각은 이랬다. 양 감찰원이란 이 형상이 한 공산당원에 의해 창작 의욕이 생긴 것이라면 아예 그의 본래 모습을 살려 양을 국민당 군인 병원에 잠입한 요원으로 정해버리는 것이었다. 그의 도래로 이 병원이 변화된다. 뒤에 국민당에 의해 그가 "이당분자"임이 발각되어 그를 체포하려고 한다. 처음에 정의사는 그가 공산당원인지를 전혀 모른다. 그저 이 사람은 참 이상하게도 겉모양이 아주 官吏같지 않다고 여긴다. 그러나 梁公仰 역시 정의사 앞에서는 한 번도 공개적으로 공산당을 선전하지 않는다. 한 번은 정의사가 양의 도움이 필요해서 그를 찾았는데 그는 이미 보이지 않았으며, 양은 박해를 피해 어쩔 수 없이 은둔하고 있었음을 알게된다. 이것에 이어 나오는 것은 馬登科와 "僞組織"이다. 馬는 密報로 공을 세워 다시 官으로 복직하고 정의사는 마지막에 그녀가 광명을 보게 되었음을 깨닫게 되지만 그 광명은 여기에 없다. 梁公仰은 마치 까마귀 떼 중의 한 마리 봉황과 같다. 까마귀와 봉황은 원래 서로 다른 것, 봉황이 날아가 버리자 남은 것은 까마귀 떼다. "蛻變"이란 두 글자가 여기서 가지는 뜻은 국가와 사회가 아니라 정의사와 같은 이런 양심적이고 고급의 지식분자 내심에서 일어난 거대한 변화이다. 지금와서 볼 때, 과거에 창작된 작품은 그 시기 그 지역이란 특정한 역사 환경 중의 현실 생활을 반영한 것이었기 때문에, 그 작품들이 어떤 면에서 한계성을 가지기는 하지만, 그것들에 분명한 진실감이 있다는 것은 부정할 수 없다. 우리 當代 사람들이 때로는 이런 작품들을 의식적으로 치켜올리고자 하였지만, 그 결과는 왕왕 뜻대로 되지 못했다. 이 점은 해방 초 내가 <雷雨>를 수정했을 때도 꼭 같은 교훈을 받았다. 그래서 당시 <蛻變>의 수정 구상은 실제로 좀 유치하고 가소로운 것이었다. 경솔하게 하나의 옛날 작품을 사상 내용으로부터 예술 형식에 이르기까지의 모든 것을 일정한 틀 속에 納入시킴으로써 객관적인 생활의 진실적인 표현에 큰 영향을 주었다. 나는 <蛻變>이 본래의 모습으로 관중들 앞에 나서는 것이 더욱 좋겠다는 생각을 한다.

陸葆泰 整理

13

"蛻變"이란 이 두 글자에 대하여

"蛻變"이란 이 두 글자에 대하여[1]

曹 禺

생물계에는 일종의 신진대사 현상이 있다. 많은 곤충들(알기로는 일부 기어다니는 多足動物도 이렇다고 함)은 성장하는 과정 중, 단호하게 이전의 낡은 껍데기를 벗어버리고 난 후에야 비로소 새롭고 부드러운 생명이 점차 자라난다. 이러한 현상을 우리는 잠시 임의적인 명사로 "蛻變"이라고 하자.

"蛻變"을 하는 중 생물들은 도대체 어떤 느낌을 가지는지 우리가 알 수 없지만 상상을 하기에는 어렵지 않다. 봄이 도래하면 잠복해 있던 어떤 활발한 생명력이 그것의 체내에서 꿈틀거리기 시작하는데, 이 때 그 생물은 어쩌면 모종의 거대한 변동이 이전의 편안하지 못했던 느낌이 엄습해 옴을 깨닫게 될 지 모른다. 이 예감은 그를 즐겁게 하기도 하지만 고통스럽게 할 것이 분명하다. 왜냐하면 그것은 새로운 육체를 탄생시켜야할 뿐만 아니라, 또 오랫동안 서로 의지했던 낡은 껍질을 벗어야하기 때문이다. "자연"은 이렇게 낡은 껍질을 벗는 고통을 참을 수 있어야 새롭고 유쾌한 생명이 탄생할 수 있다는 불가피한 규율을 정해 놓은 것이다.

항전이란 대 변동 중에 우리는 수많은 動搖 分子들과 부패한

---

1) 이 글은 <蛻變>, 文化生活出版社 1941年 1月 初版本에 실렸던 글로, 原題는 <關于'蛻變'二字>이다. (譯者注)

조우의 〈태변〉 연구

인물들이 갈수록 몰락의 길로 치닫는 것을 목도하였다. 우리는 더욱 즐겁게 새로운 역량을 희망했던 바, 새로운 생명이 어려운 투쟁 중에 이미 뿌리를 내려 자라면서 아름다운 싹을 틔웠다. 이렇게 피와 땀으로 쓰여진 역사 속에는 悲壯하고 침통한 事實들이 수없이 많다. 이 사실들은 우리 민족 전사들이 각 분야에서 분투하고 고생하는 모습과 또 도태될 부패 계층이 末路에서 부르짖는 비명을 심도 있게 말해준다. 여기에는 모종의 "인내"도 필요하겠지만, 더욱 필요한 것은 "모진 마음의" 艱難辛苦와 영광의 혁명투쟁인 것이다. 우리는 새로운 생명을 위해 한없는 용감성을 발휘, 이를 보호 유지시키고 양성시켜야만 한다. 그 이전의 나쁜 것에 대해서는 조금도 인정사정 볼 것 없이, 추호의 망설임도 없이 질책하고 배격 · 규탄하여, 각종 세력을 통해 억압 금지시키고, 이런 사람이나 이런 유해한 의식은 "죽음"으로 끝을 내 줘야 한다.

이 연극이 말하고 있는 것은 행정 문제이기는 하지만, 이렇게 高深한 전문 학문이 이와 같이 조잡한 작품을 세 시간 동안 공연하면서 이 시간 내에 아주 명료하게 이야기될 수는 없다. 연극의 관건은 역시 우리 민족이 항전 중에서 낡은 것을 '벗어버리고' 새로운 것으로 '변화한다'는 기상을 상징한다. 이것이 바로 극본의 주제이다.

"蛻變"이란 이 두 글자에 대하여

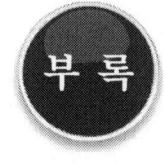

부록

曺偶 年譜

조우 연보

1910年

9월 24일, 즉 음력 8월 21일, 호북(湖北) 잠강현(潛江縣)에서 태어남. 태어난 지 얼마 후 천진(天津)으로 이사를 감.

조부는 서당 훈장을 지냄.

부친은 만덕존(萬德尊)으로, 자는 종석(宗石). 그는 일찍이 장지동(張之洞)이 창립한 양호서원(兩湖書院)에서 공부를 하였고, 그 뒤에 정부 지원으로 1906년 일본에 파견되어 일본사관학교에서 유학을 함. 졸업을 하고 귀국 후 천진에서 근무, 육군중장·장군부(將軍府) 장군직을 맡았으며, 선화진수사(宣化鎭守使)를 역임함. 평생 시문을 좋아하였고, 늘 문인들과 시부사(詩賦詞)로 활발한 교제를 함. 그는 시사(詩詞)·대련(對聯)·소설 등을 모아 ≪잡화포(雜貨鋪)≫라는 책을 남김. 급한 성격을 가진 그는, 늘 밥상 머리에서 자제들과 하인들을 훈계하고 질책함.

조우의 모친은 조우가 태어난 지 3일만에 산욕열(産褥熱)로 세상을 떠남. 뒤에 조우 부친이 세 번째로 맞이한 부인은 바로 조우 생모의 여동생인 설영남(薛泳南)임.

1913年 (3세)

3살 때부터 계모를 따라 극장을 출입하면서 담흠배(譚鑫培)·후영규(侯永奎)·공운보(龔雲甫)·진덕림(陳德霖)·양소루(楊小樓)·여추암(余秋岩)·왕장림(王長林)·구계선(裘桂仙)·유홍성(劉鴻聲) 등 유명한 배우들의 연기를 관람함. 경극(京劇)·곤강(昆腔)·하북방자(河北梆子)·당산락자(唐山落子)·문명희(文明戲) 등에 매료됨. "어렸을 때 나는 배우가 되고 싶었다. 평생을 배우고 살고 싶었다."고 회고함.

계모가 늘 신화나 역사·희곡 고사를 들려 주었고, 보모였던 段媽는 자기 가정의 불행한 역사를 이야기해 줌.

1915年 (5세)

개인 서당에서 공부를 함. ≪홍루몽(紅樓夢)≫·≪수호전(水滸傳)≫·≪서유기(西遊記)≫·≪봉신방(封神榜)≫·≪삼국연의(三國演義)≫·≪요재지이(聊齋志異)≫·≪경화연(鏡花緣)≫·≪노잔유기(老殘游記)≫ 등을 읽었고, 또 만청(晚淸)의 견책소설(譴責小說)인 ≪이십년목도지괴현상(二十年目睹之怪現狀)≫·≪관장현형기(官場現形記)≫ 등도 두루 읽음.

1916年 (6세)

6월, 여원홍(黎元洪)이 대통령이 되자, 만덕존(萬德尊)이 그의 비서가 됨.
본년, 만덕존이 조우를 데리고 여원홍 화원으로 놀러감. 여원홍이 화원에서 기르던 "해표(海豹)"로 상련(上聯)을 짓고, 조우더러 하련(下聯)을 짓게 함에 "수달(水獺)"이라 대답함. 이에 여원홍의 칭찬을 받음.

1917年 (7세)

여원홍이 대통령직을 떠나게 됨에 따라 만덕존도 퇴직을 하고 천진으로 돌아옴. 친구들과 시를 지으며 분만(憤懣)을 표현함. 뒤에 이들을 모아 ≪잡화포(雜貨鋪)≫라 제명을 붙임.
11월, 러시아 10월 혁명이 승리를 함에 따라, 만덕존은 레닌을 칭찬함. 그의 사상은 그렇게 수구적이지 않음. ≪동방잡지(東方雜誌)≫ 등을 정기구독하면서 조우가 ≪홍루몽≫·≪삼국연의≫·≪수호전≫·≪서유기≫

등을 읽는 것을 허락함. 만덕존은 조우에게 "자립 자강할 것이며, 벼슬은 하지말고 의사가 되라"고 말함.

1918年 (8세)

본년, 하북(河北)에 수재가 발생함. 천진으로 피난을 온 단마(段媽)가 조우의 보모가 됨. 조우는 회상하여 이렇게 말한다. "좋은 보모로, 정말 인생의 계몽 선생님이었다."

1919年 (9세)

시 짓는 법을 배우기 시작함. "대설이 펑펑 내리는데, 가난뱅이 돌아갈 곳이 없구나. (大雪紛紛下, 窮人無所歸)"라는 두 구의 시를 지음.

희고 ≪戲考≫를 다 읽음. "한 절 한 절 경희(京戲)를 읽어가노라면 너무나 재미있어서" "≪희고≫를 한 권씩 읽어가면서 그 안에서 적지 않은 지식을 알게 되었다"고 회고함. 이금남(林琴南)이 번역한 작품을 통해 외국문학을 접하게 됨.

1920年 (10세)

본년, 천진의 관은호한영역학관(官銀號漢英譯學館)에 가서 영어를 배움. 교과서는 ≪구미의 30가지 일화(泰西三十軼事)≫ 등이었음.

1921年 (11세)

본년, 외국문학을 접하기 시작함. 예컨대 세익스피어와 도테 등의 작품을 읽음.

1922年 (12세)

가을에 남개중학(南開中學)에 편입하여 중학 2학년 과정을 공부함.

조우의 〈태변〉 연구

근이(斳以)와 같이 공부를 하면서 친한 친구가 됨.

1924年 (14세)

본년, 병으로 인해 1년 휴학을 함.

1925年 (15세)

"남개신극단(南開新劇團)"에서 연기를 시작함. 이로부터 〈노라(娜拉)〉(입센)·〈국민공적(國民公敵)〉(상동)·〈직공〉(호프만)·〈압박〉(정서림)·〈신촌정(新村正)〉(주은래 주편) 공연 등에 참가하여 연기함. 〈노라〉중의 노라 역을 맡는 등 여주인공으로 분장하기도 함. "남개신극단에 감사한다. 남개신극단은 내가 평생토록 연극에 종사할 수 있도록 최종적인 결정을 내려주었다. 남개신극단은 내가 현대희곡에 흥미를 가질 수 있게 해 주었다."고 회고함.

"5·30" 후, 남개중학의 사생(師生)들이 "남개중학 5·30후원회"를 조직하였는데, 조우도 "반제(反帝) 애국"을 외치는 이 연극 선전활동에 참가함.

1927年 (17세)

4월, 이대소(李大釗)의 피살에서, 공산당의 호연지기에 깊은 인상을 받음. "이대소 동지의 죽음 소식을 ≪신보(晨報)≫에서 보았는데 이 소식에는 숭고하고 애통한 감정이 담겨 있었다. 이에 억제할 수 없는 비분을 느꼈다."고 회고함.

중학 3학년 때 반장이었던 곽중감(郭中鑒)은 공산당원이었는데, 그는 아주 성실하고 친절하였으며 성숙한 어른 같았다. 그가 북양군벌에게 체포를 당했는데 고문을 받으면서도 아주 강한 모습을 보여 주었다. "그가 나에게 별로 이야기는 하지 않았지만 난 그에게서 어떤 영향을 받았다."

고 회고함.

1928年 (18세)

부친이 투자한 방직회사가 파산을 당해 아주 어렵게 됨. 부친 별세함.

남개중학을 졸업함. 본래는 앞의 해에 졸업을 해야 했으나 병으로 한 해 휴학을 하였기 때문에 18세에 졸업을 함.

중학시절 "오사"이래의 신문학 작품을 대량으로 읽음. 노신의 〈공을 기(孔乙己)〉·〈고향(故郷)〉·〈사희(社戱)〉 등을 읽었는데 이들은 "나에게 깊은 감명을 주어, 보모였던 단마가 나에게 들려 주었던 이야기가 생각나게 하였고, 노동자들을 동정하게 하였다."고 회고함. 곽말약(郭沫若)의 〈여신(女神)〉을 통해 "반항하고 반역하는 용기"를 배움. 영문판 ≪입센전집≫을 완독함.

남개중학에서 문학회 회원으로 있으면서 ≪남개쌍주간(南開雙周刊)≫의 현대희곡 편집을 맡음. 문학을 애호하는 몇몇 친구들과 문학 부간(副刊) ≪현배(玄背)≫를 창립하여 천진의 ≪용보(庸報)≫에 실음. 욱달부(郁達夫)는 이를 하나의 "푸른 매화"라 칭함. 이는 사람들에게 "청신한 감각"을 줌.

단편소설 〈오늘 밤 술 어디에서 깰까?(今宵酒醒何處?)〉, 시 〈사월말에, 한 아름다운 행인을 보내며(四月梢, 我送別一個美麗的行人)〉, 〈남풍곡(南風曲)〉, 〈임중(林中)〉·〈국화·술·서풍(菊·酒·西風)〉 등을 창작함. 하나의 단막극과 몇 편의 모파상 소설을 번역함.

남개대학 경제학과에 진학하여 공부를 함. 원래는 부친이 의학을 공부할 것을 희망하였기 때문에 중학 시절에 두 번이나 북경 협화의학원(協덴和醫學院)에 응시를 하였으나 뜻을 이루지 못했음.

話劇 〈뇌우(雷雨)〉를 구상하기 시작함.

1929年 (19세)

경제에 대해 흥미가 없어 청화대학 서양문학과로 전학을 하여 외국문학을 계통적으로 공부함. 영어를 배웠고 불어를 배웠으며 혼자서 독어와 러시아어도 배웠다.

대학시절 희랍 비극과 체호프·오닐 등 외국 희곡작품을 폭넓게 섭렵함. 영문판 ≪셰익스피어 전집≫도 거의 다 읽음.

가을, 남개중학교 개교 25주년을 기념하기 위해 〈투쟁(鬪爭)〉(골스화씨) (제목을 바꿔 〈쟁강(爭强)〉이라 함)을 개편하였고, 이 극의 공연에 배우로 참가함.

1930年 (20세)

년말에 청화대학에서 〈노라〉공연에 참가함.

1931年 (21세)

"9·18"사변 후 선전대에 참가하여 보정(保定) 등지를 다니면서 애국선전공연을 함. 여기서 노동자들과 접촉을 함.

희극(喜劇) 〈골피(骨皮)〉의 연출을 맡음. 외국극작 〈마면계(馬面計)〉를 개편 공연함. 외국 극작 〈부인(太太)〉와 〈동야(冬夜)〉를 번역함. 번역본은 천진극단과 각 학교 극단에서 널리 채용함.

1932年 (22세)

골스화씨의 〈최선과 최후(最先和最後)〉를 번역하고, 이 극의 공연에 참가함.

1933年 (23세)

연초, 학교가 조직한 졸업생 방일(訪日) 영행단에 참가하여 일본으로 가서 안목을 넓힘. 한 달 동안 동경·신호·횡빈·대판·경도 등지를 유람하면서 축지(築地) 소극장에서 현대희곡 〈호망호(好望號)〉공연을 관람함.

근이(靳以)를 통해 파금(巴金)·심종문(沈從文)·변지림(卞之琳)·소건(蕭乾) 등을 알게됨. 이 때부터 북해(北海) 삼좌문(三座門) 대로가의 한 문학활동중심과 밀접한 관계를 가지게 됨.

대학을 졸업함. 청화대학 연구원에 입학하여 희곡을 연구함.

4막 희곡 〈뇌우(雷雨)〉를 창작 완료함.

1934年 (24세)

7월, 〈雷雨〉를 파금의 추천을 통해 정진탁(鄭振鐸)·장근이(章靳以)가 주편으로 있던 ≪문학계간(文學季刊)≫제1권 제3기에 발표함. 뒤에 파금이 편한 문학총간에 수록됨.

여름, 상해로 가서 사람이 사람을 잡아먹는 무서운 현실을 목도하고 가슴에 분만을 가득 안고 옴. 이로부터 〈일출(日出)〉을 구상하기 시작함. 천진으로 돌아온 후 삼등 기루를 전전하면서 모험과 곤욕을 감내하며 기루의 생활을 관찰하고 작품 소재를 수집함.

생계에 대한 부담으로 보정명덕중학(保定明德中學)으로 가서 영어 선생을 함.

9월, 친구인 양선전(楊善荃)의 요청에 따라 천진(天津) 하북여자사범학원(河北女子師範學院)으로 가서 교편을 잡음.

1935年 (23세)

봄, 〈雷雨〉가 일본 동경에서 중국 유학생들에 의해 초연됨. 연출가는 두선(杜宣)과 오천(吳天).

6월, 파금·노사(老舍) 등 100여 명의 문예가들이 서명, 복고운동에 반대한다는 〈문예운동의 대한 우리의 의견(我們對于文藝運動的意見)〉

을 발표함.

7월, 〈'뇌우'의 창작('雷雨'的寫作)〉이란 글을 ≪잡문(雜文)≫(월간) 제2기에 발표함.

8월, 〈雷雨〉가 천진 고송극단(孤松劇團)에 의해 천진 시립사범에서 국내 최초로 공연이 이루어짐. 이 때는 조우가 직접 지도를 함.

연말, 스승인 장팽춘(張彭春)과 합작하여 몰리에르의 〈인색한 사람(慳嗇人)〉을 〈재광(財狂)〉으로 개편함. 빈민 아동 구제 모금을 목적으로 남개중학 서연(瑞延) 강당에서 〈재광〉을 공연. 장팽춘이 연출을 맡고 조우가 한백강으로 분장함.

세모에 4막 희곡 〈일출(日出)〉이 탄생함.

1936年 (26세)

1월, 〈雷雨〉가 문화생활출판사에 의해 출판이 됨. 〈내가 어떻게 '뇌우'를 썼는가(我如何寫'雷雨')〉를 천진에 있는 19일자 ≪대공보(大公報)≫에 실음.

6월, 진보적인 작가 노신(魯迅)·모순(茅盾)·파금(巴金) 등과 함께 ≪중화 문예 종사자 선언(中華文藝工作者宣言)≫에 서명함.

같은 달, 〈日出〉이 ≪문학계간(文學季刊)≫제1권 1기부터 4기까지 연재됨.

가을, 남경 戲劇學校로 초청되어 가, ≪극작≫·≪현대희곡과 희곡비평≫ 등을 강의함. 이로부터 간혹 상해 복단대학(復旦大學)에서도 강의를 함.

11월, 〈日出〉이 문화예술출판사에 의해 출판됨. 여기엔 〈내가 어떻게 '일출'을 썼는가(我怎樣寫'日出')〉가 "跋"의 형식으로 실림.

〈日出〉이 복단대학 극사(劇社)에 의해 공연이 됨. 프랑스 작품을 〈도금(鍍金)〉이란 작품으로 개편함.

3막 희곡 〈원야(原野)〉를 창작 완성함.

1937年 (27세)

2월, 〈내가 어떻게 '일출'을 썼는가(我怎樣寫'日出')〉가 천진에 있는 28일자 ≪대공보≫에 실림.

4월, 〈原野〉가 ≪문총(文叢)≫제1권 2기부터 5기까지 연재됨.

7월, 〈原野〉가 문화생활출판사에 의해 출판됨.

8월, 일본인의 추적을 피하기 위해 상인으로 가장하여 천진에서 홍콩을 돌아 무한(武漢)으로 감. 이 때 마침 國立戲劇學院이 무한으로 이사를 갔는데, 이를 따라 장사(長沙)로 감.

서특립(徐特立)이 "항전필승, 일본필패"란 유명한 강연을 듣고, 또 이 사람의 감동적인 과거사를 듣고 깊은 감명을 받음. 이로써 현대희곡 〈태변(蛻變)〉 창작을 구상함.

연말, 중화 전국 연극계 항적 협회가 무한에서 성립되었는데, 이 때 조우가 협회 이사로 피선됨.

한 검찰관의 딸과 결혼을 함. 그러나 불행하게도 결혼 생활이 행복하지 못해 해방 후 곧 이혼을 함.

1938年 (28세)

1월, 국립 戲劇學院 교무주임을 맡음. 戲劇學校를 따라 중경(重慶)으로 옮겨감. 항일 선전활동에 적극적으로 참가하여 "항전 연극강좌"란 강연을 맡아 진행함.

가을, 송지적(宋之的)과 합작하여 4막 현대희곡 〈전민 총동원(全民總動員)〉(뒤에 이름을 바꿔 〈흑자이십팔(黑字二十八)〉이라 함)을 개편함.

10월, "제1회 연극제"를 거행함에 따라, 문예계가 연합하여 〈전민 총동원〉을 공연하였는데, 이때 연출 겸 배우로 활동함.

겨울, 주은래(周恩來)와 만남. 이로부터 자주 그의 조언을 받음. "내가 일생동안 창작활동을 하는데 있어 총리가 나에게 큰 영향을 주었으며" "그것은 아주 중요한 전환점 역할을 하였다"고 회고함.

조우의 〈태변〉 연구

〈현대희곡의 창작 문제에 대해(關于話劇的寫作問題)〉가 중경 남유중학(南渝中學) 노조극사(怒潮劇社)가 편한 ≪노조(怒潮)≫에 실림.

1939年 (29세)

4월, 戲劇學校가 천남(川南) 강안현(江安縣)으로 이사를 함.

가을, 4막 현대희곡 〈태변(蛻變)〉창작을 완성함.

1940年 (30세)

1월, 〈편극술(編劇術)〉을 ≪전시 희곡강좌(戰時戲劇講座)≫에 발표함.

3월, 〈흑자이십팔〉이 정중서국(正中書局)에 의해 출판됨. 여기엔 〈흑자이십팔·서〉도 수록되어 있음.

4월, 〈蛻變〉이 16일부터 ≪국민공보(國民公報)≫에 연재되기 시작함. 이 연재는 6월 3일까지 계속됨.

10월, 멕시코의 작가 니글리의 〈홍색 빌로드의 외투(紅色絲絨外套)〉에 근거하여 개편한 단막 희극(喜劇) 〈지금 생각 중(正在想)〉이 문화생활출판사에 의해 출판됨. 이 극은 한간(漢奸) 왕정위(汪精衛)를 풍자함에 있음.

겨울, 3막 현대희곡 〈북경인(北京人)〉창작을 완성함.

김운지(金韻之)와 합작하여 〈우리들의 연기 기본훈련 방침과 방법(我們底表演基本訓練的方針和方法)〉을 지음. 뒤에 정중서국(正中書局)이 1941년 4월에 출판한 ≪연기 예술 논문집(表演藝術論文集)≫에 수록됨.

1941年 (31세)

1월, 〈태변(蛻變)〉이 문화생활출판사에 의해 출판됨.

봄, 파금의 소설 〈가(家)〉를 개편하기로 결정함.

6월, 〈지금 생각 중(正在想)〉이 9일자 ≪소탕보(掃蕩報)≫에 실림.

여름, 국민당이 戲劇學校에서 특무통치를 강화함에 따라 조우는 감시를 받고 조사를 받음. 정상적인 교육과 창작을 할 수 없는 분위기가 됨.

12월, 〈북경인〉이 문화생활출판사에 의해 출판됨.

현대희곡 〈삼인행(三人行)〉을 창작하였으나, 미완성.

1942年 (32세)

연초, 戲劇學校에서의 교편생활을 그만 두고 중경으로 감.

여름, 파금의 〈가〉를 개편, 극본으로 만드는 작업에 착수함. 중경 부근 강위에 떠 있는 선박 식당에 기거하면서 밤낮을 가리지 않고 현대희곡 〈가〉를 씀.

12월, 문화생활출판사에 의해 〈가〉출판.

같은 달, 〈홍심선생 쉰에 바침(洪深先生五十壽獻辭)〉이란 글을 31일자 ≪신화일보(新華日報)≫에 발표함.

1943年 (33세)

1월 9일, 헝가리 극작 〈안혼곡(安魂曲)〉(일명 〈모짜르트(莫札特)〉)을 중경에서 공연하였는데, 조우가 주연을 맡음.

2월, 중경에서 〈비극의 정신(悲劇的精神)〉을 강연함.

8월, 〈비극의 정신〉이 ≪반월문취(半月文萃)≫제2권 2기에 실림.

같은 달, 〈북경인(北京人)〉일본판이 동경서점에서 출판됨.

같은 달, 서안에서 강연을 함.

겨울, 중경으로 돌아와 ≪시극시대(戲劇時代)≫의 편집위원을 맡음.

겨울, 세익스피어의 〈로미오와 줄리엣(柔密歐與朱麗葉)〉을 개역함.

〈가〉의 초연이 중경에서 이루어짐.

〈흑자이십팔(黑字二十八)〉 문화생활출판사에 의해 출판됨.

조우의 〈태변〉 연구

1944年 (34세)

개역한 〈로미오와 줄리엣(柔密歐與朱麗葉)〉 ≪문학수양(文學修養)≫ 제2권 3·4기에 연재됨.

1945年 (35세)

2월, 곽말약(郭沫若) 등 진보적 성향을 가진 인사들과 함께 〈문화계 시국진언(文化界時局進言)〉을 발표하여 정치를 개혁하고 민주주의를 실행할 것을 요구함.

〈다리(橋)〉를 창작, 미완성.

1946年 (36세)

1월, 진보적 성향을 가진 영화 종사자들과 함께 〈정치협상회의의 각 위원에게 보내는 의견서(致政治協商會議各委員意見書)〉를 발표하여 민주를 요구하고 전제(專制)를 반대함.

같은 달, 미 국무원의 초청을 받아 노사와 함께 미국으로 가 강연을 함.

현대희곡 〈다리(橋)〉를 ≪문예부흥(文藝復興)≫제1건 3·4·5기에 연재, 그러나 2막까지만 발표함.

1947年 (37세)

2월, 미국에서 귀국. 미국에 있는 동안 독일의 극작가 브레히트와 두 번을 만남. "그와 만난 것은 미국 방문 중 가장 잊기 어려운 일"이라고 회고함.

상해 문화영화사에 감독으로 초빙됨.

영화극본 〈염양천(艶陽天)〉을 창작 완성함.

1948年 (38세)

봄, 〈염양천〉이 영화로 만들어짐. 조우가 감독을 맡음.

5월, 〈염양천〉이 문화생활출판사에 의해 출판됨.

1949年 (39세)

2월, 중국공산당의 요청에 의해 '인민 정치 협상회'에 참가 준비. 지하당의 안배에 따라 상해에서 홍콩을 돌아 특무의 감시를 벗어나 교동(膠東) 해방구로 옴.

4월, 중국대표단의 한 사람으로 체코슬로바키아의 수도인 프라하에서 열린 제1차 세계평화대회에 출석함.

6월, '인민 정치 협상회의 주비회'에 참가.

7월, '중국 문학 예술 종사자 제1차 대표대회'에 출석함. '전국 문련위원(全國文聯委員)'·'문협위원(文協委員)'·'극협상위(劇協常委) 및 영협위원(影協委員)'으로 당선됨. 회의 후 전국문련 편집부와 극협 출판부를 책임짐.

같은 달, 〈대회에 대한 나의 소견(我對于大會的一點意見)〉을 2일자 ≪인민일보≫에 발표함.

9월, '중국 인민 정치협상회의'에 출석함. 회의 후 대회문화 분야를 책임짐.

10월, 國立戲劇學院이 성립됨에 따라 부원장을 맡음.

12월, 〈인민이 우리를 부르고 있다(人民在召喚我們)〉을 31일자 ≪대공보(大公報)≫에 발표.

≪조우극본선(曹禺劇本選)≫이 문화생활출판사에 의해 출판됨. 여기에 〈뇌우(雷雨)〉·〈일출(日出)〉·〈북경인(北京人)〉이 수록됨.

1950年 (40세)

공장 체험생활을 함. 치준공정(治准工程)과 안휘(安徽) 토지개혁운

조우의 〈태변〉 연구

동, 그리고 문예정풍(文藝整風)・사상개조 운동에 참가함.

〈금후 창작에 대한 나의 초보적 인식(我對今後創作的初步認識)〉을
≪문예보≫제3권 1기에 실음.

1951年 (41세)

≪조우선집≫이 개명서점(開明書店)에 의해 출판됨. 여기에 〈雷雨〉・
〈日出〉・〈북경인〉이 수록됨.

〈조우선집・자서〉를 씀. 〈雷雨〉・〈日出〉을 수정함.

1952年 (42세)

연초, 주은래와 대화를 하는 중에 지식분자의 사상개조를 제재로한
현대희곡을 창작하기로 결심함. 얼마 후, 북경 협화의학원(協和醫學院)
에 가서 고교 사상 개조운동에 참가, 소재를 수집함.

6월, 북경 인민예술극원(人民藝術劇院)이 성립됨에 따라 원장을 맡음.

12월, ≪조우선집≫이 개명서점에 의해 재판됨. 수정했던 〈雷雨〉와
〈日出〉을 원래대로 함.

1953年 (43세)

4월, 〈雷雨〉 일본판이 일본 미래출판사에 의해 출판됨. 영산삼랑(影山
三郞)이 번역함.

9월, '중국 문학예술 종사자 제2차 대표대회'에 출석.

〈생활에 깊이 빠져야 - 중국 문학 예술 종사자 제2차 대표대회 상의
발언(要深入生活 - 在中國文學藝術工作者第二次代表大會上的發言)〉을
≪인민문학≫제11기에 발표함.

1954年 (44세)

3월, 〈조우극본선 · 전언〉을 씀.

6월, 《조우극본선》이 인민문학출판사에 의해 출판됨. 〈雷雨〉·〈日出〉·〈북경인〉·〈조우극본선 · 전언〉이 수록됨.

7월, 4막 현대희곡 〈명랑한 날(明朗的天)〉 창작 완성.

〈명랑한 날〉을 《극본》제9기 · 10호, 《인민문학》제9 · 10호에 발표함.

1955年 (45세)

8월, 〈가〉의 수정본이 신문예출판사에 의해 출판됨.

10월, 〈창작문제 진지하게 고려해야(必須認眞考慮創作問題)〉를 《북경문예》제10기에 발표함.

12월, 〈'명랑한 날' 일본 공연 축사('明朗的天'在日本演出的祝詞)〉를 《戱劇報》12기에 발표함.

1956年 (46세)

3월, 〈중국 작가협회 제2차 이사회의에서의 발언(在中國作家協會第二次理事會議上的發言)〉을 25일자 《인민일보》에 발표함.

7월, 중국 공산당에 가입함.

같은 달, 뉴델리에서 열린 아시아 작가회의 주비회에 참석.

8월, 일본에서 열린 원자탄 금지 세계대회에 참가함.

10월, 〈명랑한 날〉을 3막극으로 바꾸어 인민문학출판사가 출판을 함.

〈'뇌우' 영역본 · 서〉·〈지워질 수 없는 인상(不能磨滅的印象)〉을 씀. 뒤에 《영춘집(迎春集)》에 수록됨.

〈명랑한 날〉이 제1차 전국 현대희곡 시연회에서 극본 · 공연 1등상을 받음.

조우의 〈태변〉 연구

1957年 (47세)

6월, 〈雷雨〉가 中國戲劇出版社에 의해 출판됨.

7월, 〈명랑한 날〉이 3막극으로 中國戲劇出版社에 의해 출판됨.

9월, 〈日出〉이 中國戲劇出版社에 의해 출판됨.

10월, 〈시월혁명과 '총을 든 사람'(十月革命與'帶槍的人')〉을 씀. 뒤에 ≪영춘집≫에 수록됨.

1958年 (48세)

1월, 〈雷雨〉영역본이 외문출판사(外文出版社)에 의해 출판됨.

9월, ≪영춘집≫이 북경출판사에 의해 출판됨. 산문 38편이 수록됨. 〈'뇌우'가 소련에서 공연되었다는 소식에 관하여(關于〈雷雨〉在蘇聯上演的通信)〉를 ≪戲劇報≫제9기에 발표함.

1959年 (49세)

5월, 〈예술의 질을 제고시키자(提高藝術的質量)〉를 3일자 ≪인민일보≫에 발표함.

1960年 (50세)

2월, 번역한 〈로미오와 줄리엣〉이 인민문학출판사에 의해 출판됨. 〈만담'영웅만세', 전쟁제재에 대한 처리(漫談'英雄萬歲'對戰爭題材的處理)〉를 ≪戲劇報≫4기에 발표함.

〈日出〉영역본이 외문출판사에 의해 출판됨.

중국이 경제적으로 곤란함을 당하자 이에 인민들의 분투를 고무시키기 위해 역사극 〈담검편(膽劍篇)〉 창작을 결심함.

1961年 (51세)

봄, 〈담검편〉을 쓰기 위해 회유현(懷柔縣)에 가서 노동을 체험하는 생활을 함.

5월, ≪조우선집(曹禺選集)≫이 인민문학출판사에 의해 출판됨. 〈雷雨〉·〈日出〉·〈北京人〉이 수록됨.

여름, 매천(梅阡)과 우시지(于是之) 등과 합작한 5막 역사극 〈담검편〉을 ≪인민문학≫7·8월호에 실음.

여름, 내몽고의 초청을 받아 방문. 역사극 〈왕소군(王昭君)〉 창작을 위해 왕소군과 연관된 사적과 전설을 수집함.

11월, 〈문예작업에 대한 잡담(雜談文藝工作)〉을 ≪초원≫11기에 발표함.

1962年 (52세)

6월, 〈창작에 대한 만담(漫談創作)〉을 ≪戲劇報≫6기에 발표함.

7월, 〈언어학습 잡감(雜感語言學習)〉을 ≪홍기(紅旗)≫14기에 발표함.

10월, 〈담검편〉이 中國戲劇出版社에 의해 출판됨.

〈왕소군〉2막의 초고가 완성됨. 당시 역사극을 다루기 어려운 시기로 타의에 의해 붓을 놓음.

1963年 (53세)

6월, 〈혁명의 등뼈(革命的脊梁)〉를 30일자 ≪인민일보≫에 발표함.

1964年 (54세)

3월, 〈두 편의 훌륭한 현대희곡 - '용강송'과 '격류용진'을 추천하며(兩出好話劇 - 推薦'龍江頌'和'激流勇進')〉를 ≪극본≫3기에 발표함.

6월, 〈현대희곡의 새로운 수확 - '절대 잊지마' 관극 소감(話劇的新收穫 - '千萬不要忘記'觀後感)〉을 ≪문학평론≫3기에 발표함.

조우의 〈태변〉 연구

1965年 (55세)

4월, 〈일본 연극계 전우를 환영한다(歡迎日本話劇界戰友)〉를 22일자 ≪인민일보≫에, 〈위대한 시대의 송가-화북구 話劇 가극 시연회를 보고 배움(偉大時代的頌歌-學習華北區話劇歌劇觀摩演出的體會)〉를 30일자 ≪북경일보≫에 발표함.

1966年 (56세)

여름, 중국대표단의 한 사람으로 북경에서 열린 '아시아 아프리카 작가 상설국 회의'에 출석함.

1966년 여름부터 1973년까지 "반동문인"·"흑선인물" 등으로 작인이 찍혀 창작을 금지당함. 1973년 주은래의 관심아래 사회활동을 할 수 있게 됨. 1978년 8월, 북경 문화국에서 소집된 대회에서 동란시기 조우에게 내려졌던 "과오"가 잘못된 것이라는 결정이 선포됨.

1976年 (66세)

2월, 시 〈우리는 찬양해야 해-모주석의 사 2수를 읽고(我們要歌唱-敬讀毛主席詞二首)〉를 ≪북경문예≫2기에 발표함.

5월, 〈모주석의 가르침을 영원히 명심하자(永遠銘記毛主席的敎導)〉를 ≪人民戲劇≫5기에 발표함.

1977年 (67세)

1월, 〈친절한 관심, 거대한 편달(親切的關懷, 巨大的鞭策)〉을 ≪人民戲劇≫1기에 발표함.

2월, 〈우리 마음 속의 주총리(我們心中的周總理)〉를 북경대학이 편찬한 ≪경애하는 주총리, 영원히 우리 심중에 살아 있다(敬愛的周總理永遠活在我們心中)≫제4집에 수록함. 시 〈잊을 수 없는 1976년(難忘的

一九七六年)〉을 ≪북경문예≫2기에 발표함.

10월, 〈"이제부터 구극의 새로운 국면이 열렸다"-경극'핍상양산'을 보고("從此舊劇開了新生面"-看京劇'逼上梁山')〉를 12일자 ≪인민일보≫에 발표함.

12월, 〈조우선집·후기〉를 씀. 〈말살할 수 없는 17년(不容抹煞的十七年)〉을 7일자 ≪광명일보≫에 발표함.

1978年 (68세)

3월, 〈주총리 탄신 팔순에 바침(獻給周總理八十誕辰)〉을 ≪북경문예(北京文藝)≫3기에, 〈입센 탄신 150주년을 기념하며(紀念易卜生誕辰一百五十周年)〉을 21일자 ≪인민일보≫에, 〈'용수구'를 다시 보고(重看'龍須溝')〉를 ≪人民戲劇≫2·3기에 발표함.

4월, 〈'최후의 일막'을 보고(看'最後一幕')〉를 ≪人民戲劇≫제4기에, 〈현대희곡 '단심보'를 보고(看話劇'丹心譜')〉를 19일자 ≪광명일보≫에 발표함.

6월, 〈곽형, 우리마음에 살아 있어(郭老活在我們心裏)〉를 20일자 ≪광명일보≫에 발표함.

7월, 〈곽형이 나에게 준 가르침(郭老給予我的敎育)〉을 ≪人民戲劇≫제7기에, 〈비통한 추도(深痛地追悼)〉를 ≪인민문학≫제7기에 발표함.

8월, 〈잊을 수 없는 추억을 위해(爲了不能忘却的紀念)〉를 6일자 ≪문회보≫에 발표함.

여름, 신강(新疆)으로 가서 체험훈련을 하면서 자료를 수집함. 16년동안 방치해 두었던 〈왕소군(王昭君)〉 창작을 계속함.

10월, 〈신강 찰기(新疆札記)〉를 8일자 ≪문회보≫에, 〈노사 선생을 생각함(懷念老舍先生)〉을 8일자 ≪북경일보≫에 발표함.

11월, 5막 역사극 〈왕소군(王昭君)〉을 ≪인민문학≫제11기에 발표함.

같은 달, 〈대단한 천둥-현대희곡 '소리 없는 곳에서' 찬양(一聲驚雷-贊話劇'于無聲處')〉을 16일자 ≪인민일보≫에 발표함.

12월, 〈현대희곡 '왕소군'의 창작에 대해(關于話劇'王昭君'的創作)〉을 《人民戲劇》12기에 발표함. 〈그 날을 위해(爲了那一天)〉를 27일자 《광명일보》에 발표함.

북경 인민예술 극원 원장 직무를 회복함.

중국 인민 대표대회에 당선, 인대상무위원(人大常務委員)을 맡음.

1979年 (69세)

1월, 〈家〉가 상해 문예출판사에 의해 출판됨. 〈'소리없는 곳에서' 3인담('于無聲處'三人談)〉을 《人民戲劇》1기에 발표함.

2월, 〈왕소군〉이 사천 인민출판사에 의해 출판됨. 〈몇 몇 수상(幾點隨想)〉을 《극본》2기에 발표함. 〈우리가 존경하는 노사선생(我們尊敬的老舍先生)〉을 9일자 《인민일보》에 발표함.

3월, 〈빛나는 멋진 극 - '진의출산'을 보고(看'陳毅出山')〉를 6일자 《남방일보》에 발표함.

4월, 〈'뇌우'간담('雷雨'簡談)〉을 《수확》2기에, 〈우리 연극계의 선배 - 전한선생을 생각하며(懷念我們戲劇界前輩 - 田漢先生)〉를 8,9일자 홍콩 《대공보》에, 〈연극 종사자 중 훌륭한 스승과 친구 - 전한 동지를 생각하며(戲劇工作者的良師益友 - 懷念田漢同志)〉를 《인민일보》4기에, 〈진강 '서안사변'을 본 느낌(看秦腔'西安事變'有感)〉을 11일자 《섬서일보(陝西日報)》에, 〈셰익스피어 탄신 450주년을 기념하며(紀念莎士比亞四百五十周年誕辰)〉를 22일자 홍콩 《대공보》에 발표함.

6월, 〈사상은 해방을, 창작은 번영을 해야(思想要解放, 創作得繁榮)〉를 《문예보》6기에, 〈길이 넓어, 힘을 발휘할 충분한 여지가 있다(道路寬廣, 大有作爲)〉를 《人民戲劇》6기에, 〈소군은 영원하다(昭君自有千秋在)〉를 《민족단결》2기에 발표함.

7월, 〈구황집・서(求凰集・序)〉를 씀.

〈왕소군〉이 건국 30주년을 기념하기 위해 공연되었으며, 여기서 창작

상과 공연 1등상을 얻음.

〈로미오와 줄리엣·전언('柔密歐與朱麗葉·前言)〉과 〈연극을 통한 소득(讀劇一得)〉을 씀. 《극작을 논함(論劇作)》이 인민문학 출판사에 의해 출판됨.

1980年 (70세)

1월, 18일부터 20일까지 영국과 프랑스를 방문함. 세익스피어의 고향을 방문함.

같은 달, 〈구황집·서(求凰集·序)〉를 써서 《홍암(紅巖)》1기에 발표함.

5월, 미국과 캐나다를 방문함.

7월, 〈북경시 문학예술 종사자 제4차 대표대회 개막사(北京市文學藝術工作者第四次代表大會開幕詞)〉를 《북경문예(北京文藝)》7기에 발표함. 〈극본창작 만담(戲劇創作漫談)〉을 《극본》7기에 발표함.

9월, 〈'베니스 상인' 공연 전에 씀(寫在'威尼斯商人'上演之前)〉을 《극본》7기에 발표함.

11월, 〈현대희곡 '단심보'를 보고(看話劇'丹心譜')〉를 《문학평론》11기에 발표함.

12월, 〈노사의 현대희곡예술·서(老舍的話劇藝術·序)〉를 20일자 《인민일보》에 발표함.

〈原野〉 영역본이 홍콩대학 출판사에서 출판됨.

1981年 (71세)

1월, 〈소극본 창작 만담(漫談小劇本創作)〉을 《小劇本》1기에 발표함.

2월, 〈조우의 '왕소군'에 대한 언급(曹禺談'王昭君')〉을 《문화오락》제2기에 발표함.

4월, 〈파금에게 바침-중국현대문학관 건립에 공명하며(致巴金-響應

조우의 〈태변〉 연구

建立中國現代文學館)〉를 2일자 ≪인민일보≫에, 〈모순 선생께 배움(向
茅盾先生學習)〉을 12일자 ≪문회보≫에, 〈극본창작에 대한 나의 희망
(我對戲劇創作的希望)〉을 ≪극본≫4기에, 〈나의 생활과 창작도로(我的
生活和創作道路)〉를 ≪희극논총(戲劇論叢)≫2기에 발표함.

6월, 〈스스로 힘을 다해 진리를 찾음(自己費力找到眞理)〉를 ≪人民戲劇≫
6기에, 〈젊었을 때 노력해야(少壯須努力)〉을 21일자 ≪北京戲劇報≫에
발표함.

7월, 〈'일출'창작에 대하여('日出'創作點滴談)〉를 ≪北京戲劇報≫28기
에, 〈현대희곡 '금자'를 보고(看話劇'金子'隨想)〉를 21일자 ≪인민일보≫에
발표함.

10월, 〈노신을 배우자(學習魯迅)〉를 ≪극본≫10기에, 〈당대문학 강습
반 개학식에서의 조우동지 강화(在當代文學講習班開學典禮上曹禺同志
的講話)〉를 ≪當代文學硏究參考資料≫10기에 발표함.

12월, 〈사람을 고무시키는 멋진 극 - 현대희곡 '분우'를 보고(一出鼓舞
人心的好戲 - 看話劇'分優')〉를 17일자 ≪북경일보≫에, 〈내가 사랑하는
북경 인민예술극원(我愛北京人民藝術劇院)〉을 ≪문회월간≫12월호에
발표함.

〈雷雨〉힌디어본이 외문출판사에 의해 출판됨.

〈日出〉독일어본이 외문출판사에 의해 출판됨.

1982年 (72세)

1월, 〈공견집·서(攻堅集·序)〉를 ≪人民戲劇≫1기에, 〈생활도 해야 하
지만 담력과 식견도 있어야(要生活, 也要膽識)〉를 ≪극본≫1기에 발표함.

3월, 〈천진에서 시작한 연극생활을 회상하며(回憶在天津開始的戲劇
生活)〉을 14일자 ≪천진일보≫에 발표함.

4월, 〈평론에는 학식과 담식이 있어야(評論要學識與膽識)〉를 ≪人民
戲劇≫4기에 발표함.

7월, 〈방송극은 전도가 밝다(廣播劇是大有前途的)〉를 18일자 ≪인민일보≫에 발표함.

9월, 〈原野〉가 사천 인민출판사에 의해 출판됨.

10월, 〈극작가들과 독서와 글 쓰기에 대한 이야기(和劇作家們談讀書和寫作)〉를 ≪극본≫10기에, 〈중청년 극작가들에 대한 희망(對中靑年劇作者的希望)〉을 31일자 ≪희극전영보(戲劇電影報)≫에 발표함.

11월, 〈전국 중청년 현대희곡작가 독서회에서의 개막사(在全國中靑年話劇作者讀書會上的開幕詞)〉를 ≪戲劇界≫6기에 발표함.

12월, 〈'차관'의 무대예술('茶館'的舞臺藝術)〉을 3일 ≪중경일보(重慶日報)≫에, 〈신묘한 무대(神妙的舞臺)〉를 28일자 ≪인민일보≫에 발표함.

1983年 (73세)

1월, 산문 〈새해의 축원(新年的祝願)〉을 ≪극본≫제1기에 발표함.

4월, ≪셰익스피어 연구(莎士比亞硏究)≫지의 발간사 〈셰익스피어에게 배움(向莎士比亞學習)〉을 써서 5일자 ≪인민일보≫에 발표함.

7월, 〈인민의 희망을 저버리지 말라(不要辜負人民的希望)〉를 ≪戲劇報≫에 발표함.

9월, 〈TV연속극'홍루몽'에 대하여(談電視劇'紅樓夢')〉를 15일자 ≪광명일보≫에 발표함.

1984年 (74세)

4월, 〈'태변' 창작 전후('蛻變'寫作前後)〉를 ≪華東師範大學學報≫4기에 발표함.

5월, 만방(萬方)과 〈日出〉을 영화 극본으로 만들어 ≪수확≫제3기에 발표함.

12월, 중국 셰익스피어 연구회 회장에 피선됨.

조우의 〈태변〉 연구

1985年 (75세)

1월, 〈내가 아는 오닐(我所知道的奧尼爾)〉을 ≪외국희극(外國戲劇)≫ 제1기에 발표함.

9월, 하연(夏衍)이 문학창작에 종사한지 65주년이 된 것을 기념하고 연극과 영화 창작에 종사한지 55주년이 되는 것을 기념하기 위해 열린 좌담회에 참석하여 〈하연에게서 무엇을 배웠는가(從夏衍那裏學到了什么)〉를 발표함. 이는 ≪극본≫제9기에 실림.

10월, 중국 현대희곡문학 연구회 성립대회에 출석하여 〈현대희곡의 새로운 시대가 오게된다(話劇的新時代就要到了)〉를 발표하고, ≪戲劇報≫ 제11기에 실음.

1986年 (76세)

3월, 〈사람의 비극-'하나님의 총아'를 보고(人的悲劇-看'上帝的寵兒')〉를 ≪문예보≫에 발표함.

10월, ≪희극전영보(戲劇電影報)≫가 주관한 "사인방" 분쇄 10주년 좌담회에 참석하여 〈기억해야(應該記住)〉를 발표, ≪희극전영보(戲劇電影報)≫제2기에 실음.

1987年 (77세)

6월, ≪수확(收穫)≫창간 30주년을 축하하기 위해 〈삼십년 전의 원고지〉를 써서 ≪수확≫제6기에 실음.

11월, 〈햇빛 아래의 아이(陽光下的孩子)〉를 ≪극본≫제11기에 발표함.

1988年 (78세)

4월, 〈나의 느낌-현대희곡'검은 돌'을 보고(我的感受-話劇'黑色的石頭')〉를 ≪극작가≫제2기에 발표함.

5월, 〈'화신과 추녀'를 보고(我看'火神與秋女')〉를 ≪인민일보≫에 발표함.

하반기, 병원에 입원해 있는 동안 시 〈만약(如果)〉·〈꽃(花)〉·〈아픈 중의 악몽(病中噩夢)〉·〈두 사람(二人)〉·〈이별(別)〉·〈병중우기(病中偶記)〉를 지음.

12월, 전본상(田本相)이 주편한 ≪조우문집≫제1권이 中國戲劇出版社에 의해 출판됨.

1989年 (79세)

2월, 북경 제5차 문대회(文大會)에서 명예주석으로 당선됨.

시 〈푸른 잎 하나(一片綠葉)〉와 〈무제(無題)〉를 지음.

1990年 (80세)

9월, 중국극협(中國劇協) 제5회 우수극본상 평의회 고문을 맡음.

10월, 문화부예위회(文化部藝委會)·중국문련(中國文聯)·중국극협(中國劇協)·호북성 문화청 등이 공동으로 '조우 연극활동 65주년 기념행사'를 주관함. 이에 북경인예(北京人藝)·중국 청년 예술극원(中國青年藝術劇院)·중앙가극원(中央歌劇院)·호북 잠강 화고극단(湖北潛江花鼓劇團) 등이 〈雷雨〉·〈原野〉·〈日出〉등을 공연함.

1991년 (81세)

9월, 몸이 아파 병원에 입원해 있으면서 산문 〈설송(雪松)〉을 지어 ≪수확≫제6기에 발표함.

시 〈유리비취(玻璃翠)〉를 지음.

1992年 (82세)

3월, 〈국립 극전 14년(國立劇專十四年)〉의 서(序)를 지어 ≪연극과 영화(戲劇和電影)≫제3기에 발표함.

8월, 중국 극협 제6차 전국 우수극본상 평의회 고문을 맡음.

1993年 (83세)

7월, 극작가들과 연대 서명하여 곤극(昆劇)의 진흥을 외침.

11월, 중국예술연구원과 무한대학이 연합하여 무한대학에서 제2차 "조우 국제학술 토론회"를 개최함.

1994年 (84세)

가을, 원래는 중국 극협이 주관하던 '전국 우수극본상'을 "조우 희곡 문학상"이란 정식 명칭으로 하고, 천진에서 시상식을 거행함.

12월, 중국 희곡공연 학회가 북경에서 성립되었는데, 여기서 명예회장으로 추대됨.

1995年 (85세)

2월, 병상에서 시 〈늙었구나(老了)〉를 지음.

설 전날, 〈북경인예 연극학파를 논함(論北京人藝演劇學派)〉의 서문을 씀.

1996年 (86세)

12월 13일 새벽 3시 55분에 세상을 떠남.

◎ 한상덕 (韓相德) 약력

경상대학교 중문학과 졸업
성균관대학교 중문학과에서 석사학위 취득
중국, 예술연구원 화극연구소 방문학자
중국, 무한대학 중문과에서 박사학위 취득
중국, 호북사범대학 중문과 강사 역임
중국, 호북대학 중문과 교수 역임
[현재] 중국, 호북민족학원 남방소수민족연구중심 겸임연구원
[현재] 경상대학교 중문과 강사

중국 현대희곡 연구 및 번역 총서 8

조우의 〈태변〉 연구

• 초판 인쇄	2007년 11월 30일
• 초판 발행	2007년 11월 30일
• 지 은 이	화침지 등 저, 한상덕 역
• 펴 낸 이	채종준
• 펴 낸 곳	한국학술정보㈜
	경기도 파주시 교하읍 문발리 513-5
	파주출판문화정보산업단지
	전화 031) 908-3189(대표) · 팩스 031) 908-3189
	홈페이지 http://www.kstudy.com
	e-mail(출판사업부) publish@kstudy.com
• 등 록	제일산-115호(2000. 6. 19)
• 가 격	14,000원

ISBN 978-89-534-7885-5 94820 (Paper Book)
       978-89-534-7886-2 98820 (e-Book)
       978-89-534-7865-7 94820 (Paper Book set)
       978-89-534-7866-4 98820 (e-Book set)